Yul El Joven

Jules Wright

Tabla de Contenidos

Mapa de La Antigua Britania Romana, 400 d.C

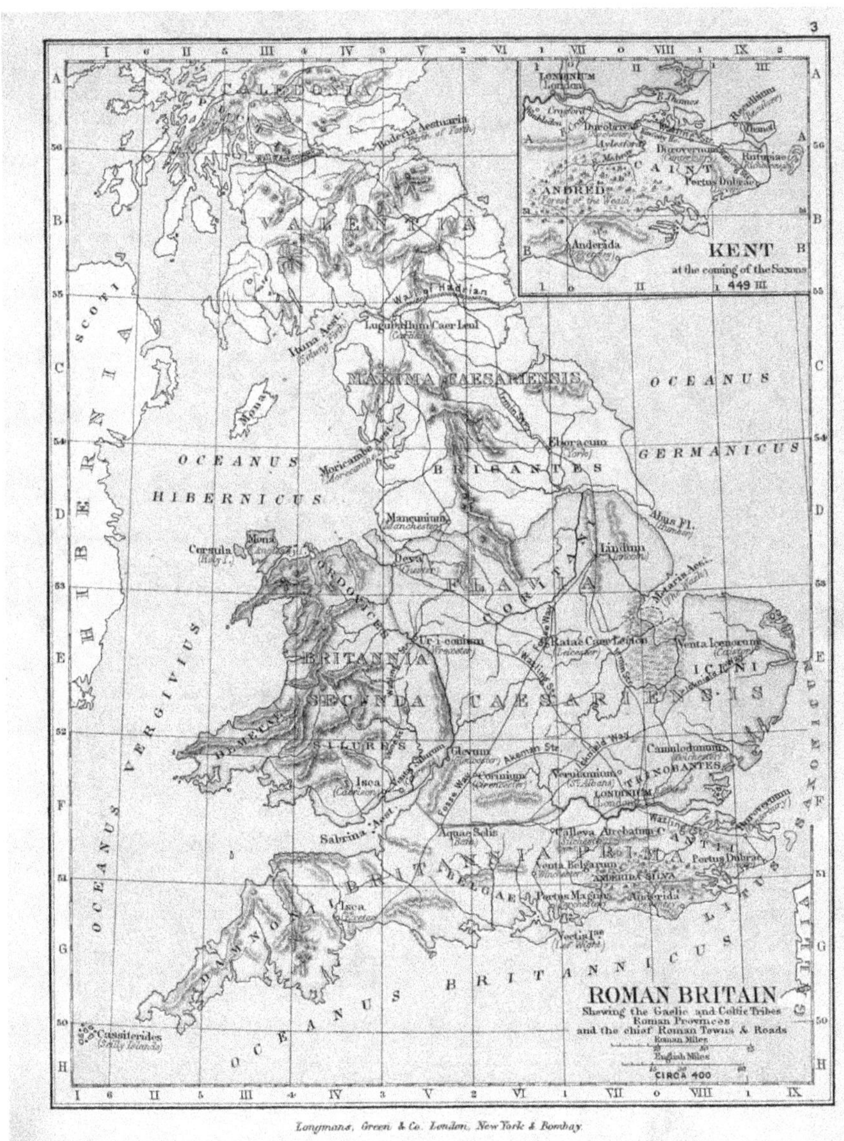

Mapa de Limes Rhenus (Frontera del Rin) del Imperio Romano, siglo IV d.C

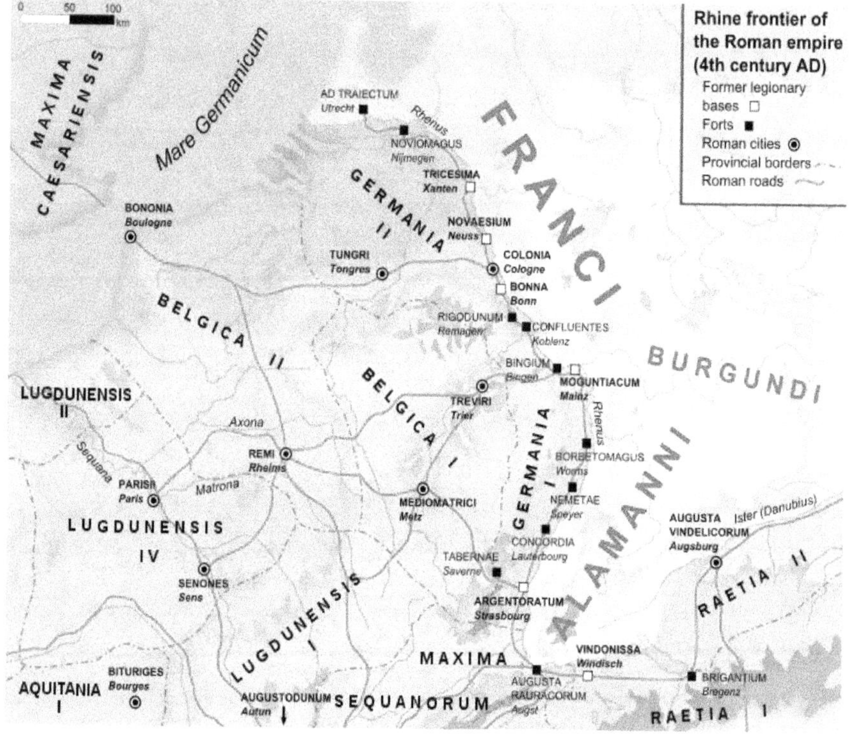

La Caza del Jabalí

Los abedules y pinos goteaban en la densa niebla mientras me arrastraba a través de la maleza. Los sonidos estaban extrañamente amortiguados por la niebla, y apenas podía ver mis propias manos. ¡Qué tonto fui al ir tras el jabalí salvaje solo, pero había estado aterrorizando granjas locales, matando a un granjero y su esposa y varios niños, ¡además de muchos perros! Un tonto, sí, pero no un idiota. Había tomado una lanza de jabalí y llevaba una cota de malla robada de mi primo caca de cabra. Estaba perdido, y cada sonido me hacía saltar, maldiciendo mi naturaleza impetuosa. Mi abuelo paterno, Yul el Mayor, favorecía a mi primo, que también se llamaba Yul. El padre de Yul (es decir, mi primo), Yarold, era un gran *beorn*, o guerrero, famoso en toda la tierra sajona y más allá. Mi padre, también Yul, era un contador de judías para los romanos en Britania.

En la niebla, el aire es pesado y quieto, y los sonidos resuenan como si vinieran de una dirección y luego de otra. Cada paso sonaba como un trueno lejano en mis oídos. Trataba de mantenerme quieto y escuchar cada pocos pasos. Mi cuñado, Yunthar, me había enseñado a usar una espada, lanza y escudo, pero él era ágil y rápido, mientras que yo era alto y fuerte. Incluso la armadura de mi primo me quedaba ajustada, apenas llegando a mis rodillas, que se suponía debían estar a medio camino de mis espinillas. Su casco también era demasiado corto, dejando al descubierto mi barbilla y haciendo que los agujeros para los ojos quedaran demasiado arriba, por lo que tenía que inclinar la cabeza hacia abajo, lo cual resultó ser algo bueno.

Como mencioné antes, estaba solo. Había querido unirme a mi tío, primo (de la misma edad y nombre) y cuñado, pero me lo negaron, así que me había adentrado en el bosque por la noche después de tomar la armadura, casco y lanza de jabalí acortada de mi primo. Viajaba como un caminante nocturno, un demonio de la oscuridad. Aún cerca de la granja antes del amanecer, pude escuchar al malcriado de Yul quejándose de que faltaba su armadura, así que me reí para mis adentros del idiota que come excremento de cabra. Se quejaba del robo, pero los hombres decidieron que la caza tendría que esperar hasta que la niebla se disipara después de la hora del lobo, lo que nosotros, los alemanes, llamábamos la oscuridad antes del amanecer. Podría haber regresado a la granja, pero no me gustaba recibir una buena paliza sin ganarme también algo de aventura.

También estaba enojado con mi abuelo por favorecer una vez más a mi primo come excrementos. Mi abuelo era bajo, pero había sido un ágil *beorn*, así que se veía a sí mismo en mi primo. Había sido un buen guerrero, pero se había vuelto gordo y perezoso antes que la mayoría de los hombres, contento con una granja arenosa cerca del mar. Se rumoreaba que lo habían expulsado del consejo por beber demasiado y que lo obligaron a venir al suroeste a lo largo de la costa, donde conoció a su esposa. Mi abuela estaba hecha de roble y cuero viejo, al igual que su cocina. Ella salvó a Yul de sí mismo, pero mis abuelos paternos favorecían a su hija y a su esposo guerrero. Estaban molestos con mi padre y madre por mudarse a Britania y trabajar para los odiados romanos. Mi padre no era un guerrero, sino un funcionario civil, un contador de judías. También era muy exitoso, y su éxito hacía que Yul el Mayor sintiera envidia.

Como dije, era alto y fuerte, incluso a los quince años. También era muy rápido, pero torpe, como un cachorro que crece demasiado rápido con patas demasiado grandes para sus piernas. No era sociable. Pero a menudo me sentía feliz con mi propia compañía, leyendo historias y sagas. Desafortunadamente, era un estudiante de una Escuela Monástica, así que tuve que leer dogmas cristianos y filosofías aburridas. Mi abuelo, mi tía y mi primo eran morenos, de piel y cabellos oscuros mientras que yo era rubio y de piel clara, como mis hermanas y mi madre. Parecía mucho más alemán que mi lado paterno, lo que les molestaba. Los confundían con Romanos o Galos, y lo odiaban y odiaban a mi familia por parecer alemanes de nacimiento. También fui sinceramente honesto, siendo un terrible mentiroso. Siempre odié a Loki por sus mentiras y por no tener el honor de Thor. Sabía que mi tamaño y mi fuerza me hacían un mejor cazador que mi primo. ¿Ya mencioné que era (y sigo siendo) terco como una mula?

Mi abuelo se había vuelto tan perezoso que tenía pechos de mujer y la única vez que me reí al ver sus pechos, recibí una buena paliza. Mis padres pensaron que regresar a tierras sajonas todos los veranos era una buena idea para honrar a mis abuelos y aprender sobre nuestras costumbres; cuando el resto del año, aprendía las costumbres de los romanos británicos. Mi padre era un hombre serio, delgado, fuerte, trabajador y astuto, pero en su interior tenía un temperamento maravilloso, como una tormenta de verano que arranca los pinos del suelo arenoso de los sajones. Mi hermana, Arteis, tenía la personalidad y los hábitos de trabajo de mi padre, pero también su furia. Era ocho años mayor que yo y una gran atleta, veloz pero delgada. Cuando jugábamos demasiado brusco, su ira hacía mí era cruel. Cuando tenía tres años me ató a un árbol, por molestarla. Mi madre se enojó con ella, pero mi padre sabía que me lo merecía, y en su sabiduría, no nos castigó a ninguno de lo dos, a pesar de que mi madre quería algo de disciplina porque la habíamos avergonzado. A menudo, mi madre estaba muy preocupada por su posición como alemana en una colonia romana. Se vestía y actuaba como una nacida Romana e invitaba a mujeres romanas británicas a nuestro solárium para beber vino (no cerveza) y chismorrear. Por ende, yo desaparecía cortésmente en mi habitación para leer o me iba a los bosques y pantanos en busca de aventuras.

Con respecto a mi primo, lo visité durante el verano, competíamos en juegos y si bien podía ganar en juegos de habilidad, yo siempre lo vencía en juegos de fuerza. No me importaba si ganaba lanzando una moneda en círculo, pero cuando luchábamos o boxeábamos, lloraba porque de alguna manera yo hacía trampa si la situación no estaba a mi favor. A menudo fingía estar herido, frente a mi abuelo, para que me golpeara. Yo guardaba todo mi dolor para luego golpearlo a él o mover sus cosas y hacerlo molestar. Cuando lo vencía, me reía porque peleaba como un viejo o como un bebé, lo que le molestaba tanto que hacía que se acercara demasiado a mis grandes puños o a mi espada de entrenamiento.

Si bien me encantaba pelear con mi primo porque a menudo me menospreciaba a mí o, peor aún, a mi padre, temía la irá de mi hermana. Arteis no era tan alta como la mayoría en nuestra familia y era de complexión delgada, pero era rápida y fuerte. No tenía problemas para golpearnos a mí o a su marido, Yunthar, cuando lo merecíamos. Era (y sigue siendo) ocho años mayor que yo y, frecuentemente, aguantaba mi mal humor hasta que no me aguantaba, por mi propia culpa. Una vez me ató a un árbol y me roció con agua, balde tras balde. No recuerdo exactamente qué hice pero creo que consistió en arrojarle ramas desde el bosque, cuando iba a buscar agua. En otras ocasiones, su ira era menos comprensiva, estallando como Thor golpeando su martillo, el Mjolnir, en su gran escudo de roble, con rayos saliendo de sus ojos.

Perdido en mis sueños, no me di cuenta de lo silencioso que se había puesto el bosque. Normalmente los pájaros habrían estado cantando en el amanecer otoñal, pero lo único que oí fue el rocío que caía en la niebla y tal vez algún resoplido entre los arbustos. Me puse de pie para escuchar y apoyar mi lanza sobre la base de un roble. Levanté mi escudo justo a tiempo cuando la maleza explotó con forma de unos ojos rojos, pelaje gris y colmillos. El jabalí, con toda su furia salvaje, se echó sobre mí de frente contra la lanza que sostenía el antiguo árbol. Sin embargo, no había apuntado lo suficientemente bien como para matarlo. En lugar de entrar en la boca del cerdo, impactó en su hombro. Chilló de dolor y rabia, hundiendo profundamente la punta más larga y afilada en su brazo, pero acercándose lo suficiente como para rasgar mi rodilla derecha con su colmillo izquierdo, abriendo mi carne y mezclando su sangre con la mía. El escudo y la cota de malla me salvaron de que me abrieran desde el muslo hasta el estómago, pero el diente alcanzó a hacerme mucho daño en la rodilla; todavía tengo la cicatriz hasta el día de hoy. Las cicatrices a las que sobrevivimos, son lecciones.

Con la lanza bien alojada en su hombro, golpeé el escudo contra su grueso cráneo y solté la lanza con mi mano derecha, sacando hacha de mango largo. El tonto animal estaba demasiado enojado y aturdido para retroceder y soltar la lanza, así que golpeé una y otra vez su cráneo con el hacha. Siendo joven y temerario, golpeé su grueso cráneo, no su cuello vulnerable. Por encima del ruido del chillido del cerdo y mi rugido, escuché el grito de Arteis pidiendo ayuda. No importa cuánto nos peleáramos como hermanos, nos preocupábamos mucho el uno por el otro. Su llamado fue un himno que llenó de terror al que lo oyó. El bosque estalló de nuevo cuando Yunthar blandió su hacha de plomo con un poderoso golpe, aplastando la columna del jabalí, casi separando la cabeza del cuerpo de un solo golpe. Luego, aparecieron mi tío y mi primo, apuñalando al cerdo en los costados.

Inmediatamente pude ver como la cabeza del jabalí se convertía en pure, como una torta de avena poco cocida, la masa roja y gris colgando medio cortada, borracha, y a mi primo apuñalando una y otra vez al cerdo muerto y afirmando que él había asestado el golpe mortal.

Fui lo suficientemente ingenioso para decir "No se mata a un cerdo apuñalándole el trasero, idiota." Lo siguiente que vi, fueron estrellas, cuando mi hermana golpeó mi casco con una rama pesada que encontró en el suelo del bosque.

Estaba llorando y gritando "Si alguien es un idiota, eres tú. Enfrentarte tu solo con un jabalí adulto."

Yunthar la había levantado mientras ella me lanzaba la rama de nuevo. Mi tío me quitó el caso prestado para evaluar mis heridas, mientras yo reía, abrumado por la euforia de sobrevivir y de mi primera batalla real. Me miró con severidad, pero siempre estaba tranquilo y lúcido. Sin embargo, la expresión en el rostro de Arteis habría congelado a Hel de miedo. Mi primo me llamaba ladrón y cobarde por quitarle su armadura, su lanza y su casco.

Le respondí "Esas cosas son un desperdicio en ti, enano" Haorald, mi tío, nos separó antes de que volviéramos a pelear y le ordenó a su Yul que regresara a casa.

Cuando regresamos a la aldea, mi abuelo me exigió que me desnudara ahí mismo, quitarme el casco, la armadura y que dejara todas las armas. Cuando protesté porque el escudo y el hacha eran míos, me golpeó con el dorso de la mano y como tenía aun el casco puesto, le dolió más que a mí. Se volteó enojado y me quité todo. La lanza todavía estaba detrás de Yunthar y Arteis, ante la escena del crimen. Vi a mi abuelo regresar con la cara roja y un palo grueso. Yunthar y Arteis intervinieron, alegando que mi rodilla sangraba mucho y que una paliza podía esperar hasta que detuvieran la hemorragia. Yul El Mayor me escupió, maldiciéndome y declarando que ya no podía vivir bajo su techo ni dentro de su aldea. Yunthar y Arteis me llevaron a la granja de mis abuelos maternos. En cierto modo, mis abuelos paternos fueron crueles y prejuiciosos contra su familia mientras que mis abuelos maternos fueron siempre pacientes y educados con toda su amada familia.

Mi abuela y mi hermana me bañaron y me cosieron la herida con tripa y tendones de cerdo. Mezclaron orina de vaca con la herida antes de cerrarla para detener el contagio. Mi abueja Freyja se aseguraba de que comiera bien y me hacia beber leche azucarada para curarme. Me dolía la rodilla, pero caminé tan pronto como pude, odiando estar atrapado en cama, con poco que leer. Mis abuelos maternos se tomaban tan en serio la lectura como una nutria el agua. Cuando viajaron por la costa desde la tierra de los jutos, encontraron que el suelo estaba menos gastado por la agricultura y descubrieron que las tribus romanizadas cercanas a la frontera leían latín. Viendo la lectura como un medio para aprender sobre el mundo y ganar prestigio, se convirtieron en ávidos lectores y adoptaron algunos hábitos romanos de agricultura y comercio por dinero, algo que los alemanes más al noroeste no hacían. Intercambiaron cosas como ámbar por herramientas y armas. Si bien mi abuelo consideraba que comerciar con ámbar raro era bueno, consideraba que usar monedas para comprar herramientas, armas y pergaminos era mejor y más confiable que buscar ámbar en las playas o tomar barcos hacia el noroeste para luchar por la piedra solar.

La cocina de Freyja producía alimentos maravillosos y podía conservar la fruta del verano de una manera que otros simplemente no podían. Freyja era delgada pero siempre se levantaba temprano y se acostaba tarde, cuidándonos a todos con un buen humor. Rex, que adoptó el nombre romano Rey, era tranquilo y sabio, lento para la ira y rápido con una sonrisa. Le encantaba jugar juegos de azar con sus viejos amigos por la noche, alrededor del fuego. En su juventud había atacado la costa británica como mi otro abuelo, pero no se jactaba de eso. También había defendido nuestras tierras contra las incursiones de otras tribus, pero nuevamente, no alardeaba por ello. Solo escuché fragmentos por parte de mis hermanas, pocas veces. Era un hombre humilde, paciente y cariñoso. Siempre he imaginado que como guerrero era sutil, calculador y valiente, no necesitaba alardear ni vivir en el pasado. Tenía una granja donde jugueteaba con herramientas y armas para ver cómo funcionaban, qué las hacía buenas o malas, y emular las buenas y mejorar las malas. Él y mi abuela también cultivaban árboles frutales y criaban abejas. Al recordar estos días, recuerdo su hogar como dulce y seguro, un lugar para fomentar la bondad, la humildad, la confianza y un espíritu familiar, estable y amoroso.

Mi rodilla no sanó bien al principio, así que mis abuelos me emborracharon para aliviar el dolor y me hicieron morder un palo mientras me limpiaban con una lima de metal para quitar la carne necrótica. El dolor era tan intenso que me desmayé. Cuando desperté, mi rodilla estaba en llamas y sentía mi piel arder debajo de las vendas: gusanos comiéndose la carne muerta. Hasta el día de hoy puedo sentir cuando la lluvia cae sobre mi rodilla. Cuando hago ejercicio, mi rodilla derecha se cansa más rápido que la izquierda y a veces se hincha. Las veces que me duele, me pongo un vendaje apretado para mantener baja la hinchazón y estabilizarla. La cicatriz sigue siendo fea, pero el pelo (ahora gris) la cubre bastante.

En algún momento, tuve que volver a la villa de mis padres en Britannia, Camulodunum (Colchester), para ser más específicos. Yunthar era un buen marinero así que me llevaba a través del mar alemán con su tripulación, en su dakkar. Había llegado el momento de volver a la odiosa escuela monástica de Verulamium (Saint Albans) en las tierras de Catuvalleni. Los británicos se jactaban de que Boudicca, con sus rebeldes icenos, había saqueado la ciudad romana hace unos cientos de años. Los monjes y estudiantes romano-británicos trataban a los estudiantes alemanes, pictos y no británicos, como parias. La vida allí era un infierno, pero mis padres querían que conociera el sistema romano y sus súbditos británicos. Ojalá hubieran encontrado una mejor manera. Había estado en esta escuela desde que tenía siete años, y ahora que tenía quince, este sería mi último año allí, de cualquier manera.

A la mañana siguiente partimos a la granja de mis abuelos con un grupo de marineros, a caballo. La mañana de finales de verano estaba cargaba de humedad, como siempre, lo que predecía un viaje caluroso. En total éramos una docena, y algunos esclavos y mujeres se nos unieron para traer de vuelta los caballos. Yunthar y Arteis lideraron el grupo y al pasar por la granja de Luthar, se nos unieron él y su hijo. Noté que mi hermana fruncía el ceño ante este desvío, pero imaginé que era algo más que solo el retraso. Le agradaban Luthar y su hijo, Wuthar, pero esos dos y sus criados parecían un poco superfluos para escoltarme desde las granjas del interior hasta la desembocadura del Albis (Elba), donde Yunthar guardaba su largo barco. Yunthar y su familia eran todos buenos comerciantes, que es lo que afirmaban que harían al unirse con nosotros: comerciar con los británicos y romanos. Tenían caballos de carga, pero vi más lanzas y armaduras que madera y hierro, cosas que comerciamos con los británicos y romanos. Sabía muy bien por qué Arteis estaba molesta con Yunthar y su tripulación. Al mediodía llegamos a la desembocadura del Albis, que desemboca en el mar de Alemania.

Navegando a Casa

Yunthar y Arteis estaban discutiendo, como siempre, sobre el viaje. Mi hermana quería acompañarme, pero Yunthar seguía diciendo que tener una mujer a bordo traía mala suerte. Artes había navegado a menudo con Yunthar y su tripulación, por lo que era obvio que algo se escondía debajo de la superficie, no solo la red de Ran. Tomé nota de que Yunthar había traído a su hermano menor, Luthar, y a su sobrino, Wuthar. Si bien estos tres eran todos buenos comerciantes, también eran grandes asaltantes. Yunthar también tenía más remeros de lo necesario, otro indicio de que pretendía hacer algo más que llevarme a través del mar verde y comerciar en Londinum (Londres), Camulodunum (Colchester) o Eboracum (York).

Finalmente, le rezamos a Wade por un buen viaje y sobornamos a su madre, la bruja marina Walchit, con sangre de nuestros brazos. Nos cortamos los antebrazos, goteando sangre al mar. Yunthar mantuvo su lancha en un arroyo cerca de la desembocadura del Albis, y en lugar de regresar con los sirvientes y otras mujeres, Arteis subió la pasarela con valentía ardiente como el fuego y tomó el remo del capitán. Yunthar abrió la boca para quejarse, pero Luthar dijo "Hermano, mantenla a bordo, seguramente ahuyentará a Walchit". La mayoría de los hombres rieron, pera con una risa nerviosa. Cuando Yunthar y Arteis discutían en tierra, las peleas podían ser fuertes; en al agua, fueron épicas. Eran (y son) buenos marineros, mejores de lo que yo seré jamás, pero su terquedad nos había dejado atrapados en más de un banco de arena. A decir verdad, Yunthar era un capitán nato, tranquilo y con una risa rápida. Parecía saber cuándo cambiaría el viento, antes de que lo hiciera. Si bien tanto mi hermana como su marido eran buenos marineros por separado, juntos podían ser un desastre. Se amaban (y todavía lo hacen), y todos nosotros los amamos (y todavía los amamos); fue una pesadilla soltar amarras y desembarcar, ambos estaban seguros de que el otro estaba completamente equivocado.

Al mediodía ya habíamos zarpado y rápidamente nos encontramos en la sombría corriente del río. El viento era débil y el cielo brillante, así que remamos. Aunque mi rodilla estaba rígida y dolía, me sentía bien tirando de un remo, ejercitando mi pierna para soltarla nuevamente. Me había envuelto tela extra, con telarañas, orina de vaca hervida y musgo sobre mi rodilla para que mi hermana no me sacara temprano de mi asiento, al verme sangrar. Arteis podía sobreprotegerme, pero sabía que lo hacía por amor y porque mi padre le había pedido que cuidara de mí. Como lo había demostrado en la caza del jabalí, podía ser un poco imprudente para demostrar mi valía o lo que mi padre llamaba, mi testarudez. Teníamos suficientes hombres para hacer turnos de remo, pero yo quería estar en el primer turno porque me había visto obligado a descansar durante muchísimo tiempo. Me encantaba (y todavía lo hago) hacer ejercicio, especialmente cuando me sentía nervioso, y estaba bastante nervioso por volver a la escuela.

Cuando nos adentramos en el mar, el viento empezó a soplar fuerte desde el suroeste, así que izamos la vela y el barco se inclinó hacia el mar cuando la vela se tensó. Las olas eran suaves, así que me escabullí a la parte delantera del barco, tiré un cubo al mar, lo levanté y me quité la venda. Dejé caer el paño en el agua salada y lo saqué para frotar mi herida. Una sombra apareció en mi hombro cuando mi hermana me miró, el sol amarillo brillando a través de su cabello rubio. No pude leer su rostro con el sol detrás de ella, pero el halo dorado era impresionante.

"¿Cómo sigue?"

"Mejorando, no hay pus, solo sangre. Me lave con las lágrimas de AEgir."

"¿No se suponía que debías volverte cristiano?"

"Ni hablar, esos monjes son un grupo de pederastas y su dios es un cobarde."

"No pensé que fueras del tipo que pone la otra mejilla."

"Golpéame y te golpearé de vuelta. ¿Crees que Woden o Thor dejarían que alguien los trate como esclavos? Los romanos están flaqueando y los británicos están maduros, como para ser arrancados como una manzana de unos de los arboles de Freyja."

"Eso es lo mismo que piensan Yunthar y Luthar."

"¿Sabes dónde atacarán, si me dejarán unirme a ellos? O mejor aún, ¿me dejarás tú?"

"Sabes que no podemos atacar con valentía si nuestro padre trabaja para los malditos romanos, así que iremos al norte."

"Tú también lucharás, ¿supongo bien?"

"¿Por qué no lo haría?"

"Oh, deberías; una mirada a tu cara y los británicos huirán a las colinas."

"¿Así de feo crees que soy?"

"Mucho, y lo sabes. Todos mis amigos te miran fijamente, bastardo. Te pareces menos a Hel que una Valquiria."

"Muchas gracias, hermano querido. A veces Yunthar no piensa lo mismo."

"Está cegado; él te ama, pero el amor entre ustedes arde como una tempestad. Espero poder encontrar lo mismo algún día."

"Ten paciencia, hermanito."

Yunthar dirigió el barco hacia el mar agitado y Arteis gritó "¿Qué estás haciendo?"

Me quedé adelante para observar el balanceo del barco y ver la espuma romper en la proa. Es más silencioso al frente. El mar siempre me calmaba cuando me sentía inseguro o molesto, y ahora sentía ambas cosas. No esperaba con ansias mi último año en la escuela del monasterio de Verulamium (St. Albans), donde tendría que lidiar con los mocosos británicos y sus petulantes padres, y mucho menos con esos malditos monjes de cabeza rapada. Quizás Keaffer y yo pudiéramos tener un buen año, pero los británicos eran un grupo tan celoso y chauvinistas con los alemanes y los pictos, que nos consideraban seres inferiores. Y aun así mi padre quería que yo sirviera al imperio como funcionario público, igual que él.

El imperio estaba muriendo, pero tan lento que sus seguidores no querían ver la realidad. Las fronteras estaban vigiladas por personas que se suponía eran extranjeras. Los ciudadanos no querían servir o no podían sentirse atados a las tierras de los latifundios debido a los parricidios codiciosos. La distinción entre ciudadanos supuestamente libres que trabajaban en una plantación o un esclavo ya casi no tenía sentido. Ambos estaban atados a la tierra, pero los ciudadanos no podían ser comprados, vendido ni violados legalmente; sin embargo, debido a que los parricidas eran dueños de los tribunales de los ciudadanos, podían hacer lo que quisieran. Las villas parricidas se estaban volviendo cada vez más extravagantes a medida que la gente que trabajaba los campos pasaba hambre. Los campesinos desnutridos sucumbieron a las malas cosechas y a las enfermedades, y muchos huyeron hacia el lejano oeste o cruzaron el mar hacia la Galia occidental. Las legiones, o lo que todavía se llamaba así, ya habían abandonado las tierras altas occidentales y gran parte del territorio al norte de los Albus. (Lo que los alemanes llamamos Humber) Entonces, ¿por qué servir al imperio? Tal vez unirme a una unidad militar para tener un techo sobre mi cabeza y comida en mi estómago, porque tener ambos sonaba mucho mejor que contar monedas recortadas y aceptar sobornos de los propietarios de villas para pagar impuestos. Además, mejorar mis habilidades de lucha podría resultar muy útil cuando el imperio colapse.

Cuando el viento se calmó, Arteis me llamó: "¿Demasiado bueno para remar, hermanito?" Me reí, tomé asiento y remé. El ejercicio se sintió bien. Siempre me gustó estirar los músculos y remar era un gran ejercicio para desarrollar una espalda fuerte y unos hombros anchos. El viento era débil, el mar estaba relativamente en calma y el sol fuerte, habitual de una mañana, así que me quité la túnica y remé. Yunthar gritó que arruinaría mi piel clara, haciendo reír a sus guerreros. Fui vanidoso, pero, ¿qué joven fornido no lo es? "Pensé que te habías quitado la túnica, Yunthar, y que tu cabello ocultaba tu piel; ¿llevas piel de oso?" La tripulación rió más y empezamos a cantar una canción de remo para mantener la cadencia, una historia de guerreros que cruzaban el mar para llevar la espalda y el fuego a los británicos cobardes.

Al mediodía el viento había llegado al sur, así que recogimos los remos e izamos la vela, riéndonos entre dientes mientras Yunthar y Arteis discutían sobre cuál era la mejor manera de que el barco navegara en paralelo al viento. Encontramos lugares en el centro del barco y usamos bancos para dormir sobre nuestra ropa. En un barco por el traicionero mar de Alemania uno se tomaba tiempo de dormir cuando podía, porque nunca se sabía cuando el viento amanaría o cuándo entraría una tormenta.

Arteis explicó que los comerciantes, nuestros espías de facto, le habían dicho a Yunthar que la guarnición romana había abandonado Petuaria y que los lugareños mantenían poca vigilancia en las murallas.

Dije: "Será mejor que nunca se lo digamos a papá. Puede que sea una provincia diferente a la suya, pero su irá será terrible."

"Si puedes mantener la boca cerrada, estaremos bien. Yunthar y yo nunca se lo diremos a nadie."

"Pero, ¿qué pasa con Luthar? Es encantador, pero ama alardear. Ciertamente ya he oído bastante sobre el bonito pecho de su esposa."

"Sí, le hicimos jurar que nunca hablaría del lugar. Le estamos diciendo que nos dirigimos a Pons Aelius, en caso de que no pueda callarse."

"No es mala idea, pero la boca del Humber es mucho más grande que la del Tyne. Quizás se dé cuenta", dije.

"Luthar es un fanfarrón nada brillante así que tal vez simplemente lo crea. Su hijo Wuther, por el contrario, no es tan tonto. Tendremos que asegurarnos de que no deje escapar la ubicación real."

"Si los británicos y los romanos alguna vez descubrieran que asaltamos la costa, nunca creerían que mi padre no estuvo involucrado y lo procesarían. Hay que ser cuidadosos. Nada de banderas, nombres ni rostros."

"Atacaremos desde tierra, por la noche. Tenemos amigos en una puerta, hartos de que los malditos Parisinos los insulten y luego no les paguen; si golpeas un perro guardián lo suficiente, atacará a su dueño."

"Cierto. ¿Y las caras y los nombres?"

"Los muertos no cuentan cuentos."

"No podemos matar a todo el mundo. Puede que no entiendan nuestro idioma, pero si decimos nuestros nombres las veces suficientes, es posible que descubran a alguno y los relacionen con nuestro padre."

"Atacaremos rápido y en silencio, usando cascos y la cara tapada."

"Deberías quedarte en el barco. Será difícil pasar por alto a una Valquiria."

"Yo iré, y tú también."

"Tenlo por seguro. Quiero sentir en mis manos la sangre cálida de un monje o un sacerdote."

"Eres bueno con el arco y no te pueden atrapar."

"Es cierto, pero, ¿quién más sabe latín tan bien como yo para entender a nuestro enemigo?"

"Hablarán alguna lengua británica. ¿Entiendes alguna de esas?"

"No, en la escuela hablamos exclusivamente latín o nos azotan" dije riendo "Pero los civiles sabrán latín, así que puedo decirles que corran o que bajen los brazos, o que nos digan dónde guardan su tesoro escondido."

"Tiene sentido, pero no debes dejarte atrapar."

"Me puedo quedar atrás y usar mi arco, como dices."

"Hablaré con Yunthar, pero no deben atraparte."

"Te escuché la primera vez." Esperaba el golpe en la cabeza y reí.

Después de remar por un tiempo y luego de una buena siesta, me encontré con Yunthar, Luthar y Arteis que se turnaban el timón en el lado derecho del barco. Yunthar y Luthar estuvieron de acuerdo en que yo los acompañara, pero sin espada ni escudo, solo un arco, algunas flechas y un cuchillo largo, un Seax por el que nuestra gente es bien conocida. El viento endureció por la tarde y navegábamos directamente hacia el sol poniente con una buena brisa y un oleaje suave. El final del verano, Weodmonath, es una época maravillosa para navegar. Tomé el timón con mi primo Wuthar, el hijo de Luthar, a mi lado. Era unos cinco años más joven pero ya era un buen marinero. Esta noche manejaríamos el timón para que Yuthar, Arteis y Luthar pudieran dormir. Navegamos directamente hacía un anillo de fuego con el sol de un rojo brillante frente a nosotros. La estela era una maravillosa espuma blanca teñida de violeta por el sol poniente. Pronto, Eärendal apareció en el Cielo junto a una gruesa luna cosechada, pintada de naranja. La luna abrió un camino hacia el mar por el que podía caminar y recoger las joyas de Ran agitadas por nuestro casco. Era una noche hermosa y, al poco tiempo, Wuthar se envolvió en una frazada, se acurrucó junto a mí y se quedó profundamente dormido. Sus pequeños ronquidos eran tan tiernos, y sin embargo, pronto vería sus primeros asesinatos. Le entristecía quedarse en el barco, pero los jóvenes, los viejos y las mujeres normalmente custodiaban el barco. Los jóvenes por sus ojos y oídos, los viejos por su sabiduría y las mujeres, por ambos. Nuestras mujeres pueden luchar con la misma saña, si no más, que nuestros hombres, pero los barcos son mucho más valiosos que unas cuantas espadas más. Todos sabían que Arteis era la persona más sabía del barco, por lo que dejarla a cargo era la mejor manera de garantizar un barco seguro para partir después del ataque.

Había recostado la cabeza hacía atrás para mirar las estrellas manteniendo la vista en Scip-Steorra (timón del barco) sobre Woden's Wagon, haciendo todo lo posible para asegurarme de que mantuviéramos nuestro rumbo hacia el oeste. Mi hermana se acercó con una expresion de preocupación en su rostro y cuando abrió la boca para reprenderme, le dije: "Mira hacía arriba, hermana. Scip-Steorra nos está guíando."

"No estás ajustando la vela."

"Está bien, y la tripulación está a salvo en los brazos de Frigg, déjalos dormir. Estaremos bastante ocupados por la mañana."

"¿A qué te refieres?"

"Las nubes altas vienen del oeste, por lo que puede haber tormenta o niebla por la mañana. Espero que esta última nos oculte de cualquier explorador romano que navegue por la costa. Tenemos que apuntar al lado norte de la desembocadura del Humber con todos los bancos de arena en el lado sur, además, la ciudad está de lado norte."

"Sí, pero el lado norte tiene corrientes complicadas y bancos de arena, por lo que también debemos tener cuidado allí."

"Es cierto, entonces es mejor acercarse, pero no demasiado, a la orilla."

"Yo me hare cargo para que puedas dormir."

"Ah! Solo quieres saludar a Eärendil y Eostre en todo su esplendor."

"Te encanta pensar que eres un policía."

"¿A quién no?"

"A padre" dijimos al unísono, y reímos.

Apoyé la cabeza mientras el cielo era solo relámpagos, el amanecer del lobo, como lo llamábamos. Tan pronto como cerré los ojos pareció que un fuerte empujón me despertó. "Esfuérzate, muchacho; estamos cerca de la orilla", dijo Onth, uno de los guerreros. Era un hombre corpulento, de rostro ancho cubierto por una espesa barba; había sido joven de hombre anchos, un gran luchador, pero estaba subiendo de peso. Había sido amigo de Lutero, pero hace años tuvieron una pelea por sus esposas. A Yunthar todavía le agradaba, pero yo no confiaba en él. Me recordaba demasiado a mi abuelo: un fanfarrón que vivía en el paso y vivía del arduo trabajo de otros.

La niebla había aparecido y podíamos oír las olas rompiendo en Spurn-Point, en el lado norte. Detrás de ese punto en el Humber había llanuras de barro y arena que teníamos que evitar, pero al sur había una ciudad romana donde el Haven desembocaba en Humber, y no queríamos ir tan al sur como para encontrar barcos de pesca, o peor aún, barcos patrulleros romanos que nos descubrirían. La niebla era espesa y llovía ligeramente, simplemente rociándonos. La vela era inútil en el aire humedo y sin brisa, así que tuvimos que remar contra la corriente, pero con la marea. Rebotábamos como una vejiga de cerdo inflada con la que los niños jugaban. La niebla hacia que los sonidos rebotaran a nuestro alrededor y la lluvia fuerte hacia que los remos se resbalaran de nuestras manos. Podíamos oír a otros barcos rebotando y gaviotan llorando, pero supusimos que lo más probable era que fueran pescadores que se dirigían hacia su negocio. Nadie se fijó en nosotros esa mañana, ya sea pensando que éramos un barco romano, un barco de pesca o simplemente ni siquiera se fijaron en nosotros. Levantamos nuestra cabeza de perro en la parte delantera del barco para ahuyentar a los espíritus malignos en tierra extranjera. Era la cabeza de un perro de caza feroz y gruñón tallado a imagen y semejanza del perro favorito de Yunthar, Pookah. Era una guardiana feroz de su casa, como lo comprueban muchas cicatrices de mordeduras en muchos de nosotros. Una vez me mordió el trasero cuando abracé a mi sobrina, Yunta. Ese día perseguí a la maldita perra por el jardín mientras los demás reían a carcajadas.

En pocas horas, habíamos pasado por los bajíos y la ciudad donde se unían Haven y Humber, y ahora remamos hacia el lado sur para evitar el área donde Hull desemboca en Humber, donde se encontraba otra ciudad pesquera y comercial. El día se hacía tarde y nos estábamos cansando de remar contra la corriente. Sin embargo, agradecimos poder remar porque la lluvia y la niebla todavía nos cubrían. La niebla se había convertido en nubes bajas y ahora llovía más fuerte, así que estábamos empapados. Al ser Woedmonth (pleno verano), íbamos vestidos con ropa ligera. Este suele ser el mes más caluroso y húmedo del año, por lo que usar pieles aceitadas habría sido asfixiante. En cambio, nos quedamos en pantalones que terminaron empapados. Eso sí, usamos guantes para evitar ampollas en las palmas. Teníamos el pelo largo pegado a la cabeza. A medida que el Cielo se oscureció en el crepúsculo oculto, la lluvia se calmó y las nubes comenzaron a elevarse. El Humber había girado hacia el sur después de la desembocadura del Hull, y nos quedamos cerca del lado sur del ancho río para evitar bancos de arena y miradas indiscretas hasta que el río giró nuevamente hacia el norte y los bancos de arena estaban en el lado sur.

Basándonos en eso, nos dirigimos hacia la orilla norte, al este de Peturia, para desembarcar el barco. Condujimos a lo largo de la orilla mientras algunos de nosotros saltábamos para escalar la orilla fangosa. Yo era uno de los que saltaban por la borda, ya que los jóvenes más livianos tenían menos probabilidades de lastimarse al saltar a aguas poco profundas. Después del viaje, la tierra se sentía tan divertida como siempre. El equipo confeccionó las líneas de piel de morsa que atamos alrededor de la base de algunos árboles. Luego, la tripulación echo la pasarela para cruzar rápidamente del barco a tierra y transportar el botín desde la orilla al barco.

El día nublado y lluvioso había sido un regalo de Woden, y ahora las nubes se levantaban a primera hora de la tarde. Pudimos distinguir algunas de las estrellas cuando las nubes se disiparon. El suelo empapado también fue una ventaja para nosotros, ya que ocultaba nuestros sonidos de movimiento. Nos oscurecimos la cara con hollín que habíamos guardado para el ataque, nos pusimos la armadura y desenvainamos nuestras espadas y cuchillos. Aquellos de nosotros que teníamos arcos revisamos para asegurarnos de que nuestras cuerdas de lino estuvieran secas, pero aún no las encordamos. Colocamos fechas en fundas forradas de lana sujetas a nuestros cinturones para facilitar el acceso. Nos pusimos la cotas de malla sobre cuero hervido que apestaba a sudor viejo. Tapamos nuestra cara para que lo único que se pudiera ver fuera el blanco de nuestros ojos. No podíamos ocultar nuestras largas barbas, pero yo no tenía esas preocupaciones con tanta pelusa de melocotón en el labio superior y la barbilla. Nos atamos hierba alta a nuestros brazos, piernas y torsos con cordel para mezclarnos con el bosque. Ahora éramos *Nihtgenga*, caminantes nocturnos que se aprovechaban de la gente desprevenida por la noche. No encendimos marcas ni una fogata porque la sorpresa y el terror eran nuestros aliados esa noche.

El Asalto Nocturno

Bajo el manto de la oscuridad y a través de bosques húmedos, nos dirigimos hacía al oeste, hacia la capital de los Parisi. La luna jugueteaba entre las nubes y podíamos ver que las hogueras de la ciudad creaban un resplandor en la noche. Caminamos en silencio en fila india para ocultar nuestro número, con rostros oscurecidos y capas sobre nuestra armadura para no llamar la atención. Yunthar abría el camino, apartando ramas silenciosamente y pisando ramas caídas que podían romperse. No teníamos prisa, nadie nos había visto y las patrullas en esta zona eran raras desde que los romanos habían abandonado la mayoría de las ciudades, quedándose para proteger Eboracum. En el sur, el patrullaje seguía siendo regular, pero al norte, los romanos se estaban protegiendo, habiendo llevado la mayoría de los soldados al sur. Nos deteníamos a menudo para escuchar, pero no oíamos nada fuera de lo común a medida que nos acercábamos más a la ciudad.

Después de una hora de lento progreso y en su mayoría, silencioso (algunas ramas crujieron y nuestras botas hicieron ruidos de chapoteo), estábamos cerca de las murallas. Yunthar hizo una señal a los arqueros para que se quedaran atrás y prepararan sus arcos mientras los asaltantes se dirigían a la muralla. Saqué por mi cuello la cuerda de mi bolsa de cuero aceitado y doblé el tejo sobre mi muslo con el extremo inferior ensartado y bloqueado por mi bota. Saqué una flecha y la llevé hasta mi oreja, luego la solté lentamente para comprobar si la cuerda estaba bien, y lo estaba. Nos encontrábamos solo a unos metros, en el bosque, pero en completa oscuridad para cualquiera que mirara desde las murallas. ¡No había nadie vigilando! Apenas podíamos creer lo insensatos que eran estos Parisi. Normalmente los saqueos no llegaban tan lejos rio arriba, ¿pero para qué tener murallas si nadie estará en ellas? Estos británicos arrogantes habían sido domesticados durante tanto tiempo por los romanos que no protegían sus murallas.

Yunthar, Luthar y sus guerreros se tomaron su tiempo para llegar a la muralla y formaron una escalera humana con cuatro hombres en la base, tres en el siguiente nivel sobre sus hombros, dos por encima de estos tres y luego unos pocos, subiendo lentamente con algunas cuerdas anudadas. En un momento dado, un perro aulló pero calló al ser silenciado por su dueño. ¡Nadie vino a revisar! Yunthar y Luthar arrojaron las cuerdas, y nosotros, los arqueros, levantamos nuestros arcos en caso de que todo fuese una trampa, pero de nuevo, nada sucedió. Después de que los guerreros pasaron por encima de la gran pared, Luthar indicó a los arqueros que subiéramos y resguardáramos la vía de escape. En poco tiempo, cruzamos desde el bosque a través de las descuidadas tierras, llenas de maleza, hasta la muralla y subimos con nuestros arcos alrededores de nuestros cuerpos. Arriba, tomamos posiciones de disparo, listos para actuar en cualquier momento.

Desde nuestro lado podíamos ver a un guardia calentándose las manos junto a una pequeña fogata, cerca de la puerta que daba al río. Pudimos ver a personas caminando por el centro del pueblo, lo que era presuntamente una taberna donde la gente local se reunía para beber y conversar. La mayoría de las casas cercanas a la muralla estaban oscuras y en ruinas, probablemente abandonadas. Algunas habían sido derribadas, y campos habían sido sembrados dentro de ellas. Este era un pueblo moribundo, pero un pueblo moribundo con tesoros que se podían obtener fácilmente. Yunthar y Luthar se dirigieron a los espadachines, hacheros y lanceros por las escaleras en ruinas sin que nadie se diera cuenta. Si necesitábamos disparar, nuestros blancos eran fáciles de identificar con fogatas a su alrededor. No podia creer nuestra fortuna. Y luego escuché los gritos a lo Woden y Thor de nuestros guerreros, a medida que se lanzaban hacia la multitud en el centro del pueblo. Las primeras personas abatidas y atravesadas por nuestras armas tenían miradas de sorpresa en sus rostros. Luego, los gritos de pánico se elevaron entre los Parisi, contribuyendo a la confusión y al terror, nuestros aliados en la batalla.

Los cuatro que estábamos en la muralla vimos gente salir corriendo de las casas con antorchas encendidas, así que apuntamos y disparamos. Vi como mi primera flecha alcanzó a un hombre en el pecho y lo tiró al suelo. Encontré mi siguiente objetivo, un hombre obeso que huía hacía las afueras. Mi disparo le dio en la parte baja de la espalda. El grito fue tan alto que pensé que le había disparado a una mujer. No había tiempo para considerar el sexo de mis objetivos, así que me puse otra flecha en la oreja y la disparé contra el portero, alcanzándolo en el cuello. Se cayó, derramando las brasas del fuego sobre la puerta principal, que empezó a humear. A estas alturas, no había buenos objetivos, los asaltantes habían despejado el centro de la ciudad y cualquier con sentido común, había huido corriendo.

Yunthar me llamó para que hablara con algunos prisioneros y les preguntara dónde podíamos encontrar oro, hierro, cobre, plata, estaño, bronce y maíz. Algunos de los asaltantes habían encontrado establos y estaban sacrificando cerdos, ovejas y vacas, para llevar comida a casa. Otros entraron en la taberna para conseguir comida y limpiar el lugar en caso de que a la gente se le ocurriera reunirse para defenderse o huir en busca de ayuda. Los otros tres arqueros se quedaron en la muralla para eliminar a los extraviados que tuvieran planes de reunirse y luchar, o huir en busca de refuerzos. Éramos un grupo pequeño por lo que cualquier represalia habría sido mala para nosotros. La sorpresa, el terror y la crueldad fueron nuestros aliados esa noche. Vi algunos cadáveres en el centro de la ciudad, una pobre excusa para un foro, y algunos parisinos curando heridas, principalmente en la cabeza, donde habían sido esposados. Los prisioneros fueron reunidos en un pequeño circulo y dos ancianos fueron apartados; ambos estaban mejor vestidos que los demás, por lo que debían ser poderosos en la ciudad. Hablé con uno en latín y se quedó asombrado de que yo hablara tan bien, mejor que él: "Tú tienes el control sobre tu vida y la de estos ciudadanos. Si nos ayudas rápidamente, nadie más morirá y no tomaremos esclavos. Queremos metales y alimentos. Si le dices a tu gente que nos ayuden, nos iremos antes de que salga el sol. Si luchan o nos atrasan, están Muertos.

También dejaremos en paz a sus mujeres. En resumen, los trataremos mejor de lo que ustedes a nosotros."

"¿Cómo te llamas, muchacho?" respondió el mayor de los dos hombres. Era delgado, vestía buena ropa y tenía un aire arrogante. Había elegido primero al más fuerte para intimidar al cobarde, que estaba en el suelo, cerca de nosotros. Evalué con mi mirada a este hombre arrogante y luego le golpeé la boca con la mano cerrada, por el insulto, arrancándole algunos dientes. Lo derribé y levanté al otro, que se estaba quedando calvo, era obeso y acababa de orinarse.

"¿Te gustan tus dientes?"

El hombre gordo respondió con temor: "¿Qué?" y le golpeé en el estómago, lo que hizo que se defecara encima.

"Contéstame rápido y sé honesto, o perderás más dientes que ese bastardo quejumbroso." Los otros sajones no sabían entender el latín, pero captaron la esencia de lo que estaba ocurriendo. El hombre arrogante empezó a levantarse para protestar, pero Luthar le dio una patada en la cabeza. El gordo cobarde cayó de rodillas y suplicó: "Puedo conseguirte el metal que quieras, pero tomará tiempo."

Le di una bofetada con el dorso de mi mano: "Encontrarás gente para recoger los metales ahora, o los mataremos a todos y quemaremos este *oppidum* (ciudad fortificada), sacando el metal derretido de las cenizas." El hombre gordo llamó a alguien en lengua británica y dos hombres corrieron hacia él, claramente esclavos.

"Estos hombres reunirán todo el metal que puedan, si los liberas ahora."

"Sin trucos, gordito, o te sacaré las tripas por el trasero."

"No, no, no. Déjanos vivir."

El terror es un fuerte aliado. "Ustedes entreguen los metales y el maíz rápido, y nos iremos sin quemar sus casar ni matar a nadie más; incluso es posible que ni siquiera tomemos a sus familiares como esclavos. Todo depende de cuánto consigamos y qué tan rápido lo hagamos."

El hombre gordo reunió a demasiada gente, así que tuvimos que separarlos y escoltarlos. Algunos de los esclavos eran alemanes y pidieron volver a casa con nosotros, a lo que respondimos que estaríamos encantados de llevarlos siempre que estuvieran dispuestos a trabajar y ayudarnos para llegar todos sanos y salvos. Nos dijeron que el hombre gordo, Vesalio, no era un mal maestro en su mayor parte, pero había violado a algunos de los niños. Nos dijeron que el hombre arrogante, Teodosio, era el jefe local y era muy duro con sus esclavos, los castigaba cruelmente y se deleitaba en dividir familias. Les preguntamos a los ahora antiguos esclavos si podrían escoltar a nuestros asaltantes hasta las cosas que queríamos y que pensaran en la mejor manera de hacer justicia. Estaban ansiosos por ayudarnos a encontrar el botín que buscábamos ya que ellos eran la mano de obra que trabajaba tales bienes. También nos dijeron qué personas debíamos dejar como inofensivas y a cuáles vigilar. Querían ir a las villas donde habían vendido a miembros de su familia para rescatarlos. A los que eran locales, les dijimos que recogieran sus pertenencias y reunieran a sus familias; a los demás les hicimos jurar que no nos traicionarían, y si podían regresar al amanecer, les ayudaríamos a escapar.

En poco tiempo, los esclavos alemanes ya liberados, llevaron una buena cantidad de maíz al centro del pueblo y comenzaron a traernos piezas de metal desde broches de oro hasta herramientas agrícolas de hierro con algunos lingotes y chatarra de la herrería. También enviamos a algunos de nuestros hombres para decirles que vinieran al muelle. Enviamos a los otros arqueros de regreso a las murallas con orden de disparar a cualquiera que buscara problemas, vigilando desde las sombras en caso de que los lugareños buscaran reunirse para contraatacar. Enviamos grupos de asaltantes a patrullar por la ciudad en busca de cualquier travesura. Los recién liberados nos guiaron a casas que podían resistir durante la noche, tomando los dos hombres como rehenes. Les dije en latín que cualquier resistencia provocaría una muerte rápida, pero que, si se portaban bien, los dejaríamos en paz por la mañana.

Los esclavos que habían ido a las granjas para traer a sus familiar a la cuidad comenzaron a llegar poco a poco, pero un grupo nos advirtió que algunos de los propietarios de las villas habían sido advertidos por algunos británicos que huían de la ciudad y estaban reuniendo fuerzas. En consecuencia, tomamos a algunos de los hombres reunidos, incluidos el hombre arrogante y el gordo, y los llevamos al muro norte, sobre la puerta. Encendimos fogatas detrás de ellos para que la gente fuera de los muros pudiera verlos claramente. También les atamos lazos alrededor del cuello y anclamos las cuerdas a los edificios cerca de las paredes. Mirando hacia el pueblo, pude observar que el botín estaba siendo llevado desde el centro hasta el muelle, como ordenamos.

Cuando los británicos caminaron arrogantemente hacía la puerta norte, blandiendo antorchas y armas, les grité en latín desde las sombras, que se detuvieran o comenzaríamos a matar rehenes. Unos de los propietarios de las villas (notable por su acento) nos ordenó abrir las puertas y deponer las armas, o atacarían. Le traduje a nuestros hombres, quienes rieron. Los británicos dispararon flechas a ciegas contra la ciudad, sin alcanzar a nadie más que al hombre gordo, en el muslo. Nos reímos aún más mientras él gritaba de dolor. "Como verás, solo te harás daño a ti mismo. Basta de tonterías."

Desafortunadamente, mi voz de niño adolescente se quebró, por lo que el hombre arrogante de abajo gritó: "¡No escucharemos a los niños! Ríndete y te trataremos bien, no te mataremos."

"¿Esclavizarme? Eres un idiota." Le disparé una flecha, directo en el pecho. Eso lo silenció, pero los imprudentes británico soltaron otra ráfaga de flechas, que de nuevo, no dañaron a nadie. "Páganos y tus parientes en la ciudad vivirán; quédate y morirán." Le dije, mientras le daba una patada en el trasero al hombre arrogante para tirarlo fuera de los muros. Mientras caía, más flechas volaron, inofensivas. Luthar pateó al hombre gordo para que se uniera fuera del muro. "Nuestras cuerdas no fallan y sus flechas no dan en el blanco. Tiraremos a más hombres y traeremos más desde la ciudad, a menos de que te vayas."

En ese momento, escuchamos una conmoción proveniente del muro occidental. Algunos británicos habían intentado escalarlo al amparo de la oscuridad. Escuchamos gritos mientras los británicos corrían hacia el muro desde el bosque y algunos fueron alcanzados por flechas que iban dirigidas al muro, mientras que otros fueron golpeados por piedras, arrojadas desde las murallas. Las paredes no eran tan altas, pero gritar para anunciar su ataque era una prueba más de lo principiantes que eran estos parisinos. Gritábamos en alemán desde la puerta, preguntando a los del muro occidental si necesitaban ayuda y ellos respondían que estaban entre los asaltantes y los recién liberados. Como si fuera una señal, los arqueros del muro este nos advirtieron que había gente en el bosque. Los británicos disparaban flechas al Humber y oían el barco remar río arriba, pero los disparos se quedaron cortos. Si estos Parisis hubieran esperado, es posible que hubieran hecho algunos buenos disparos cuando el barco estaba atracando, pero como dije, principiantes. Subí corriendo las escaleras hasta el muro este para sumar otro arquero, puse una flecha en posición y esperé para disparar.

En los bosques, los Parisi comenzaron a tambalearse de uno en uno y de dos en dos, pero les susurré a los demás que esperaran hasta que se acercaran más, antes de disparar. Como imaginé, cuando no dispararon los primeros, un grupo de hombres corrió hacia la pared llevando herramientas agrícolas, no verdaderas armas de guerra.

Susurré de nuevo que esperaran y los dejaran venir, hasta que los Parisi que comandaban a estos hombres se sintieran tan confiados como para aparecer en el campo de batalla. Los pobres agricultores de los latifundios (plantaciones dotadas de un gran número de esclavos y capataces) corrieron hacia la muralla y simplemente miraron hacia arriba y hacia atrás, sin tener idea de qué hacer. Escuché a un hombre llamarlos desde el bosque, con una voz usada para dar órdenes. No podíamos entender la lengua británica de ese cerdo, pero la intención fue clara cuando los granjeros comenzaron a arrojar cuerdas con piedras atadas al extremo para hacer peso. No arrojaron ganchos, así que tan pronto como tiraron, las cuerdas pesadas con piedras se levantaron.

El hombre con voz de autoridad habló con más urgencia y las cuerdas volvieron a pasar por encima de la pared mientras nos escondíamos en las sombras, reprimiendo nuestras risas por su incompetencia. Cuando una cuerda llegó lo suficientemente lejos como para caer dentro de la ciudad por encima del muro, le susurramos a algunos de los asaltantes que la ataran para ayudarlos. También pedí en voz baja que trajeran las brasas de las fogatas en vasijas de barro. Cuando los agricultores encontraron que la cuerda estaba sujeta, llamaron al bosque. Para nuestro deleite, los hombres salieron corriendo hacia la pared. Había alrededor de una docena de hombres en la base del muro y otros seis corrían hacia ellos, con armas decentes y algunas partes de armaduras. Uno de los campesinos empezó a subir con una cuerda entre los dientes.

Cuando llegó a la cima, nos quedamos escondidos en la sombra. Los hombres de abajo tenían las vasijas de barro, pero les hicimos señas para que esperaran. El campesino llegó a la cima, visiblemente temblando, arrojó la cuerda, nos dio la espalda y saludó con la mano hacia el bosque. Nos acercamos sigilosamente a él y lo tiramos hacia atrás, cubriéndole la boca. Le hicimos gestos para que se quedara en silencio, con un cuchillo en la garganta; tenía los ojos muy abiertos, temblaba y se había orinado encima. Teníamos la capa de campesino de uno de los habitantes del pueblo así que me la puse y me quité el casco (no tenía barba como los demás porque era demasiado joven para dejarme crecer una barba adecuada). Atamos la segunda cuerda y tiramos de ella, para mostrar que estaba fijada. Fui al borde de la pared y vi a dos hombres sosteniendo las cuerdas de abajo para que otros pudieran trepar. Otros dos campesinos subían y los Parisi esperaban su turno después de que estos campesinos llegaran a la cima. Esta fue una buena lección de que liderar desde atrás no inspiraba coraje. Los escaladores obviamente se mostraban reacios a subir y lo hacían lentamente. Le seguía gritando locamente en su lengua de cerdos al hombre de arriba, así que hice como si me callara y le hice señas, actuando en pánico. Los Parisi les ordenaron subir más rápido pero ellos esperaron abajo. Cuando el primer hombre llegó arriba, lo levanté tirándolo por el cinturón. Lo lancé hacia los otros asaltantes que esperaban, quienes le metieron un paño en la boca para mantenerlo callado. Le hice lo mismo al otro escalador, en cuanto se levantó. Durante este *Hogtyng*, los asaltantes con ollas llenas de brasa calientes subieron las escaleras y se agacharon, listos para tirar. Volví a mirar y vi a dos de los Parisi trepando con espadas a los lados. ¡Principiantes! Cuando llegaron arriba, los tiramos también y tiramos las ollas sobre el resto. Las brasas explotaron sobre ellos mientras nos reíamos al verlos saltar de dolor. Disparamos una ráfaga de flechas, hiriendo a tres de los Parisi. Los campesinos y uno de los Parisi que quedó abajo sin armas salieron corriendo hacia el bosque así que todos disparamos otra flecha. Todas fueron dirigidas al Parisi, haciéndolo caer en el césped. Los ocho campesinos corrieron hacia el bosque para salvar sus vidas mientras nosotros seguíamos riendo. Esos primeros días de incursiones fueron muy fáciles.

Le pedí a los otros dos arqueros que se quedaran vigilando el muro, por si los campesinos regresaban, pero nunca lo hicieron. Me imaginé que no dejaron de correr cuando llegaron al borde del bosque porque cuando más tarde nos alejamos remando del muelle, no vimos ni un alma, ni flechas disparadas contra nuestro barco. Fui a interrogar a los dos Parisini que habíamos capturado; uno hablaba bien latín (el mayor), pero el más joven apenas podía darse a entender.

Le hablé al mayor: "Si te resistes, te mataremos. Si cumples con nuestras demandas muy razonables, usted y su joven compañero vivirán juntos con sus campesinos."

"¿Hablas latín?" preguntó con incredulidad. "No eres el más inteligente del grupo, ¿cierto?" le reproché.

"¿Cómo te atreves a dirigirte a mí con tanto descaro, bárbaro?" Eso le hizo ganarse un puñetazo en la cara.

"¿Eres lento? Escucha, presta atención o apuñalaré a tu amigo."

"¿No te atrevas a tocar a mi hijo" dijo, escupiendo una mezcla de dientes y sangre.

"Gracias por la información, tonto. Ahora, esto es lo que exigimos: Tú y tu hijo navegarán con nosotros como rehenes hasta que lleguemos a la desembocadura del Humber. Luego, los liberaremos en la orilla norte."

"¿Qué es el Humber?

"Por Woden, de verdad eres tonto. El río, idiota arrogante."

"Nosotros lo llamamos..."

"Ya sé que lo llaman *Abus Fluvius,* pero pronto será conocido como Humber, cuando los alemanes tomemos estas tierras."

"¡No te atrevas a invadir el imperio!"

"Ya cruzamos el Rhenus (Rin) y pronto viviremos aquí, donde las aguas son dulces y frescas, y la tierra muy fértil. El imperio está muerto, simplemente aún no lo sabe.

"¡Los mataremos a todos ustedes, esclavos!"

"Sí, comenzamos bien. Temblamos de miedo, escondidos en nuestras granjas esperando a las legiones conquistadoras. Hablando de eso, tus poderosas legiones han abandonado las tierras altas occidentales, ya no ocupan la muralla norte con suficientes hombres, y el campamento en Ebocarum, lo que llamamos Eoforwic, para la Legio VI Victrix, está extremadamente falto de personal después de que Stilcho se llevó a muchos de los soldados de regreso a Galia, para luchar contra nuestros primos del continente. Ya no patrullan como solían hacerlo, la mayoría de sus soldados se han ido y sus campamentos más pequeños están abandonados, o tan faltos de personal que son nada menos que unos miserables campamentos comerciales. Roma ha abandonado Britannia al norte de Humber y al oeste de Severn, dejando tropas solo en Flavius Caesariensis y Britannia Prima, y la mayoría de esas tropas, son alemanas. Ya controlamos Britannia en todo menos en el nombre. Los británicos de las tierras bajas están huyendo a Galia, hasta el punto de que los lugareños están llamando Bretaña a Amorica."

"Stilcho y las legiones regresarán, y nosotros los británicos podemos llenar las legiones, mocoso arrogante."

"Sí, Stilcho. Recuérdame, ¿él es británico, galo, hispano o italiano? Ah, es cierto. El mayor general de Roma, es un alemán." Yo era un mocoso en esos años, pero ese idiota merecía mi sarcástica ira. "Ahora, ¿será un viaje tranquilo por el río o una espada en el estómago de tu hijo?" El viejo asintió con la cabeza. Los atamos y les llenamos la boca de tela para que no pudieran hablar con los otros rehenes.

Cuando terminamos de hablar, el barco había zarpado, cargado con el botín, y casi todos a bordo estaban listos para partir. Yunthar y Luthar tenían algunos rehenes, hombres con propiedades, pero no mujeres ni niños. También nos habíamos fugado con un barco mercante, un barco enorme con una bodega de carga de la que

Luthar se apoderaría como casa, con el viento lleno del botín y antiguos esclavos. Llevamos a algunos de los esclavos a nuestro barco principal, *Beadupicga,* y partimos mientras las estrellas comenzaban a desvanecerse con el amanecer. Cuando llegó la hora del lobo, estábamos en la corriente, dirigiéndonos al sureste del mar. Muchos de los esclavos alemanes habían regresado de las villas con sus familias y los llevábamos en el barco comercial que seguía a *Beadupicga.* Estas personas nos dijeron que los demás estaban demasiado lejos o que establecerían sus propias granjas en la zona salvaje del noroeste, a donde algunas familias ya habían escapado. Los escotos del norte de Hibernia (Irlanda) estaban en la costa occidental y el sur, dejando campos abandonados para que los esclavos fugitivos puedan establecer sus granjas. Las tierras eran peligrosas, pero era major que ser un esclavo de los cerdos británicos.

Hablando de cerdos, algunos de los antiguos esclavos del barco mercante se quejaban de que algunos de los rehenes habían sido amos crueles, diviendo familias, violando esposas e hijas y usando el látigo con frecuencia. Luthar no habría podido solo, y no lo estaba. En nuestro barco teníamos al hombre arrogante y a su hijo. Descubrimos que el hombre arrogante era Marco Carataco, que se consideraba descendiente de la antigua Casa Real prerromana de los Brigantes. Su hijo, Quinto, era un bruto testarudo, según los esclavos, a menudo borracho y rara vez en la escuela, lo que explicaba su horrible latín. Los alemanes liberados dijeron que Carataco era un intrigante involucrado en el ascenso de Constantino al poder en

Britannia, al que se le ofreció gobernar las tierras de los Brigantes y Parisi como gobernador de Maxima Caesariensis. Constantino como gobernador (o emperador) de Flavius Caesariensis, y Britannia Prima. con Caratacus como su mano derecha. Esa camaradería con Constantino fue su sentencia de Muerte porque podía hablar con el pretendiente a la púrpura y tenía demasiado conocimiento de nuestra familia. Debido a que mi padre sirvió al imperio en Camulodunumn, no podíamos arriesgarnos a que este hombre conociera mi cara cuando regresara a la villa de mi padre. La vida de mi progénitor se perdería junto a la mía, así que Arteis, Yunthar y yo decidimos arrojarlo por la borda, atado y cargado con piedras, junto a su hijo. Pero antes, para asegurarme, los apuñalaría en el estómago para que los otros británicos en el otro barco, fueran testigos.

Si los británicos nos veían como despiadados, vivirían aterrorizados. La debilidad no es una cualidad que los enemigos de uno deban ver. Nunca antes había apuñalado a un hombre, así que decidimos que yo debía hacerlo. Tanto Yunthar como Arteis habían sentido la sangre de un hombre en sus manos, en el pasado, pero ahora era mi turno. Había matado gente a distancia con un arco y flecha, pero nunca maté a alguien mientras lo miraba a los ojos. Tomé mi hacha Seax con mi mano y apuñalé al padre en el estómago, hundiendo la hoja en su pecho, y observé como la luz se atenuaba en sus ojos. No sentí mucho, ya que era un hombre cruel y arrogante, pero el hijo fue diferente. Era un cobarde que suplicaba por su vida en un latín pobre y en cualquiera que fuese el idioma que hablaban los Parisi o Brigantes. Se orinó y se cagó encima cuando empujaron a su padre por la borda, mientras Eärendil nos observaba. Apestaba como una cabra, así que lo maté como a un animal de corral, cortándole el cuello y luego arrojándolo por la borda.

Onth me ofreció un cuero lleno de cerveza y me lo bebí de un trago. Luego le di de comer a los peces. Me sentí vacío por dentro, pero no solo por vomitar mientras amanecía hacia el este. Onth se reía de mí porque no podía tolerar la cerveza. Siempre fue un cerdo tan rudo que se deleitaba con las debilidades de los demás. Incluso le encantaba darle carne a una niña que rogaba por pan y verduras debido a su intestino débil. Le servía cerveza cuando quería leche, su intestine tampoco podía soportar el alcohol. Había sido amigo de Luthar, quien no lo soportaba, probablemente porque la chica con la que Onth estaba, era su hija. Era una chica amable y tranquila, pero Onth pensó que eso era una debilidad. A Yunthar y Arteis todavía les agradaba su fuerza musculosa. Sin embargo, rara vez remaba porque le dolía demasiado la espalda. Al ser tan gordo, difícilmente te preguntabas por qué le dolía. Simplemente se pavoneaba por la cubierta, dando órdenes a todos los demás. Si le preguntabas por qué nopodia remar, atacaba y respondía: "Ah, ¿te duelen tus suaves manos?" o alguna tontería por el estilo. Algunos de los jóvenes pensaban que era un hombre grande y duro, pero yo lo conocía como un fanfarrón y un cobarde.

Me sentí vacío por otra razón, porque estaba navegando de regreso a Britannia, no a Germania. No podía regresar a la granja de mi abuelo Yul y no quería causarle problemas a Rex y Freyja en su granja tan cerca de la de Yul. Me habría gustado vivir en casa de mis padres, pero todavía era demasiado joven para unirme a las tropas; en cambio, tenía que regresar a la escuela del monasterio de Verulamium dedicada a San Albano, cuya historia es una típica tontería cristiana. Los monjes nos dijeron que Albano acogió a un sacerdote llamado *Amphibalus* (capa), que huía del procesamiento de las autoridades romanas de aquel entonces. Cuando le preguntabas a los monjes específicamente cuándo, nos azotaban, por nuestro propio bien, o eso dijeron, siendo pederastas sádicos. *Amphibalus* tomó la "capa" (si cuestionabas este nombre ridículo, te azotaban o te arrodillaban, si no querían las heridas como evidencia) y oró de rodillas para que Albano se convirtiera al cristianismo. Cuando me reí al escuchar esto por primera vez, recibí unos latigazos del hermano Lukus, quien babeaba mientras azotaba nuestros tiernos traseros. Volviendo a esta absurda historia, un malvado príncipe romano (los romanos no tenían príncipes, pero nuevamente, mencionando esto significaba un delito terrible) dijo a los soldados romanos que registraran casas (¿quizá en Londonium) para encontrar al sacerdote encapuchado. Albano, lleno de espíritu (¿o mierda?), se puso la capa y se hizo capturar para salvar al sacerdote. Cuando el malvado príncipe romano, mientras hacía sacrificios a los demonios (o dioses romanos), descubrió que Albano había reemplazado al cura para salvarlo, ordenó que este fuese decapitado al otro lado del río Ver. Sin embargo, la gente de Verulamium bloqueó el Puente y el río estaba muy alto como para cruzarlo. *Amphibalus* con su magia cristiana hizo que el río se detuviera para que el grupo pudiera cruzar para su ejecución. Una vez más, si preguntabas el por qué, te azotaban. El verdugo inicial se negó a decapitar a Albano y se fue del lugar.

De alguna manera, Albano corrió a la cima de una colina, tuvo sed y Jesús le dio un manantial. Los romanos subieron la colina y le cortaron la cabeza al primer verdugo que renunció, y luego la de Albano, cuya cabeza rodó colina abajo con el viento empujándola. En cierto punto, el verdugo final cerró los ojos y tal vez fue así como la cabeza de Albus rodó colina abajo. Si un estudiante volvía a preguntar sobre esto, los monjes disfrutaban de la oportunidad para azotar sus tiernos traseros o violarlos.

Los monjes eran hombres malvados que corrían a los monasterios para tener poder sobre los campesinos y los niños. Su dios era un mariquita. ¿Cómo se puede respetar a un dios que poner la otra mejilla cuando se le avergüenza en público o que voluntariamente carga una cruz? Cuando uno les dice a los cristianos que morir en una cruz y volver a la vida es algo común para los dioses, actúan horrorizados. Osiris en Egipto fue sembrado nuevamente por su esposa Isis, y su hijo Horus vengó a su padre contra Set, el hermano de su padre y su madre.

Apolo le devolvió la vida a Orfeo después de que las Ménades de Dioniso lo destrozaran, y lo convirtió en un mortal. Zeus elevó a su hijo Heracles a la categoría de dios cuando fue envenenado por un centauro. Woden se ahorcó en Yggdrasil, el árbol del mundo, durante nueve días e incluso se apuñaló con Yngnir, su gran lanza, y les pidió a los otros dioses que no lo rescataran. Murió, pero resucitó, aunque esta vez con el conocimiento de las runas del mundo. En otra ocasión, Woden se sacó el ojo y lo arrojó al pozo de Mimir en la base de Yggdrasil para obtener sabiduría y conocimiento. Incluso cayó sobre su lanza, Yungit, su sacrificio para ser más sabio e inteligente, lo que por supuesto logró. Jesús fue a ver a su padre, que es él mismo, junto con el espíritu, que es aparte, pero lo mismo. ¿Qué? Mientras tanto los cristianos nos dicen que nuestras historias son mitos que no tienen sentido o son palabras del diablo, y se preguntan por qué nos ofendemos. Como dije, los monjes y sacerdotes son hombres malvados y débiles que quiere poder sobre los demás.

Y pore so me perdí en mis tristes pensamientos cuando mi hermana se sentó a mi lado mientras navegábamos tranquilamente hacia la luz de la mañana, deslizándonos río abajo con la corriente. Ella sabía cuánto odiaba esa maldita escuela, pero también sabía que tenía que regresar por un año más para tener edad suficiente para unirme a los soldados liderados por nuestro amigo Thact. quien lideraba a los Brave Companions. Podría haberme unido ya pero Thact sabía que mi padre, Yul (Iulius para los romanos), no aprobaría que lo hiciera sin antes terminar la escuela.

"Un año más, hermanito." dijo Arteis.

"Sí, un año más. Pero ya ves cómo son estos malditos británicos. Tan arrogantes y testarudos al mismo tiempo. Creen que todos los alemanes somos esclavos, inferiores a ellos, pero somos nosotros los que los alimentamos y los protegemos."

"No por mucho. Roma está muerta y los Foederati (las tribus alemanas aliadas junto al otro lado de la frontera del Rin) están listos para cruzar. Los godos ya están llevando la locura entre ambos imperios. Este año o el próximo comenzaremos a establecer granjas aquí en Britannia y haremos nuestra esta tierra, ya que nuestros padres vinieron al sur a lo largo de la costa en busca de mejores tierras. Somos inevitables, como la marea."

"¿Vamos a seguir navegando río abajo durante el día o encontraremos un lugar para escondernos?" le pregunté.

"Por ahora, continuaremos navegando hasta que amanezca. Luego remaremos, así que descansa. En unas horas estarás remando durante un largo rato."

"Una vez que pasemos el pueblo donde el Hull desemboca en el Humber, deberíamos poder mantenernos en el centro del río y la corriente hasta que lleguemos a la marea cerca de la desembocadura. Hay pueblos al norte y al sur, pero sorprendentemente, no hay fuertes en la costa sajona."

"Por eso escogimos este río, hermanito."

"Sí sabes que soy más alto que tú, ¿no?"

"Sí pero siempre serás mi hermanito, porque te crie con Yunthar, ciertamente más que mi madre."

"Cierto."

"Será mejor que vayas a tu banca y remes, el sol está lo suficientemente alto como para hacer desaparecer la niebla del río, así que pronto veremos que viajar tranquilamente no importará de nada."

"¿Crees que algún barco romano intentará detenernos?"

"No, están demasiado al sur, pero tenemos que adentrarnos bien en el Mar Alemán antes de que podamos regresar a dejarte, y tenemos que proteger ese gordo barco comercial para que otros asaltantes no se lo arrebaten a Luthar."

Me levanté, metí mi remo en su agujero y comencé a remar. El día ya se estaba poniendo cálido y húmedo. La corriente del Humber nos llevaba dando giros de sur a norte, pero hasta el momento estábamos avanzando a buen ritmo, sin ninguna interferencia. Vimos barcos de pesca pequeños fuera del pueblo en la desembocadura de Hull, pero se mantuvieron muy alejados de nuestros dos barcos más grandes. Ver el perro gruñendo en nuestra proa hizo que estos pescadores no pensaran en acercarse. Al mediodía, nos dirigimos de regreso al sur mientras el río se iba haciendo más grande. Aquí la corriente no era tan fuerte, pero, aun así, remamos sin problemas hasta el mar. Los romanos no se veían por ninguna parte patrullando. Después de un tiempo, decidimos dejar descansar a nuestros remeros y usar el viento para llevarnos al mar. Cuando nos acercáramos lo suficiente, tendríamos que remar de nuevo para luchar contra el oleaje. Me tumbé debajo de mi banco para tener un poco de sombra y me quedé dormido rápidamente.

Al atardecer, me despertó Yunthar gritando desde el timón, diciendo que teníamos que levantarnos y prepararnos porque los viejos vigías creyeron ver una vela azul verdosa en el horizonte, a medida que nos acercábamos a la desembocadura. Los romanos navegaban por el lado norte del rio así que Yunthar viró el timón para llevarnos más al sur. Bajamos la vela para ser menos visibles y comenzamos a remar a medida que las olas se hacían más grandes y el mar crecía con fuerza. La marea todavía estaba subiendo, y con ella los barcos de pesca se dirigían al pueblo protegido de la costa sur, así que hicimos como si fuéramos al pueblo. El barco mercante, grande y lento que habíamos requisado, mantuvo la vela izada mientras reducíamos la velocidad de los remos para dejarlo pasar. Planeamos escondernos detrás, de modo que si el barco del norte fuera una patrulla romana, pareceríamos simplemente un barco mercante.

Después de un tiempo, la tripulación de Luthar indicó que el barco del norte también se dirigía a la aldea a la que llamábamos Haven porque, durante una tormenta, era precisamente eso. Mantuvimos el ritmo fácilmente con el barco comerciante, remando lentamente para mantenernos escondidos de la posible patrulla. Mientras el sol se ponía hacia el oeste en este largo día de verano, la marea disminuyó y Luthar nos indicó que el barco del norte se dirigía a ellos, para cortarles el paso. De inmediato nos pusimos nuestras armaduras y cascos, uno a uno, para poder mantener nuestra posición relativamente oculta. Yunthar llamó a los cuatro arqueros para que se pusieran al frente. Cuando el barco de Luthar bajó la vela, dejamos de remar y retrocedimos aún más. Podíamos escuchar a Luthar decirle a los del barco romano que él era un comerciante que se dirigía al pueblo. Ante esto, sabíamos que teníamos que actuar con rapidez. La corriente nos arrastraba ahora hacia el mar, y Yunthar tiró con fuerza del timón para llevar nuestra proa hacia el norte, y nuestros remeros se inclinaron con fuerza hacia los remos. Pareció que primero nos detuvimos y luego aceleramos rápidamente en nuestro barco delgado y de poco calibre. Tan pronto estuvimos a punto de aparecer detrás del barco de Luthar, Yunthar volvió a mover el timón con fuerza, mientras los hombres remaban como si Hel estuviera justo detrás de nosotros.

La patrulla romana avanzaba lentamente junto al barco de Luthar con los remos extendidos. Aceleramos y recogimos los remos mientras pasábamos por la parte exterior del barco romano, rompiendo casi todos los remos y metiéndolos casi que en las entrañas de los hombres que remaban. Nosotros, los arqueros, disparamos una rápida ráfaga hacia la parte trasera del barco, en contra de cuatro marineros que estaban en la cubierta de popa. No llevaban armadura debido al calor, por lo que ensartamos fácilmente a cuatro hombres y dos cayeron al agua. Remamos con fuerza mientras la tripulación de Luthar izaba las velas y se sumaban con sus pocos remos. Había llegado el momento de huir hacia el este. Habíamos sorprendido a los romanos y les pegamos a un lado del barco. Incluso una nave tan lenta como la de Luthar podría escapar fácilmente ahora.

Para cuando el sol se tiñó de violeta y el sol poniente ardía en el oeste, ya estábamos bastante lejos y nos adentrábamos en el mar de Alemania, a salvo de la persecución. Planeábamos ir hacia el este con el barco comerciante y luego girar hacia el sur, donde el este de Britannia sobresalía como las tripas de un hombre gordo en el mar. La idea era llevar al barco grande a mitad de camino a casa, evitando la costa pantanosa de los Catuvelanii e Iceni. Ciertamente no queríamos pasar por Venta Icenorum y el Fuerte de Saxon Shore en Gariannonum. Planeábamos venir desde el este hasta Othona, donde Thact dirigió a los Brave Companions, como si viniéramos de Bélgica. El viento era fuente desde el suroeste, así que izamos la vela y nos dirigimos a casa.

La noche transcurrió sin novedades, por lo que Arteis tomó el timón mientras discutía con Yunthar sobre cómo estaba puesta la vela. Esa fue mi canción de cuna esa noche, mientras me disponía a dormir, hasta que llegó el turno de medianoche. Me desperté, me encontré a Scip-steorra encima del Great Wagon y caminé hacia la popa. Arteis estaba cansada, lista para que yo tomará el control. Mantenerse hacia el este con el barco comerciante era fácil. Navegaríamos hacia el este hasta que Eärendil surcara los cielos, y luego nos dirigiríamos hacia el sur, mientras el barco comerciante mantendría el rumbo con nuestro botín y la mayoría de los antes esclavos. Habíamos mantenido con nosotros a algunos de los hombres más fuertes para ayudarnos a remar.

No permití que Wuthar me hiciera compañía ya que estaba en el barco, junto a su padre, pero Onth sí me molestó en la hora del lobo, cuando las estrellas casi desaparecieron. El viento había soplado fuerte durante toda la noche, por lo que nos adentramos un buen trecho en el Mar de Alemania. Hice lo mejor que pude para ignorar las burlas tontas de Onth, simplemente gruñendo ante sus bromas infantiles sobre mis vómitos y mi regreso a Britannia, para estar con mis amados monjes. Todavía no tengo idea de cómo Arteis y Yunthar aguantaron tanta basura, pero son leales hasta la médula, lo cual es una suerte para mí, siendo un joven testarudo.

Mientras Eostre se elevaba hacia el este, envuelta en su capa rosa purpura, Arteis y Yunthar treparon desde debajo de la cubierta de popa. Hablamos en voz baja, partimos el pan, bebimos un poco de agua y comimos un poco de carne de cerdo salada. Después de un rato, Yunthar cambió el timón de dirección, girando hacia el sur, mientras nos despedíamos de Luthar y Wuthar. Recogimos la vela mientras ibamos en dirección del viento. Pensamos que navegando hacia el sur todo el día, giraríamos hacia el atardecer, en dirección a *Othana.*

El día estuvo aburrido, la mayoría de los remeros dormían debajo de sus bancos porque estaríamos remando por la tarde, cuando el viento soplara al sureste, más al este que al sur. Cuando el sol se puso por oeste, giramos en esa dirección, hacia la costa británica más cerca a Colne. El este de Britannia sobre sale en el mar como el vientre de una mujer embarazada así que viramos hacia el suroeste para evitar los bajíos y los fuertes de la costa sajona alrededor del vientre abultado, para acercarnos al Colne que desemboca en el mar por la base del bulto y por encima de la Isla de Mersea. Si girábamos demasiado hacia el oeste, llegaríamos a la costa en la oscuridad, y esos bajíos fangosos a esa hora no eran nada que nos pudiéramos tomar a la ligera. Quedarse atrapado en el barro frente a la costa fue una excelente manera de perder el tiempo y posiblemente ser abordado por un barco de Saxon Shore. Nuestro botín y los esclavos eran muy evidentes, y todas nuestras armas serían difíciles de explicar. El viento todavía soplaba desde el sureste, así que manejamos los remos. No muy fuerte, ya que teníamos toda la noche por delante para llegar al estuario de Colne, y nunca es buena idea sorprender un fuerte de noche, ni siquiera uno comandado por un amigo. Sería mucho mejor navegar con el viento de la mañana, a la vista de nuestros aliados. Como ya no estábamos atacando, quitamos la cabeza del perro de nuestra proa. Utilizábamos nuestro mascarón de proa para ahuyentar los espíritus de nuestros enemigos, lo que daba a entender que estábamos en aguas enemigas. Así que dejar al perro allí arriba, le diría a cualquiera que éramos hostiles. Mientras que bajarlo y ocultarlo indicaría que nos sentíamos seguros en las aguas y que no teníamos intención de hacer daño.

A medida que avanzaba la noche, el viento pasó a venir del sur, así que descansamos e izamos las velas. Podíamos oler la costa, así que nos aseguramos de no desviarnos demasiado hacia el oeste. La mayoría de los remeros se quedaron dormidos, pero yo volví a tener tareas de navegación nocturna. Era un deber solitario, pero en las horas oscuras, una ex esclava vino a cubierta y me preguntó si podía sentarse conmigo. Me dijo que en Britannia se llama Julia, donde ella esperaba encontrar a su gente, pero no estaba demasiado segura porque los esclavistas romanos habían destruido su aldea hace dos veranos, cuando la secuestraron. Entonces lo que pasó después tuvo sentido, ella buscaba un protector.

Mientras hablábamos, se inclinó y me dejó ver sus pechos maduros entre su túnica. Era un poco mayor que yo y exuberante, así que disfruté la vista. Siendo virgen, no sabía qué hacer a continuación, pero Ghee sabía como seducir a un joven. Se inclinó y me besó, poniendo su mano sobre mi creciente virilidad. Nos besamos por un rato y sentí sus pechos. Intenté tocarlos desde arriba, bajando su cabeza presionando mi mano a través de la parte superior de su túnica. En ese entonces era muy torpe e inexperto. Ella tomó mi mano y la pasó suavemente por debajo de su túnica, desde abajo y me maravillé de la suavidad de sus pechos. Se quitó la túnica dejándose los pantalones de cuero aun puestos, mientras yo me quitaba la ropa a toda prisa. Yo era un niño esa noche. Intenté bajarle los pantalones pero ella era demasiado sabia para mí. Se opuso, diciendo que haríamos demasiado ruido follando así que ella cuidaría de mí. Escupió en su mano y tiró de mi miembro, poniéndolo entre sus grandes pechos, moviéndolo. En poco tiempo, chorreé todo su pecho. Al ser tan joven, mi miembro se mantuvo duro y Ghee seguía acariciándolo. Empecé a gemir fuerte y me besó, para hacerme callar.

Me susurró al oído que, si podía quedarme callado, se llevaría mi virilidad a la boca. Solo pude asentir, ya que estaba demasiado estimulado para hablar. Me recliné, mientras su boca se movía con mi miembro dentro. Me acarició magistralmente y me hizo cosquillas en las bolas hasta que le llene de mí esa codiciosa boca. Tuve que obligarme a emitir ningún sonido, para no gritar de alegría y despertar a la tripulación. Todavía quería seguir follándomela, pero ya me dolía el miembro. "Todavía no, dulce muchacho", susurró en mi oído. "Soy virgen y deseo seguir siéndolo hasta que nos casemos."

La rigidez de mi miembro se perdió en este punto. Casarme, pensé, no con un esclavo. No le había dicho que regresaría a Britannia, no tenía tiempo ni ganar de hacerlo. Gracias a Woden por ofrecerme algo de sabiduría a través del miedo. No tenía ningún deseo de casarme tan joven y menos aún con una esclava. Supongo que ella también era joven y estaba desesperada. No había manera de que pudiera mantenerla como mi mujer estando atrapado en la escuela infernal de Verulamium. Podría haberla llevado y ofrecérsela a mis padres como sirvienta, pero ellos no tenían la costumbre de tener esclavos de placer, por su hijo. También imaginé que ella no querría volver a ser esclava. Supongo que si hubiera sido mayor y más sabio, le habría advertido, pero siento tan ingenuo, no tenía idea de lo que realmente sucedería. Mientras pensaba, ella se había lavado con un trapo y se había puesto la túnica nuevamente. "Chico, deberías volver a ponerte la ropa", dijo Ghee. Otra voz asintió: mi hermana. Por los dioses, si antes me quedaba algo de rigidez, ahora se había esfumado. Me volví a poner la ropa rápidamente cuando mi hermana salió de debajo del refugio de la cubierta. Sus ojos verdes fueron dagas para Ghee, quien captó la indirecta y regresó al medio del barco.

"Espero que lo hayas disfrutado, hermanito", dijo Arteis, con una mueca de desprecio.

"Lo hice", respondí, como solo un joven engreído puede hacerlo. Sabía que la bofetaba estaba a la vuelta de la esquina y me picó la mejilla, y me hizo lagrimear.

"¡Estabas a cargo del barco, no de mirar las tetas de una indecente y hacer que te chupara el miembro!" Para entonces, Yunthar ya estaba levantado e impedía que mi hermana me golpeara de nuevo. Sabía que merecía la bofetada, pero mi orgullo estaba herido.

"¡Maldita sea, hermana!" dije, demasiado alto. "Suficiente. Hiciste bien en pegarme, pero los insultos son demasiado. Si fueras una desconocida y no mi hermana, sacaría mi acero."

"¿Así llamas a esa ramita?" Mi hermana furiosa era una auténtica Hel.

"Arteis, ¡basta!" espetó Yunthar. "Ya lo has avergonzado demasiado. Yul, nunca vuelvas a amenazar a mi esposa o serás cebo para los peces." Casi dije una tontería, pero Yunthar tenía razón. Me escondí para descansar debajo de mi banco mientras Onth se reía ruidosamente de mí. Quería enfundar mi Seax en sus entrañas, pero me lo reservé para mí.

Me arrastré hasta mi espacio debajo del banco, solo para encontrar a Ghee acercándose sigilosamente. Mirando hacia popa, pude ver la expresión de desprecio de mi hermana. "Ghee, eso fue maravilloso", susurré.

"Lo sé", rió.

"No quiero ser grosero, pero compartir un espacio para dormir ahora, no es una buena idea."

"Tengo frío y solo quiero calentarme a tu lado."

"Si te quedas mucho tiempo, estarás mucho más fría y húmeda."

"No te atreverías."

"Mi hermana y mi cuñado lo harían."

"¿Le tienes miedo a tu hermana?"

"Cualquier persona en su sano juicio, debería."

"Pensé que eras un hombre."

"Sabes que lo soy", sabía que Ghee me estaba provocando para que le demostrara mi valía de alguna manera. Joven, tonta y viril vanagloria, pero sabía que esta corta cita había llegado a su fin. Ya era hora de poner fin a esto: "Regresaré a Britannia para terminar mis estudios. En el monasterio no tengo permitido compartir mi catre con una mujer. Mis padres no te aceptaran y tú quieres regresar a Germania. Gracias por esta noche, pero fue solo eso, una noche."

"¡Pequeño bastardo, me usaste como un juguete!"

"¿Y tú no planeabas usarme? Cualquier puerto durante una tormenta, ¿ah? Ahora, si deseas seguir gritando, estoy seguro de que la tripulación estará encantada de que los despierten temprano."

"¡Mocoso!"

"Lo reconozco."

Mientras Ghee regresaba sigilosamente su lugar, miré hacia atrás y vi a mi hermana sonriendo, no con crueldad, sino con amabilidad. Seguro sabía que estaba avergonzado pero que hice lo correcto, aunque un poco tarde. Me dormí incómodo por la luz de la mañana y sentí que tuve que despertarme justo cuando mis ojos se cerraban. Tocaba remar con el viento del sureste, justo la ayuda que necesitábamos. Podíamos oler la tierra en el horizonte, ver los remolinos de agua marrón saliendo de los ríos y arroyos de la costa.

También empezamos a ver pequeñas velas blancas de barcos pesqueros que faenaban en las aguas costeras. Aunque habíamos bajado nuestro mascarón de proa con una cabeza de perro, los barcos se alejaron de nosotros, como un pez nadando lejos de un tiburón solitario, por si acaso le daba hambre. Remar me hizo sentir bien para no pensar en los placeres y dolores de la noche. Noté al gordo Onth sentado en popa con Arteis y Yunthar. Me señalaba y se reía, pero a Arteis no le hacía gracia su burla. Para sorpresa de nadie, Onth estaba comiendo salchichas. Cuando volvió a señalarme y reírse de mí, pinchando a mi hermana en las costillas, le grité: "Gordo, ¿por qué estás ahí sentando comiendo? Un poco de remo podría ayudarte a perder algo de esa grasa."

"Chico, deberías mantener la boca cerrada o te la cerraré."

"Crees que porque solías ser un guerrero valiente, nosotros, los jóvenes, deberíamos honrarte y temerte. Lo que realmente pensamos es que no quisiéramos tener gloria y luego convertirnos en un cerdo como tú." Onth simplemente se limitó a reírse como lo hace un matón al que siempre dejan en ridículo. Por una vez, me alegré de no regresar a Germania con ese patán que seguramente esperaría su oportunidad para vengarse.

Al mediodía, nos dirigimos hacia el oeste y los remeros pudimos descansar. Arteis y Yunthar pidieron que se izara la vela y discutieron una vez más sobre qué tan apretada debían tensarla para conseguir mejor viento. Al cabo de unas horas, pudimos ver las marismas del este de Britannia del norte. Navegamos a unas pocas millas de la costa porque las aguas cercanas a la orilla estaban llenas de bajíos fangosos. A medida que avanzábamos hacia el suroeste, la costa giraba hacia el norte en el estuario del Colne. Al norte había un pequeño fuerte con un vicus y un puerto, y al sur, en la desembocadura del Aguasnegras, estaba Othona, el fuerte gobernado por Numerus Fortensium o los de Brave Companions. Los Numeri eran unidades auxiliares de las legions que a menudo defendían las fronteras como limitanei.

Qué maravillosa ironía que los galos y los británicos estuvieran protegidos de los alemanes, por los alemanes. Las legiones todavía estaban nominalmente conformadas por ciudadanos, pero cualquier provinciano era ciudadano, por lo que podían ser galos, españoles, italianos, griegos, dálmatas, tracios o incluso británicos, pero los británicos rara vez servían, ni siquiera en su tierra. Estas legiones carecían de personal y fueron desangradas por varias rebeliones, invasiones y cohortes enviadas para salvaguardar las provincias centrales donde los godos estaban causando problemas. A medida de que más legionaries fueron trasladados o no reemplazados, el imperio dependió cada vez más de los alemanas para sus defensas. Los británicos parecían despreocupados ante esta ironía de que esclavizaron alemanes para que trabajaran en sus latifundios y villas, pero contrataron a otros para defender sus costas y su muro norte de los invasores e inmigrantes alemanes y pictos.

Nosotros los alemanes, aunque no éramos una nación unida sino numerosas tribus enfrentadas, empezábamos a reconocer que a medida que el imperio se debilitaba y las tribus del este y del norte inmigraban a nuestras tierras más allá del Rin, los caminos hacia el oeste y el sur se estaban abriendo. Si los romanos no tuvieran a Stilcho, su general alemán, los godos, vándalos y francos ya se estarían estableciendo en provincias romanas por todo el imperio occidental. Ahora que las casas de monedas romanas enviaban menos monedas y de menor calidad, y las monedas antiguas estaban siendo recortadas, la paga anterior no valía lo mismo. Las tropas alemanas y otras tropas bárbaras estaban enojadas y listas para recibir a sus parientes.

Uno de esos parientes era Thact, el comandante de la caballería mayoritariamente alemana en Othona, los Brave Companions. No era familia de sangre sino un compañero sajón y amigo de mi padre, Yul El Viejo. El fuerte sajón de Othona estaba en la orilla sur del Aguasnegras y patrullaba tanto la desembocadura de ese río como el Colne que subía a Camulodunum (Colchester), donde mi padre sirvió como cuestre de Flavia Caesariensis, el tesorero de la parte oriental de esta provincia. El magistrado de Flavia Caesariensis vivía en Londinum (Londres) y delegaba en mi padre deberes financieros y fiscales para los fuertes de Saxon Shore y el oriente de la provincia. Mientras trabajaba allí, mi padre había entablado importantes amistades con destacados soldados alemanes, sobre todo con Thact. A medida de que el imperio se estaba desmoronando lentamente, tales contactos resultarían invaluables.

Caníbales

Como ya he escrito, mi padre era el pagador de la Flavia Caesariensis oriental y se especializaba en financiar los fuertes de la costa sajona. Mi padre me había enviado a una escuela monástica en Verulamium (San Albino) desde que tenía siete años, y ahora, a los quince, este era mi último año. Mi padre quería que aprendiera latín con fluidez, que aprendiera a servir al imperio y estableciera contactos con los hijos de los ciudadanos locales. Por trabajar para el episcopis (magistrado local) de Flavia Caesariensis, había permitido que el obispo local lo lavara, lo que los cristianos llaman bautismo. Para abrir puertas en el imperio, toda mi familia fue bautizada, proclamando al dios judío Yahvé como el único Dios de todo, aunque compartía el reino de los cielos con su hijo y el Espíritu Santo, los cuales de alguna manera estaban separados, pero eran una sola entidad divina.

Cada vez que preguntaba cómo podía ser eso cierto, los monjes me decían que era un misterio y que cualquier otro cuestionamiento era una blasfemia y requeriría un castigo corporal para corregir mi pecado, esas fueron sus palabras por no honrar a su Dios tres en uno. Una de las pocas veces que estuve de acuerdo con Yul, mi abuelo, fue cuando acordamos que aceptar a un dios afeminado, príncipe de paz, era una tontería y que servir a un imperio que utilizaba a nuestra gente como protección mientras saqueaba nuestras tierras en busca de esclavos estaba mal. Jesús era un campesino sin tierras de Judea a quien los romanos ejecutaron como un vil delincuente. Nosotros, los

Thwaites, descendemos de Woden, el Padre de Todo, el Dios de la Sabiduría y la Batalla, y por eso honramos nuestra ascendencia con nuestros valores. En contraste, Jesús era un campesino que encabezó una rebelión campesina contra Roma, y los romanos lo crucificaron como a un delincuente común. Ir al cielo cristiano sonaba a esclavitud, teniendo que estar haciéndole señas a Yahvé todo el día. Cuando morimos en batalla, vamos al Valhalla, el gran salón de banquetes de los Woden entre los AEsir, donde los muertos honrados luchan todo el día, se dan un festín, beben y follan por la noche. Los cristianos pueden tener sus oraciones, pero yo prefiero las batallas épicas, las grandes fiestas y las orgías.

La vida en una escuela monástica emulaba el estilo de vida cristiano con mucha oración, confesiones y trabajo de campo. Aprendimos latín, particularmente la Vulgata de San Jerónimo y Las Vidas de los Santos. Si teníamos suerte, podíamos leer a César, Tácito o Plutarco. Aprendimos a respetar las hazañas militares y las conquistas de los romanos, pero las Epístolas Paulinas eran muy tediosas. ¿Quién puede orar en la iglesia? ¿Qué pasará con los cuerpos de los muertos, antes del regreso de Cristo? Leer a los generales romanos precristianos me ayudó a comprender las tácticas del campo de batalla y las estrategias de mando que me ayudarían en el futuro.

Lo que leí de Santa Vida y los evangelios me enfermó. Los santos sobrevivieron milagrosamente a flechas, decapitaciones, crucifixiones y ahogamientos, por nombrar algunas fugas milagrosas sobre las que leemos. Pero cuando le pedíamos a un hermano que hiciera algún milagro, fracasaba espectacularmente. Los sacerdotes no podia evitar que las flechas o lanzas los alcanzaran; no podían separar aguas ni hacer crecer un manantial donde quisieran. No, estos hombres eran charlatanes y, peor aún, hombres crueles a quienes les encantaba castigar a los jóvenes o incluso abusar sexualmente de algunos de los niños, todo en nombre de su débil dios. Algunos chicos tenían la piel sin marcas porque dejaron que estos pederastas los violaran. Estos muchachos recibieron su ración de moretones y cicatrices cuando decidieron ridiculizarnos a nosotros, los bárbaros.

Mi mejor amigo en esta escuela era Keaffer, un picto del extremo norte, más allá del muro. Era más bajo que yo y moreno, pero increíblemente fuerte. También tenía dos dedos deformes; al parecer, nació prematuro y la partera que intentó arreglarle los dedos falló en su trabajo. Los británicos llamaron a Keaffer lisiado y se salían con la suya, incluso con los monjes cerca. Cuando estos no estaban presentes, a los enemigos de Keaffer le sucedían "accidentes". Keaffer y yo salíamos a escondidas de nuestras celdas por la noche para hacer travesuras. Volcamos los cubos de la letrina, abrimos los corrales de los animales, llevamos reliquias al bosque, robamos ropa y la quemamos y, en general, causábamos problemas sin que nos descubrieran. Nos gustaba dejar señales demoniacas sobre nuestras travesuras para molestar y aterrorizar a los monjes y estudiantes cristianos.

Una noche logramos llevar ovejas a la capilla y cerdos al campo para que se comieran el maíz. Otra noche, volteamos las cruces sobre el altaar y cagamos debajo, donde se guardan las reliquias. Escribimos mensajes en la sacristía diciendo que Cristo le hizo sexo oral al diablo en el infierno. En resumen, nos deleitamos en atormentar a nuestros verdugos.

Quizás te preguntes por qué éramos tan desagradables con los monjes y los cristianos. Déjame contarte acerca de mi primer día en la escuela. Llegué en primavera, durante Pascuas, que los cristianos consideraban su fiesta más importante, donde adoraban a su dios muriendo como sacrificio porque la gente es mala. Sabia suficiente latín, gracias a mi padre, como para entender a los sacerdotes, pero no hablaba. No quería estar en la escuela maldita, así que mantuve la boca cerrada, temiendo que sus malvados espíritus entraran en mi boca y me poseyeran (tenia siete años.) Me obligaron a quitarme los pantalones de cuero, la túnica, la capa e incluso la ropa interior y me hicieron vestir una camisola de lino blanco. Cuando me resistí, me golpearon. Tan negro y tan azul, estaba parado en un amanecer nublado frente a un barril de agua fría junto a algunos otros paganos. Estábamos en la capilla, pero el baño tenía que hacerse afuera.

Los monjes nos llevaron uno a la vez y muchos de los niños se preguntaban en voz alta en sus lenguas nativas qué les esperaba allá. A mí llevaron afuera, donde el sacerdote dijo que debían lavarme, pero yo no quería bañarme en agua fría y menos en un barril. ¿Quién se bañaría así? Dos monjes me sujetaron y el sacerdote me sumergió la cabeza en el agua. Pensé que me estaban sacrificando así que golpeé lo mejor que pude. Después de un rato, el sacerdote me levantó y me uní al grupo de niños empapados y con los ojos bien abiertos, fuera de la capilla. Nos preguntábamos qué planeaban hacer con nosotros. ¿Nos lavaron para prepararnos como sacrificio a su Dios? De niños habíamos oído rumores de que los cristianos comían niños, bebían su sangre y comían sus cuerpos dentro de sus templos.

De repente, las puertas de la capilla se abrieron y los monjes nos guiaron hasta una barandilla frente a un altar de sacrificios y nos hicieron arrodillarnos. Estaba listo para correr; ¡esta gente no me iba a comer! Entonces el sacerdote salió del altar con dos muchachos sosteniendo cuencos y una copa. Vi que el sacerdote obligaba al primero de la fila a comer algo del cuenco y luego a beber algo de la copa. ¡Lo sabía! Nos hacían comer a los niños que habían sido sacrificados antes que nosotros. "¡Son caníbales!" pensé. Cuando el sacerdote llegó a mi lugar, me negué a abrir la boca, sacudí la cabeza y me levanté listo para correr. Antes de que pudiera dar un paso, los dos monjes que me habían metido en el barril de agua me obligaron a arrodillarme y trataron de abrirme la boca con un palo. Le mordí la mano a uno y me abofetearon tan fuerte que vi estrellas. Antes de que pudiera recuperar la conciencia, el sacerdote me había metido algo en la boca y los monjes me mantenían la boca y la nariz cerradas. Me obligaron a tragar. Los monjes continuaron sujetándome y, cuando el sacerdote regresó, me obligaron a abrir la boca nuevamente y me obligaron a beber algo. Sentí arcadas justo en los pies del sacerdote y recibí otro golpe que me dejó inconsciente. Cuando desperté, estaba en mi pequeña celda con la ropa empapada y la puerta cerrada. ¡Juré que me habían encarcelado! Lo único que tenía era un catre y un cubo para usar de baño. Después de golpear la puerta gritando en Sajón y latín, un monje abrió y me empujó sobre la cama, tratando de quitarme la ropa. Le di una patada en la entrepierna y luego dos pederastas más con la cabeza rapada entraron en mi celda y me agarraron de brazos y piernas mientras el monje me desnudaba. En este punto, yo gritaba. El sacerdote llegó a la celda, murmuró algo en británico y los monjes me dejaron desnudo, temblando.

El sacerdote, el padre Albus, me preguntó en latín: "¿Por qué luchas en contra de nosotros? Estamos salvando tu alma."

"Me están obligando a comer niños y beber su sangre antes de usarme para alimentar a más de ustedes cristianos."

"¿De qué hablas, niño?"

"¡Son caníbales! ¡Comen carne humana y beben sangre!"

"Comemos pan y bebemos vino, niño, que se convierte en el cuerpo y sangre de nuestro salvador Jesucristo."

"No me importa de quién sea el cuerpo y la sangre; ¡no comeré ni beberé nada!" exclamé.

"Dios nos salve de los alemanes, pictos y escoceses; no comemos carne humana sino pan y vino comunes que se transforman en el cuerpo espiritual y en el cuerpo de nuestro Señor para la Gracia de Dios."

"¿Entonces son unos Wiccas?" le pregunté.

"¿Qué es una wicca?"

"Un hombre que usa brujería, magia."

"Ah, crees que soy un mago, como Simon Magus. No, no soy un mago, un Wicca, como tú le dices. Esas son abominaciones a los ojos de Dios. No hacemos milagros propios, pero la gracias de Dios fluye a través de nosotros."

"¿Tu dios hace magia a través de ti para convertir el pan en carne? No me importa. No soy un carnívoro, un *selfaeta*", afirmé.

"Ni yo soy una antropofagia. Los cristianos no nos comemos unos a otros, pero comemos pan y vino. Por ahora, come y bebe cuando sea necesario; la fe vendrá después."

"¿Pueden devolverme mi ropa?", pregunté.

"No, pero te daremos ropa."

"¡Si es ese vestido blanco no lo quiero! Hace demasiado frío y se puede ver a través de el, lo que me deshonra", protesté.

"No, niño. Vestirás una tunica de lana, sandalias y ropa interior de lino. Tendrás un manto para la lluvia y el frío. Todos usamos lo mismo."

Esa fue mi primera experiencia con la escuela y la iglesia. El sacerdote era un buen hombre, pero murió al año siguiente. El reemplazo fue tan malo como los monjes, y a diferencia del primer sacerdote, dejó que los monjes violaran a los niños sin ninguna intervención e incluso, uniéndose a ellos. Empezamos las clases al día siguiente, con cristianos británicos, alemanes excluidos, pictos y escoceses. Éramos unos bárbaros sucios y paganos impíos que adoraban ídolos falsos ante sus ojos. Estos británicos, en su mayoría, ya se conocían por conexiones familiares y matrimonios, siendo hijos de ciudadanos. Así fue como Keaffer el picto y yo nos hicimos muy amigos, junto a Oengul el escocés.

Días de escuela

Los monjes de San Albino eran unos malvados violadores de niños, a quienes les encantaba golpearlos; especialmente a los bárbaros: alemanes, escoceses y pictos. Estos pervertidos preferían el sexo anal u oral, así que cuando te golpeaban ya estaban molestos. Los moretones de sus palizas se convirtieron en una insignia de honor de que elegías una paliza en lugar de ser follado. Me hice amigo de mis compañeros bárbaros, como Keaffer, pelo oscuro, del norte del Muro, y Oengul, un escocés pelirrojo del noroeste, donde su gente se estaba asentando. Los chicos británicos de la ciudad nos excluyeron, ya que conocían a las familias de los demás incluso antes de que llegaran a la escuela. Los dos peores británicos fueron Brutus y Caius. Tenían la piel blanca como la leche porque dejaban que los monjes los tocaran. Cuando tenían moretones, eran de los bárbaros, no de los monjes.

Una vez, esos mariquitas llamaron lisiado a Keaffer por sus dedos doblados, pero cuando cerraba el puño; eran como piedras, piedras que amaba lanzar en contra de sus adversarios. Keaffer le lanzó sus puños de piedra a Caius, quien lo había llamado lisiado lo suficientemente alto como para que los monjes lo oyeran y fingieran no hacerlo. Cuando Brutus intentó saltar sobre Keaffer por la espalda, Oengul le hizo tropezar y yo le di una patada en las costillas apenas intentó levantarse. Como tantos italianos, Brutus era bajo y gordo, con el pelo graso. Caius era un británico puro con Cabello castaño claro y complexión delgada. Era el chico más arrogante que jamás había conocido y pensaba que podía decir cualquier cosa sin sufrir consecuencias.

Mientras Keaffer golpeaba a Caius y yo pateaba a Brutus, Oengul corrió hacia la puerta del salón de clases y la cerró; empujando un pedazo de madera que normalmente abría la puerta para cerrarla. Oengul era un delgado, pero astuto. Ese chico no perdía la cabeza con tanta frecuencia como lo hacíamos Keaffer y yo. Cuando comenzó la pelea, el hermano Teodosio había salido corriendo en busca de ayuda. Era un total cobarde, incapaz de golpearnos o violarnos sin que sus hermanos nos estuvieran sujetando. Cuando un monje empujó la puerta lo suficiente como para meter su mano, Oengul usó un lápiz de marfil para apuñalarlo. El delgado e inteligente escocés saltó por la ventana y huyó al bosque. Si tan solo Keaffer y yo hubiéramos sido tan inteligentes como él. Pasó mucho tiempo hasta que lo volvimos a ver, en circunstancias muy diferente. Después del escape de Oengul, los monjes entraron y nos derribaron en el suelo y luego nos llevaron a una celda.

La celda estaba en lo más profundo del monasterio, con solo una ventana muy pequeña en lo alto de la pared. No teníamos manera de escapar, pero podíamos contar los días. Los monjes nos daban pan y agua dos veces al día y un balde para usar como baño, que cambiaban cada noche. Nos ejercitamos diariamente y hacíamos lucha, para combatir el aburrimiento. Mientras estábamos encerrados, los monjes nos regalaron algunas páginas de la Epístola de Pablo a los romanos. Como Pablo era un escritor tan tedioso, usábamos el pergamino para limpiarnos el trasero. Después de una semana de reflexionar sobre nuestros errores en esa celda, aceptaron que le pidiéramos perdón a su Dios afeminado.

El hermano Lukus se horrorizó cuando encontró las páginas sucias, pero siguió sus órdenes y nos dejó salir. Cuando estábamos atravesando el terreno, Brutus se acercó y me arrojó una piedra en la cara, pidiendo a sus amigos que apedrearan a los paganos. Me limpié la sangre de la mejilla izquierda y dije: "Lo siento, Brutus, pero no pondré la otra mejilla. Será mejor que tengas cuidado con mi venganza." Curiosamente, los monjes parecían temernos a nosotros, no a Brutus, ni a Caius ni a los demás británicos, y entonces comprendí por qué. Algunos soldados alemanes nos observaban caminar desde los dormitorios hasta la capilla, hablando con el abad (el monje de más alto rango), que llevaba una cadena de oro nueva y un crucifijo. Mi padre lo había sobornado para que no nos expulsaran de la escuela y no nos castigara demasiado fuerte. Thact se dirigió a nosotros: "Finjan muy bien estar arrepentidos con estos monjes y terminen este último año para que así se nos puedan unir."

"Me uniré con gusto a los Brave Companions pero no recortaré monedas con mi padre. No me agrada esa tediosa recaudación de impuestos ni el regateo por suministros."

"Es un trabajo que nos mantiene alimentados y con buenas herramientas."

"Supongo. ¿Por qué no lo ayudas entonces?" cuestioné.

"Porque preferiría sacarme los ojos antes de tener que contar monedas y sobornar a los aristócratas para que nos den sus cosechas para alimentarnos. Es bueno para nosotros que tu padre tenga amigos en el ejercito; es mejor que el padre de Keaffer sirva en la marina. Los padres británicos querían que los azotaran a ambos y que castraran a ese muchacho Oengul por apuñalar a un monje.

"¿Estás seguro de que no podemos irnos ya y terminar con estos pederastas?" pregunté.

"Tu padre sobornó al abad para que no te expulsara, y el padre de Keaffer amenazó con quemar el monasterio si su hijo resultaba lastimado. No se metan en problemas, son solo unos meses más y luego podremos hablar sobre su llegada a los Brave Companions."

Brutus estaba hirviendo de irá, sosteniendo otra piedra en la mano, lista para arrojármela, pero ese gordo bastardo italiano no era tan tonto. Brutus le daba mucha importancia al hecho de que su madre fuera italiana y su padre británico. Como Roma está en Italia, algunas personas piensan que eso hace que una persona sea mejor que otras. ¡Tonterías! Brutus era gordo, bajo y no muy inteligente, celoso de cualquiera que se ganara algún respeto fuera de su círculo de británicos. Caius también decía tener sangre italiana, pero probablemente provenía de un legionario que embarazó a una mujer británica. Cuando no había monjes, nosotros los bárbaros, molestábamos a Brutus y a Caius diciéndoles que su herencia italiana provenía de un burdel. Les susurrábamos que la madre de Brutus era demasiado fea para los burdeles romanos y que vino al norte, donde los británicos estaban desesperados por un poco de sangre mediterránea.

Su irá nos ayudó a Keaffer y a mí a pasar los días, semanas y meses atrapados en Veralamium. Esos dos vociferarían que sus antepasados eran dueños del mundo conocido, a lo que Keaffer y yo contestábamos: "Supongo que Germania y Caledonia no son conocidas."

Esa fanfarronería sobre las proezas marciales de su sangre italiana era una farsa porque a ninguno de los ciudadanos británicos se les permitía portar armas o entrenar como soldado, o en una tropa. Eran las ovejas y cabras de los monjes. Nosotros éramos los lobos que merodeaban por los bordes del imperio tambaleante en ambos lados. Los británicos, italianos y los galos pensaban que tenían lobos domesticados en su lado de las fronteras del norte, pero cuando el dinero y la comida dejaron de ser entregados a estos dóciles lobos, estos comenzaron a mostrar sus colmillos. ¿Por qué tendríamos que proteger a estas personas obesas y elegantes que cada vez se volvían más avariciosas y arrogantes? ¿Por qué los mercenarios alemanes iban a pasar hambre mientras ellos utilizaban a nuestros primos como esclavos? Además, cada vez más británicos huían de las ciudades y regiones fronterizas del oeste, norte y este, y las incursiones de escoceses, pictos y alemanes se volvieron más comunes. Muchos británicos huyeron de Britannia a Amorica (Bretaña) en la Galia.

En la época de mi abuelo, los pictos y alemanes se unieron en una causa común, abrumando a los guardias de la muralla y a los bastiones a lo largo de la costa sajona. Los lobos marinos alemanes arrasaron con los fuertes, como una marejada ciclónica, saqueando desde la muralla hasta Vectis (Isla de Wight), una isla frente a la costa sur de Britannia. Los pictos saquearon Eboracu, la capital del norte. El emperador Valentine estaba luchando contra los alemanes que habían cruzado la frontera del Rin e incluso llamó a su magistrado Equitum (jefe de caballería) Jovinus para que lo ayudara dejando a Britannia sin su líder de caballería. Los francos, anglos y sajones atacaron ambos lados de la costa británica y gala a través del Fretum Gallicum (Canal de la Mancha) junto al Mare Britannicum (Mar británico). Flavius Theodosius cruzó desde Bononia con cuatro unidades: Batavi, Heruli, Iovii y Victores. Estas unidades estaban todas conformadas por soldados alemanes. Una de las formas en que los alemanes atacaron sin que los romanos se dieran cuenta fue sobornando o asesinando a sus *areani*. (Exploradores fronterizos) Muchos soldados de Britannia se negaron a dejar sus fuertes para luchar hasta que Theodosius desembarcó y marchó hacia Londinum. Para entonces, los asaltantes ya habían huido a casa con barcos repletos de maíz, esclavos, armas, armaduras y monedas.

Los romanos cantaron Victoria y le concedieron amnistía a los soldados que se habían quedado en sus fuertes. Disolvieron a los *areani*, por lo que quedaron sin ojos más allá de sus fronteras. Los escotos nunca abandonaron las ásperas tierras occidentales; se establecieron a lo largo del Mare Hibernicum (Mar de Irlanda) en las tierras de los Demetae, Ordivices, Brigantes y Novantae. Los sajones, anglos y jutos invadían constantemente el Mare Germanicum (Mar de Alemania), y los romanos contrataban a antiguos asaltantes para comandar sus fuertes costeros. Pensaron que tener algunos lobos protegiendo a las ovejas contra otros lobos era mejor que no tener guardias. Esos alemanes estaban bastante contentos de que les pagaran, les dieran armas y se les alimentara para proteger a los británicos, pero cuando los propietarios de las plantaciones se volvieron tacaños con los impuestos en monedas y especies, estos alemanes supuestamente domesticados sabían bastante bien dónde conseguir maíz y monedas. Trajeron a sus familias a los fuertes, por lo que gran parte de la costa sajona se había convertido en colonias de facto. Para trabajar con soldados alemanes, los romanos reclutaron otros alemanes, que hablaban latín y alemán, como cuestores para trabajar con funcionarios militares y burocráticos imperiales. Mi padre fue cuestor en Camulodunum (Colchester) del pretor de Flavia Caesariensis en Londinum.

Cuando yo era un joven en Verulamium, el imperio romano era débil, con un emperador nuevo cada pocos años, e incluso el emperador Valente sufrió una derrota contundente en Adrianópolis ante los godos, con muchos oficiales asesinados, incluido el propio emperador mismo. Valente había permitido que los godos se establecieran en el imperio oriental porque estaba luchando contra los persas del este, pero secretamente estaba sacando sus tropas godas de los Balcanes y conspirando con el emperador Graciano del Imperio Occidental para acabar con los nuevos colonos godos. Los alamanes, sin embargo, estaban atacando la frontera del Rin, por lo que Graciano no pudo unirse a su tío. Theodosius, hijo de Theodosius que vino a restaurar el orden en Britania después de La Gran

Conspiración Bárbara, se hizo cargo del imperio oriental, pero después de la gran derrota en Adrianópolis, los godos enloquecidos en Dalamatia y los Balcanes, y múltiples guerras civiles, no pudo ayudar a Graciano.

En el rico oriente, los persas presionaban las fronteras de Asia Menor, los egipcios se rebelaban contra la autoridad episcopal desde Constantinopla hasta Alejandría, y los godos cruzaban la frontera del Danubio hacia Tracia, Dalamatia y el norte de Italia. En el oeste, menos rico y más rural, las fronteras en Britania y a lo largo del Rin se estaban volviendo porosas. La incapacidad de Graciano para vigilar las fronteras occidentales inspiró a Magnus Maximus a rebelarse. Magno estaba relacionado con Theodosius y sirvió como official subalterno en Britania después de la Gran Conspiración y libró campañas contra los escotos y los pictos en el norte y el oeste, para restablecer las provincias exteriores de Britania. Reunió soldados y tropas de Britania e invadió la Galia, derrotando a Graciano cerca de Lutecia, y fue emperador de occidente por cinco años. Intentó invadir Italia, pero Bauto, un general romano franco, lo hizo retroceder. Ambrosio, el obispo de Mediolanum, negoció una paz que reconocía a Magnus como el Augusto de Occidente, con Valentinian gobernando Italia y Theodosius en Oriente.

Cuando Magnus era Augusto de Occidente (383-388), gobernó Hispania, África, Galia y Britania desde Augusta Treverorum (Tréveris) a lo largo del Mosella Flumen (río Mosela), cerca del Limes Germanicus (frontera alemana). Allí era donde mi padre trabajaba como comerciante, convirtiendo productos de trueques en moneda romana. Yul El Mayor podía negociar durante para conseguirle comida y servicios necesarios para operar a los soldados y tropas romanas, y ganar dinero al hacerlo. También trabajo como recaudador de impuestos, lo que hizo que ganara aún más dinero. Los romanos querían muchos impuestos para poder tomar el dinero de los recaudadores y hacer funcionar sus imperios. Los recaudadores salían a cobrar los impuestos, cobrando todo lo extra que podían y eso era lo que constituía sus ganancias. Los romanos no tardaron en darse cuenta de que mi padre bueno. Tan bueno que le ofrecieron un puesto en Augusta Treverorum como cuestor. La oferta era un tómalo o te quitamos la vida. Supongo que mi padre podría haber intentado huir de regreso a tierras sajonas, pero a mi madre, Helsa, le gustaba vivir en una casa con pisos tibios, sirvientes y un baño. Mi padre tenía una familia, por lo que simplemente huir habría sido muy difícil y habría perdido todos los beneficios de su trabajo duro.

Las regiones fronterizas ya estaban volviendo a una economía basada en el trueque, y las monedas se degradaban periódicamente con menos minerales y recortándose. Las monedas de oro, plata y cobre habían perdido su valor, por lo que los soldados que estaban acostumbrados a una determinada paga y, al ver disminuido su poder adquisitivo, se sentían cada vez más resentidos. Al mismo tiempo, los Foederati (Tribus amigas) del otro lado de la frontera pedían más bienes para seguir siendo aliados de Roma. Las tribus de más al norte y al este estaban avanzando hacia su territorio por lo que anhelaban mudarse al imperio, como lo habían hechos los godos en el este. El costo de mantener a estos alemanes al este del Rhenus y al norte del

Danubius, los sobornos a los jefes, costó más, pero los romanos tenían menos. Muchos grandes terratenientes, dueños de vastas propiedades llamadas latifundios, pagaban menos al imperio y atesoraban su plata y otro, incluso enterrando cofres en el suelo para ocultar sus riquezas a los recaudadores de impuestos y al imperio mismo. Los ingresos bajaban mientras los costos subían y el imperio se desangraba, lo que requería más gastos en soldados, tropas y fuertes.

Magnus logró utilizar a los alamanes de manera efectiva cobrando grandes impuestos a los galos, españoles, británicos y africanos, para pagar los sobornos y mantener contentos a los jefes alemanes. Magnus Maximus también fue un fanático cristiano que ejecutó a los herejes y confiscó sus propiedades para costear sus ambiciones. Ordenó a Prisciliano, un español rico y obispo de Avilia, junto a otras seis personas, la muerte por cargos de herejía, específicamente de magia. Luego, Magnus liquidó sus propiedades para sobornar a las tribus y pagar a lo soldados, lo que a mí parecer era perfectamente lógico. Habiendo solidificado la frontera y reunido suficiente dinero para pagar a sus soldados, marchó hacia el sur hacía Valentinian, obligándolo a abandonar Mediolanum (Milán). Valentinian apeló a su hermana Theodosius en el este, quién envió un ejército comandado por el general franco Richomeres. Los ejércitos imperiales combinados de Valentinian y Theodosius derrotaron a Magnus Maximus en Poetovio, en Dalmacia. Irónicamente, la batalla la libraron principalmente soldados, tropas y oficiales alemanes de ambos bandos. Marcellinus, el hermano de

Magnus, murió durante la batalla. Magnus Maximus huyó a Aquileia en el extremo norte del mar Adriático, donde el ejército de Theodosius lo asedió. Las tropas, cansados de luchar por una causa perdida, entregaron a Magnus. Arbogastes, otro general franco, hizo una breve obra sobre Victor, hijo de Maximus, en Augusta Treverorum (Tréveris). Cuando Andragathius, el Magister Equitum (Comandante de caballeria) de Maximus, Jovinus, se enteró de la derrota de su amo, se arrojó al mar.

Antes de que Theodosius derrotará a Maximus, mi padre había llevado a nuestra familia a Britania. Al ser un cuestor sajon-romano, tenía valor. También había establecido contactos entre los soldados y tropas alemanas en Flavia Caesariensis. Cuando los francos bajo el mando de Marcomer cruzaron el Rhenus por presión de Theodosius para debilitar a Maximus, mi padre determinó que Augusta Treverorum ya no era seguro. Él, mi madre y mi hermana se trasladaron primero a Londinum y luego a Camulodunum. Cuando llegaron a esta última, mi madre Helsa, estaba embarazada de Arteis.

Ocho años después del nacimiento de mi hermana, Helsa estaba embarazada de mí. Durante esos años y cuando yo era un niño, mi familia cruzaba a menudo el Mar de Alemania para visitar a nuestros primos y abuelos en el noroeste. En estos viajes, Arteis conoció y se casó con Yunthar, trasladándose a las tierras sajonas en Alemania. Mi padre y mi cuñado eran muy buenos marineros, así que frecuentemente nos visitábamos los unos a los otros y yo me quedaba por largos periodos con mis abuelos, la mayoría de las veces los padres de mi madre, a quienes prefería por encima de mis abuelos paternos. Visitaba a mis primos y a los padres de mi padre, pero casi siempre me quedaba con Rex y Freyja. Allí aprendí nuestro idioma, nuestra cultura, nuestros dioses, la caza y el juego con espadas y hachas. También navegué, pero nunca fui un marinero tan competente como mi padre y Yunthar, quienes amaban la vida en los mares y los ríos. Yo prefería montar a caballo, cazar y pelear. Como muchos de los niños sajones, yo era rubio, alto y de hombros anchos.

Aprendí a usar un Saxe (cuchillo largo), un hacha, lanzas y espadas desde muy joven porque las tierras sajonas eran constantemente acosadas por cazadores de esclavos romanos y tribus del norte y el este, que migraban hacia el sur y el oeste. Nuestras tierras estaban bien regadas, templadas y boscosas, pero tenían suelos arenosos que hacían que los cultivos se agotaran rápidamente. Los pueblos del norte (anglos, jutos y daneses) buscaron mejores tierras para cazar, cultivar y criar rebaños de ganado. Hacíamos trueques y normalmente no usábamos monedas. Comerciamos con el ámbar encontrado en las costas del Mar de Alemania y valorábamos el hierro y la plata. Nuestros hombres vestían el hierro y nuestras mujeres la plata, especialmente en broches para sujetar sus capas. Los hombres adornaban las espadas con ámbar y plata, y llevaban anillos de plata en los dedos, brazos y orejas. No teníamos templos ni sacerdotes porque la naturaleza era nuestro templo, y los padres y ancianos dirigían las oraciones y los festivales familiares. Honrábamos la pascua en primavera, a Yul en pleno invierno y teníamos varios festivales para la fertilidad, como Litha en pleno verano, Imbolic dirigido por matronas para las niñas más jóvenes embarazadas,

Beltaine a principios de verano, donde bailábamos alrededor de palos sagrados, saltábamos sobre fogatas y los hombres y mujeres se unían en el bosque. Durante la temporada de cosecha, celebrábamos nuestras recompenzas a medida que los días se hacían más cortos, llamándolo Mabon. Arteis y Yunthar hablaban bien latín, pero mi padre insistió en que yo aprendiera un latín excelente, pensando que su hijo tendría una carrera dentro el imperio. Por eso estaba atrapado en esa maldita escuela de Verulamium.

Fue aquí donde rápidamente me hice amigo de Keaffer y los otros chicos. Aprendimos sobre la grandeza del imperio leyendo a César y a Cicerón y el poder del único dios verdadero, Cristo. La mayoría de nosotros los bárbaros nos burlábamos del Dios Tres en Uno, el salvador crucificado, el cordero pascal que murió por nuestros pecados. Leímos las cartas de Pablo y las historias de los santos. Prefería con mucho las lecturas marciales en buen latín que el latín campesino de la iglesia. Los británicos romanizados eran normalmente cristianos y estaban liderados por Caius y Brutus, con un grupo de patanes siguiéndolos. Nos menospreciaban (no físicamente, porque los bárbaros tendíamos a ser más altos y más anchos), considerándose superiores a nosotros. Estos británicos a menudo engañaban y robaban a los monjes, y nos culpaban a nosotros. Nos acostumbramos mucho a la celda de castigo porque los monjes no se atrevían a azotar ni molestar a los hijos de los soldados. Usamos nuestro tiempo en la celda para luchar, boxear y ejercitarnos. Fuera de la celda y de la clase, corríamos, cazábamos y practicábamos deportes mientras los británicos nos llamaban chicos elegantes y se burlaban de nuestro ejercicio. Nos volvimos más duros a medida que ellos se volvían más suaves. A medida que Keaffer y yo crecimos y nos volvíamos más problemáticos para los monjes, nos enviaban a trabajar a una granja local como castigo. Los británicos locales creían que trabajar en una granja era trabajo de esclavos y campesinos, pero nosotros apreciamos las oportunidades de trabajar.

Trabajamos en una granja ubicada al este, propiedad de un terrateniente británico, Carculla. Él y su familia vivían en Londinum, por lo que rara vez los veíamos. Habían contratado capataces para vigirlar la granja y controlar a los esclavos. Los esclavos eran británicos pobres obligados a ser esclavos y bárbaros capturados fuera del imperio. Allí nos encontramos con pictos, escoceses y alemanes. Rezabamos a los mismos dioses que los esclavos, haciendo amigos y amantes. Cuando los capataces se emocionaban demás con el látigo o intentaban violar niñas (y niños), protegíamos a los esclavos. Los capataces no se atrevían a atacar a hombres libres, hijos de soldados con poder y riqueza. Con el tiempo, los esclavos comenzaron a confiar más en nosotros. Nos dijeron dónde había enterrado las monedas la familia de Carataco con la esperanza de que pasara la agitación actual y las monedas volvieran a ser útiles. Nos revelaron estos secretos no porque fuéramos amigos sino porque conspiramos para liberarlos. Los jóvenes corren riesgos tan tontos sin tener en cuenta su seguridad. Tampoco fuimos altruistas. Queríamos ayudar a los esclavos a escapar porque odiábamos a los británicos en general, pero a los británicos del monasterio en particular. La idea era liberar a los esclavos que nos ayudarían a escapar del monasterio.

Conspiramos con la esperanza de un beneficio mutuo. Keaffer y yo también teníamos amantes que deseábamos llevarnos al este con nosotros.

Los *civitates* británicos consideraban que el trabajo físico, en particular el agrícola y el pastoreo, estaba por debajo de ellos. En casa, la posición de una familia se juzgaba por sus granjas y sus rebaños, por lo que no nos avergonzábamos de labrar y sembrar. Los esclavos también agradecieron el trabajo extra de los compatriotas, invitándonos a cenar con ellos y dormir en sus habitaciones. A Keaffer y a mí nos encantaba el trabajo físico y el aire fresco fuera del monasterio. Además de que también pudimos hablar en nuestras lenguas nativas. Mientras trabajaba en el campo conocí a Altheia, una pelirroja exuberante un poco mayor que yo, que había sido sacada de su tierra natal sajona cuando era una niña. Coqueteábamos en el campo y, al poco tiempo, yo dormía en su habitación por las noches. Keaffer conoció a Morganna, una picta alta y rubia, mientras pastoreaba. Le tomó más tiempo poder compartir habitación, pero lo logró. Trabajar en la granja también nos dio oportunidades de ser traviesos.

Un día, los esclavos trajeron a la mama de Caius desde Londinum en una cacharra llamativa. Nos confundió con esclavos y nos ordenó que limpiáramos su desorden. En lugar de eso, le llenamos de estiércol y le orinamos los cojines. Sorprendentemente, no nos mentimos en problemas con los monjes, por lo que sabíamos que los acontecimientos fuera de Verulamium deberían haberse vuelto bastantes sombríos. Escuchamos rumores sobre un aspirante británico al imperio, primero un Marcus y luego un Graciano. Marcus duró menos de un año, lo asesinaron los soldados a quienes no les importaba su naturaleza altanera hacia los bárbaros. Este aspirante no confiaba en los alemanes y pictos, los menospreciaba y no les pagaba. ¡Qué tonto! Graciano fue otro aspirante británico que duró incluso menos que Marco. Él también pensó que podía ser emperador de Britania pero nuevamente, aborrecía a sus tropas bárbaras. Alanos, vándalos y suevos habían cruzado la frontera de Rhenus, separando Britania de la Galia y del resto del imperio. Marcus pidió la expulsion de todos los no británicos, pero eso significaba que estaba intentando expulsar a sus militares. Entonces, otro tonto más murió a mano de sus tropas. Un tercer aspirante, Constantitno, se declaró emperador, pero esta vez de todo el imperio occidental. También era británico, pero no tan temerario como para apartar a los soldados y tropas bárbaras. Planeaba no hacer de Britania un imperio en sí mismo, pero conspiró para invadir la Gaalia para expulsar a los vándalos, suevos y alanos y declararse emperador. En consecuencia, cortejó a los soldados alemanes y pictos y otros inmigrantes bárbaros con los británicos.

Los británicos comenzaban a darse cuenta de que el imperio estaba muriendo y que tal vez debían cuidar de sí mismos; por lo tanto, comenzaron a planificar juegos marciales para que los jóvenes perfeccionaran sus habilidades. También habían apoyado primero a Marco y luego a Graciano como líderes locales de los soldados que permanecían en Bretaña después de que Magnus Maximus llevara a tantos de ellos al continente. El muro no estaba vigilado y los fuertes más pequeños del norte y el oeste estaban abandonados. Los principales fuertes de Deva (Chester), Isca Silirium (Caerleon) y Ebucarum (York) eran solo restos de su antigua grandeza. La mayoría de los soldados estaban asentados en la costa sajona y en las ciudades de alrededor, y la mayoría de estos hombres eran alemanes. Si bien los británicos habían actuado con seguridad durante los breves reinados de Marco y Graciano, se volvieron prudentes con Constantino, trataban a los alemanes con más respeto y les pagaban a las tropas y soldados.

Los monjes, ante la insistencia de los *civitates* británicos comenzaron a entrenar jóvenes para la guerra. Los estudiantes comenzaron a entrenar con espadas de madera, anchos, flechas y lanzas desafiladas. Keaffer y yo, después de haber entrenado con nuestras familias, apenas pudimos reprimir la risa. Éramos más fuertes, más rápidos y sabíamos usar las armas. Dado lo delicados que eran los niños británicos, los monjes pensaron que realizar juegos empujaría a estos cerdos a correr, luchar, boxear y competir en juegos marciales. Además, los monjes y los *civitates* pensaron que a esos muchachos les vendría bien un poco de patriotismo para endurecer la espalda. Caius se jactaba de lo rápido que era y Brutus decía que los italianos eran luchadores natos.

Cuando llegó el día de los juegos, Keaffer y yo nos untamos manteca de cerdo para que a nuestros oponentes les resultara difícil sujetarnos. Los británicos probaron el aceite de oliva porque eso era lo que hacían los romanos y los griegos. También, usamos manteca de cerdo rancia para que esos mocosos malcriados no quisieran ni tocarnos.

Caius y Brutus se burlaron de nosotros: "Oye, alemán. Hueles como tu cerda madre", me dijo Caius.

"Mira quién habla; tu madre huele a estiércol y a orina", le repliqué para recordarle que le habíamos echado a perder sus cojines. Keaffer luchó contra el pequeño y gordo Brutus. Brutus intentó sujetar a Keaffer por la cintura, pero Keaffer, mucho más fuerte y rápido, lo agarró de la pierna y lo lanzó tan rápido que muchos de nosotros reímos a carcajadas. Brutus afirmó que Keaffer le lastimó la pantorrilla con un movimiento ilegal y se negó a pelear la segunda ronda. Los monjes habían dispuesto que yo luchara con Peter. Para ser británico, era grande, pero no muy fuerte. Lo llamamos Rock (piedra) ya que Peter significa roca, pero no era el cumplido que él pensaba. Reflejaba su ingenio, no su físico. Tan pronto como el maestro nos indicó que empezáramos, corrí hacia Peter y lo empujé fuera del ring, haciendo que cayera sobre su amplio trasero. Siendo tan tonto como era, intentó hacer lo mismo, corriendo hacía mí. Me deslicé a la izquierda, dejando afuera mi pierna derecha. Peter se tropezó y volvió a caer fuera del ring.

Había ganado los dos primeros asaltos y ya debería haber ganado el partido, pero luego jueces decidieron que el primero no contaba. Peter, furioso, corrió hacía mí desde fuera del ring, sin esperar la señal de comienzo. Me burlaba tanto que voluntariamente me salí del ring, para darle el punto. Ambos estábamos listos para el asalto final, yo estaba más que listo. Peter se jactaba de cómo podía levantar a otros chicos tomándolos de su ropa interior, así que supe lo que haría en este round. Me había cortado los pantalones para que se se rompieran fácilmente. Peter agarró mi calzoncillo y tiró tan fuerte como pudo. Él tenía la prenda, pero yo no. Peter estaba aturdido y aproveché para derribarlo. Luego me giré y moví mi miembro en dirección a donde estaba la madre de Caius y moví las caderas hacia ella. Un monje, Adam, estaba tan enojado que corrió hacia el arenero para ocultar mi desnudez, pero tropezó con Peter. Adam estaba tan furioso que escupía mientras me gritaba que me cubriera. Peter pidió amonestación y yo me burlé de él: "Estás demasiado ocupado viéndome el miembro como para luchar. Creo que hasta tienes una erección, pero, ¿quién puede saberlo con ese pene diminuto que tienes?" Perdí el partido y no me importó.

Luego vinieron las carreras. Keaffer corrió contra Caius, quien salió antes, pero aún así, Keaffear pasó corriendo a su lado con tan poco esfuerzo que parecía que estuviera caminando. Caius luego se quejó de que Keaffer había sido el que había salido antes, no él. Los jueces estuvieron de acuerdo y le dieron la victoria. No nos quejamos, simplemente nos reímos aún más. Estaba en una eliminatoria con Brutus, Peter y algunos otros patanes. Tan pronto como nos movimos, Peter y David (otros lacayos de Caius) intentaron bloquearme para que Brutus pudiera ganar, pero los esquivé cuando se tropezaron entre sí mismos. Pasé corriendo junto a Brutus y le hice la señal del mal de ojo mientras pasaba. Los jueces, siendo monjes pederastas, le otorgaron la victoria, por mi grosería.

El siguiente evento fue el boxeo. Brutus se excusó diciendo que le dolía tanto la pantorrilla que no podía luchar contra Keaffer. Me tocó con Peter de nuevo, quien pensó que sería mejor que yo en el boxeo. Peter estaba demasiado confiado porque había empapado sus vendas en resina y arena, así que pensó que con un simple golpe me dejaría inconsciente. Para no quedarme atrás, empapé las mías con agua y limón. Tenía alcance sobre Peter, así que mi plan era simple: Golpearlo en los ojos para que el limón le entrara en los ojos. Peter salió e intentó golpearme con golpes que lo dejaban totalmente descubierto. Me moví y lo golpeé, al poco tiempo, sus ojos estaban hinchados por la ácida fruta. Intentó detener la pelea, al igual que el hermano Adam, pero yo seguí golpeándolo con todas mis fuerzas, impregnando años de odio en cada golpe.

Como Peter protegía su rostro, le di un puñetazo en el estómago flácido, haciendo que bajara las manos. Luego le mostré cómo se debía pegar correctamente. El hermano Adam intentó intervenir, así que le di un puñetazo directo en la gigante nariz que tenía. En la confusión, Caius, David y Brutus intentaron saltar sobre mí, pero Keaffer, habiendo perdido su oportunidad de boxear, saltó y le tiró golpes a Brutus, quien cayó junto a David, Peter y Adam. Cuando Caius vino hacía mí, le puse la túnica en la cabeza con la mano derecha mientras lo golpeaba con la izquierda. Ese fue el final del experimento del juego y de mi estancia en el monasterio. A Keaffer y a mí nos ordenaron ir a la granja.

La granja

Parte de nuestro castigo fue trabajar como campesinos en la granja de Carataco. Los padres británicos querían vernos castigados, pero castigados físicamente. Sin embargo, los *Civitates Catuvallani* (la asamblea local de tribus) sabían que una paliza o una mutilación provocaría la ira de los soldados bárbaros. Ellos sentían que el trabajo físico en el campo era humillante, pero ambos, como éramos de familias de agricultores y pastores, no nos avergonzábamos de trabajar la tierra. Recé a Sif y a Keaffer le rezó a Carnonos mientras trabajábamos, lo que nos hizo conectar con los esclavos de la plantación. Los esclavos alemanes conocían a Sif como la dama del maíz que enviaba recompensas con las lluvias de Thor. Para hacer que la tierra fuera fértil, los hombres se acostaban con las mujeres en los surcos antes de que la semilla fuera esparcida en la tierra. Por eso, los alemanes se escabullían por la noche para ir a follar en el suelo fresco. Me pareció una buena razón para follar, como cualquier otra, así que salí al campo para acostarme con una chica pelirroja. Estaba tan ansioso por follar con Altheia que en mis pantalones podías ver como mi miembro se marcaba. Estaba bebiendo alrededor del fuego entre las chozas de los trabajadores cuando Altheia me llevó de la mano, hacia la oscuridad de los campos, mientras la gente alrededor del fuego vociferaba alientos. Empezamos a besarnos y siendo virgen, mi virilidad respondió inmediatamente a sus manos tocando mis hombros y mi pecho. Me pidió que redujera la velocidad cuando intenté bajarla la túnica para chuparle los pezones. Retrocedió y pensé que había desperdiciado mi oportunidad siendo demasiado apasionado, pero se quitó la túnica por la cabeza y pude ver que no tenía nada más puesto. En retrospectiva, Altheia había planeado todo esto, pero siendo tan neófito, solo podía concentrarme en una cosa, sus grandes pechos. Tomó mi mano y la llevó hasta la humedad que había entre sus piernas. Me sorprendió lo cálido y suave que era su vagina. Guió mis dedos a sus labios, especialmente a la parte superior de la hendidura. Nos besamos apasionadamente mientras yo la seguía tocando, y mientras ella gemía profundamente, su cabeza cayó hacia atrás. Inmediatamente comencé a besar su pecho, como un niño codicioso. Se estremeció y tomó mi mano, lo que me hizo dudar de si había cometido algún error en algún momento. "Calmado, muchacho. Mi señorita está ardiendo. Saca tus dedos de ella, y chúpame los pezones, suavemente." Hice lo que me pidió y susurró: "Sí, exactamente así", mientras le lamía los pezones y la acariciaba el pecho con mi mano. "¿Me harías un favor, Yul?"

"Lo que quieras", era tan joven.

"Toca mi coño, usa tu lengua."

"¿Cómo lo hago?"

"Me acostaré en el suelo, mueve tu lengua entre mis labios, en la parte superior."

Al principio estaba dudoso, había escuchado a los chicos decir que sabía y olía mal, pero el suyo era dulce y estaba muy húmedo. "Más, Yul. Bésalo más fuerte; sí, así. Lame arriba, en el medio. Oh sí, así mismo." Cuando llegó al climax, me sostuvo la cabeza hacia abajo y me encantó. Como te imaginarás, mi miembro estaba a punto de explotar. "Ahora, veamos qué tienes. Oh por-, el martillo de Thor. ¿Alguna vez usaste esa herramienta dentro de una chica?"

"Solo en la boca de una. Nunca dentro de un coño." Hablábamos todo esto mientras ella me quitaba la túnica y jugaba con mi miembro, con sus manos.

"Esta noche no comeré tu semilla porque Sif debe tenerla."

"Puedo correrme más de una vez, chica."

"Estoy segura de que sí, pero usaré mi mano para tu primera venida y luego follaremos para la segunda. Si eres bueno conmigo, con mucho gusto me llevaré tu miembro a la boca. Ahora siéntate en el surco mientras juego con tu polla." Acarició la cabeza con los dedos y sentí cosquillas en las bolas. Apenas me había tocado por diez segundos, cuando disparé mi esperma al suelo y a su brazo. "Sif tiene el suyo, ahora yo quiero el mío", dijo Altheia con un brillo en los ojos. A diferencia de cuando me masturbaba, mi miembro estaba tan erguido como la lanza de Woden.

"Bésame el coño otra vez porque necesitaré estar muy mojada para ese monstruo que escondes en la túnica." No neecesitó pedírmelo dos veces. Abrió las piernas dejándome ver su feminidad rosada, rodeada de cabellos rojos. Como me gustó tanto la primera vez, fui directo a donde debía, pero me contuve. Jugué con sus labios inferiores, usando dos dedos dentro de ella, mientras gemía. Toqué con mi lengua el botón que estaba en medio de sus labios mientras ella susurraba: "Oh, sí. Buen chico. La diosa está Feliz. Más rápido. Sí, así." Sus caderas se sacudieron como un potro mientras jadeaba. "Mi vagina está feliz y mojada, veamos esa polla."

"Todavía está rígido, y listo para funcionar."

"Ponte encima de mí, yo te guiaré hacia mi coño." Nunca pensé que algo pudiera sentirse la mitad de bien que mi virilidad enterrada dentro de ella. Estaba tan ansioso que empujé hasta el fondo, haciéndola jadear: "Oh, Yul, tienes un buen nombre. Me dejaste sin aliento, imprégnate en mí; quiero darte un hijo." No tenía ningún deseo de ser padre tan joven, pero cuando un hombre está tan profundamente dentro de una manera, este llamado enciende algo primitivo en él. Antes de darme cuenta, estaba dentro de su maravillosa cueva. Se sintió tan bien. Pensé que los hombres mayores exageraban sobre lo bien que se sentía, pero no lo hacían. Altheia sostuvo mi trasero, apretándolo, sin dejarme salir. Sus piernas me rodearon y no me dejaban ir.

"Serías un excelente luchador", dije, mientras me recostaba sobre la tierra fría. Altheia yacía a mi lado, riendo de alegría. "Entonces, ¿te gustó? ¿fui bueno?"

"Fuiste energético y estuvo delicioso, pero trabajaremos en la resistencia."

"Sé que has estado con otros hombres. ¿Tienes hijos?"

"No, gracias a Freyja. Una esclava no tiene muchas opciones sobre a quién se folla. Un amo, un capataz o un esclavo mayor y fuerte pueden tenernos sin nuestro consentimiento. Contigo, al sentirme tan deseada, lo vuelve especial. Me gustas. Eres fuerte pero amable. Sé que has querido estar conmigo desde hace un tiempo, pero eres maravillosamente tímido con las mujeres. Tú eres libre, alemán y no tienes esclavos como los idiotas británicos. Pensé que sería divertido acostarme contigo y que me tratarías de manera amable, durante y después. Espero tener la razón. ¿La tengo?”

“Solo he estado con una chica y ella tambіén era esclava. No mía.” agregué apresuradamente. “En una incursión, la liberamos. Me chupó la polla y tragó mi semilla. Mi hermana, que estaba en la incursion, dijo que esta chica solo me quería porque era joven y sentía que era más fácil de controlar que un hombre mayor. ¿Es por eso que te gustó? ¿quieres controlarme?”

“Yo soy una esclava y tú eres un hombre libre, con eduación y buena ropa. Podrías irte esta noche y nadie te perseguiría ni te castigaría violándote y dándote latigazos. Entonces, ¿cómo podría tener poder sobre ti?”

“Eres hermosa y tienes una vagina. Sabes que tienes poder, pero sugiero que nos tratemos con amabilidad y veamos cómo nos va. Si lo deseas, le hare saber a todos que eres mi mujer, así nadie más intentará tocarte.”

“¿Qué hay de tu familia?”

“¿Qué pasa con ellos? No están aquí. He vivido quince veranos y este año será mi decimosexto invierto. Soy un hombre libre, como bien dijiste, así que puedo elegir con quién compartir la cama. A mi madre le gustaría que me casara con alguna engreída británica, pero eso no pasará. Mi hermana se casó con un alemán de bien, un sajón que tiene un gran barco, Yunthar. Si ella puede elegir, yo también. Ahora te elijo a ti y espero que tú hagas lo mismo.”

“Yul, te elijo.”

Durante nuestra conversación, mi miembro volvió a ponerse rígido así que me puse de costado para asegurarme de que Altheia lo notara. Ella volvió a reír. "Supongo que fuiste lo suficientemente tierno, así que cumpliré mi promesa. Recuéstate, Yul, y relájate." Hice lo que me ordenó y la recompensa fue muy dulce. Altheia volvió a rozar mi miembro con sus dedos, pero esta vez se inclinó y se lo metió todo a la boca, incluyendo casi todas mis bolas. "¿Cómo te volviste tan buena?" gemí.

"Una chica que no quiere estar con el bastardo de un capataz aprende a chupar una polla tan bien que un británico idiota no le pega con su diminuto miembro. Pero esta noche no quiero comer tu semilla, lo haré pronto, pero esta noche le sirvo a Sif, y quiero tu semilla dentro de mí, otra vez." Mientras decía esto, se subió encima de mí y se sentó sobre mi polla, lentamente. "Déjame marcar el ritmo esta vez. Te prometo que te gustará." Woden es testigo de lo mucho que lo disfruté. Artheis subía y bajaba lentamente sobre mi miembro, haciendo que todo fuera suave, lo cual fue bueno porque mi polla estaba ya adolorida. Aunque ella quería tener el control, yo todavía era un hombre así que me acerqué a ella. Esto la sorprendió y le gustó. "Por Sif, eres mitad caballo. Sí, sigue metiéndolo", dijo mientras movía los pies para quedar sentada a horcajadas sobre mí. Me aferré a sus hermosas y curvilíneas caderas, hipnotizado por el rebotar de sus pechos, chupándole un pezón y luego otro, mientras ella llegaba al clímax, estremeciéndose encima de mí. Luego de haberme corrido dos veces, podía empujar como conejo y no correrme de inmediato. Redujimos la velocidad y nos besamos apasionadamente después de que ella volviera a alcanzar el clímax. "Mañana no podré caminar y no me importa", me susurró al oído. Le di la vuelta y puse mi cabeza justo detrás de ella, me moví hacia dentro y hacia afuera lentamente, hasta que llegó al clímax nuevamente. Estaba encima de ella, viendo sus pechos balancearse como el mar rompiendo en la orilla. Mientras me corría, me empujé más dentro de ella y gemí, mientras la dejaba impregnada de mí.

"Caminar está sobrevalorado", dije, mientras ambos reíamos.

"Cuando te estaba chupando la polla, podía sujetarla con las dos manos y un así, poner el borde en mi boca."

"¿Eso es bueno?"

"Debes ser descendiente de Thor y tener sangre de gigante."

"Oh, no empieces. Se me pondrá dura otra vez y ya me duele."

"Bueno, entonces quizá debería besarlo." Sentía cada palpitación, la tenía dura de nuevo. Solo hasta que un hombre envejece, se da cuenta de lo preciosa que es la juventud. Altheia tomó mi polla con sus manos y se la llevó a la boca.

"Muchos de los chicos de la escuela se quejan de lo mal que sabe el coño, pero el tuyo sabía a tarta de manzana, delicioso."

Me miró desde abajo y dijo: "Sif necesita más semilla tuya para que el maíz crezca grande y fuerte como tu miembro. Así es el maíz, largo, dorado y tiene una cabeza llena de semillas."

Por Woden, amaba su sucia boca: "¡Me vengo de nuevo!" Puso su boca alrededor y tomó toda mi semila, y luego la botó gota a gota sobre la tierra: "La diosa estará muy contenta."

Altheia me besó y pude saborearme a mí mismo en su boca, pero no me detuve. Le pregunté: "¿Cuál es tu nombre alemán?"

"No tengo idea. Me llevaron muy joven y el traficante de esclavos me dio un nuevo nombre en cuanto llegamos a Londinum. Sé que vengo de tierras Suevas, por mi acento, pero no tengo ni idea de cuántos años tenía ni como era mi familia. Quizás fui capturada durante un as alto o vendida como esclava por una familia que quería un hijo y tenía demasiadas bocas que alimentar." Sabía muy bien por qué quería un hijo mío: Yo era un *Ceorle*, un hombre libre, y mi familia era lo suficientemente rica e influyente como para enviarme a una escuela de monasterio. Mi acento le dijo que yo era un joven alemán bien educado que también hablaba latín. Pensó que yo me vería obligado a liberarla si llevaba un hijo mío en su vientre, y tenía razón. No era un británico, como para tener hijos, sin hacerme responsable de mis acciones.

Caminamos lentamente de regreso a la fogata de la aldea, y la gente nos vitoreaba y se burlaba: "Entonces, ¿tendremos una cosecha abundante, muchacho?" preguntó una mujer mayor.

Un hombre cerca, muy borracho, dijo: "Yo hubiera hecho el trabajo correctamente, muchacho, pero mi esposa no me dejó."

"Los campos siguen ahí, viejo, ¿qué te detiene?"

"¡Mi esposa!" reímos, al igual que la mujer a su lado. Su esposa, supongo.

"Oh, todavía podemos ir a dar un paseo, viejo", respondió ella, mientras nos seguíamos riendo. Keaffer fue el único que no rió. Estaba sentando de mal humor junto a Morganna, una chica rubia y exuberante, que claramente no había vaciado sus semillas en el campo. Yo estaba demasiado alegre para lidiar con su irritabilidad.

Entonces hablé, siendo el joven engreído que era: "Escuchen esto. Altheia es mi mujer. Juro por Woden y Thor que la protegeré, que tendrá refugio en mi hogar y que cualquier hombre que intente tocarla será castigado. Tengo oro para pagar el precio." Podía sentir la sangre de los dioses corriendo por la mía. Estaba muy feliz de liberar a Altheia porque ella me ayudaría a liberarme.

Los esclavos habían sido bautizados por sus dueños para mantenerlos obedientes como ovejas, pero reconocían el poder de Woden y Thor. ¿Quién podría tenerle miedo a un dios que era un cordero complaciente, que decía a sus seguidores insultados que pusieran la otra mejilla y luego la otra, y que les ordenaba que cargaran sus cruces? No tenía sentido que fuese el único dios y al mismo tiempo, fuese tres dioses en uno. Los monjes me decían que este era el Misterio de la Trinidad, a lo que respondí que su respuesta era un montón de estiércol. Su cielo era un lugar para cantar con semidioses (o ángeles, como los llamaban) por la eternidad. Nuestro Valhalla era un gran salón de banquetes donde los muertos dignos luchaban durante el día, festejaban más tarde y luego por la noche, follaban. ¿Qué hombre no desearía vivir preparándose para luchar contra los gigantes de hielo en Ragnarök? Estaríamos hombro a hombre con Thor, Woden, Tyr y Baldur, compartiendo su destino. ¿Por qué inclinarme ante un dios afeminado que quería que cantara?

El trabajo en el campo y el pastoreo endureció nuestros cuerpos y oscureció nuestra piel. Muchos de los esclavos (escoceses, pictos y alemanes) habían sido más que agricultores y pastores, habían sido guerreros, asaltantes, cazadores y silvicultores. Ese verano, mientras me acercaba a los dieciséis inviernos, no solo sembré y coseché, sino que luché, boxeé, corrí y nadé. En los prados practicaba lanza, hacha, espada y escudo con Keaffer, y otros hombres y niños. También practiqué con el arco y Keaffer con jabalinas. Sabíamos que el gusano se movía con dos aspirantes levantándose como maíz y cortados como cosecha por sus soldados bárbaros a los que habían desdeñados atacándolos en discursos entre diversas asambleas y no pagándoles ni alimentándolos. Marco y Graciano habían sido tontos, pero un nuevo aspirante, Constantino, estaba uniendo a las tribus y tropas lo mejor que podía. Nos estábamos volviendo más fuertes y hábiles para mejorar nuestras posibilidades de unirnos a los Brave Companions.

Keaffer y Morganna finalmente empezaron a dormir juntos y la actitud del chico mejoró. Me dijo que el jugo era más dulce al haberse fermentado por más tiempo, estuve de acuerdo con él porque su actitud hosca antes de follar con Caerwan se había vuelto susceptible. Ella era mucho menos lujuriosa que Altheia y le agradecí a Sig, Frig, Eorthe, Eostre y Hretha por eso. En los campos y pastos, me encanta tocar a Altheia, sobre todo sus pechos grandes que se elevaban junto al maíz y la cebada, altos y dorados. Cuando teníamos ganas, nos acostábamos en esos campos de oro y follábamos con Sol sonriéndonos amablemente. En otras ocasiones, hacíamos la bestia de dos lomos en los prados o bosques. Si no estábamos tan cansados al anochecer, follábamos antes de quedarnos dormidos, y a veces, lo hacíamos con el amanecer iluminando el cielo rosado y púrpura. Me encantaba acariciar los mechones rojos de su pelo y perderme en sus ojos castaños claro.

Entonces un día tuvimos algunas visitas. Actuaban como si hubieran llegado a la granja de Carculla de pura casualidad, pero sabíamos demasiado bien que habían venido a propósito, para avergonzarnos a Keaffer y a mí. Eran Caius, Brutus y sus familias.

Al verme trabajando en el campo sin camisa y con un sombrero de paja, Caius me señaló y se rió: "¡Mira, un esclavo alemán!" con Brutus riéndose como un tonto a su lado. "Yul, ¿sabías que me follé a tu vaca alemana y Brutus a esa zorra picta?"

"¿Entonces? ¡Ella era virgen todavía porque tu polla es demasiado pequeña como para hacer alguna diferencia!" repliqué, haciendo que Caius se pusiera rojo de ira. "Brutus es tan tonto y obeso que se folló a una cabra de pelo oscuro pensando que era Morganna" dije esto antes de que Keaffer perdiera los estribos y actuara antes de que estuviéramos preparados.

Keaffer gritó: "¿Cómo está la basura de tu madre? Lo último que escuché fue que apestaba. Tal vez ustedes, idiotas, ni se dieron cuenta", nos reímos de ellos y la cara de incomodidad de sus padres. Caratacus estaba sorprendido por nuestro comportamiento y le ordenó a sus capataces que nos castigaran, pero cuando vio que éramos dos hombres libres, hijos de hombres poderosos, no pudieron hacer nada. Uno, un idiota obeso llamado Callus, amenazó con golpear a Altheia si no mostraba respeto a los visitantes. Caminé hacia él con las manos en mi azada. "¿Cómo podrías pasarme, gordito?"

"Si sabes lo que te conviene, cerrarás la boca o le pegaré a la pelirroja, estoy en mi derecho."

"Como hombre libre, tengo derecho a defender lo que es mío. ¿Quieres ver qué derechos ganan?"

"Vuelve al trabajo y cállate, o habrá problemas." Le dejé fanfarronear con eso, para que pudiera sanar su orgullo herido. Además, comenzar una pelea ahora arruinaría nuestros planes futuros. Cuando el sol de verano se puso hacia el oeste, terminamos de trabajar en los campos, preparándolos para la futura cosecha de verano. Los visitantes británicos se habían retirado a la villa de Carataco, donde los esclavos de la casa estaban ocupados preparándole la cena a los visitantes. También se ocupaban retirando cuchillos de la cocina y las riquezas de las habitaciones individuales. Con toda la agitación en el oeste y el norte, decidimos que era hora de irnos al este, donde estaban nuestros hermanos resguardando las costas de estos británicos. Keaffer y yo sabíamos que nunca regresaríamos a ese monasterio infestado de pederastas.

Los esclavos pictos, escoceses y alemanes estaban dispuestos a deshacerse de sus yugos y ganarse la libertad a lo largo de la costa sajona o más al norte o al oeste, dependiendo de dónde pudieran estar con su pueblo y a salvo de los británicos. Estábamos acumulando picos, azadas, palas, mayales y cuchillos, preparándonos para defendernos. Si bien un cuchillo de cocina no era un Seax y una azada no era una lanza, ambos podían causar el daño suficiente como para hacer dudar a los demás y dar un poco de confianza a nuestros esclavos escapistas. Existía el riesgo de que Callus y otros capataces descubrieran nuestras reservas, pero estos hombres demostraron mucha astucia, iniciativa, misericordia y diligencia. Había muchas azadas, mayales, palas y cuchillos parcialmente rotos que necesitaban ser reparados. Podía haber parecido extraño que tantas herramientas fracaran al mismo tiempo, pero Oulm el herrero no se quejó ya que él era parte de nuestro plan. Las palas rotas y los ejes de madera de las azadas podían repararse o se les ponían puntas de lanzas derretidas y se convertían en armas. Un mayal con una correa de cuero defectuosa podia funcionar como dos simples garrotes. Los cuchillos de cocina sin filo se podían cortar y afilar hasta convertidos en un cuchillo largo, lo que llamamos Saex. Todo cuando no estábamos siendo vigilados por los capataces, lo que pasaba a menudo porque Callus y sus ayudantes eran vagos y estúpidos. Solíamos ordenarles a las mujeres jóvenes que lavaran la ropa en el arroyo y se bañaran después, lo que causaba que Callus y sus tontos se comieran con los ojos esos pechos que jamás tocarían. Keaffer podía llevar al rebaño demasiado lejos, preocupando a los capataces de que se perdieran algunas ovejas; pero Keaffer y los otros pastores tenían un excelente control sobre estos animales, utilizando perros especializados que respondían a los silbatos. Un rebaño que parecía disperso a lo largo de una pradera podía ser acorralado por estos perros y sus cuidadores en muy poco tiempo. En el campo, podíamos decir que a un buey se le había salido una herradura, por lo que había que llevarlo de nuevo a la herreria. Callus se negaba a discutir con Oulm, que era terco. El herrero era demasiado valioso para que Callus lo lastimara sin una violación muy grave a la dinámica de poder. Cuando Callum, por ejemplo, acosaba a Oulm sin una buena razón, atrasándolo en su trabajo, Caracatus regañaba a Callus para que dejara en paz a su trabajador y lucrativo herrero. Con el tiempo, Callus aprendió a evitar los confines de la herrería para que Caratacus no se buscara un nuevo capataz. Esta dinámica facilitó el acaparamiento de armas y alimentos para nuestra fuga hacia el este. Hacerlo ante las narices respingadas de las familias de Caius y Brutus hizo que la perspectiva fuera aún más dulce.

Sabíamos que Carataco celebraría a sus invitados con vino, así que el vino fluiría. Los esclavos de la casa se aseguraron de que el vino no estuviera disuelto en agua, dejaron abundante vino y cerveza para los capataces y los otros británicos. Mientras comenzaba la celebración, Brutus y Caius salieron a saludarnos con vino en la mano, señalando y riéndose de Keaffer, de mí y de todos los demás. "¡Qué tal tu día bajo el sol!" Nos gritaban, ya bebidos con sus copas y con el sol aun brillando en el oeste. Tan pronto como entraron en la casa, nos reunimos alrededor del fuego para repasar nuestro plan. No lastimaríamos a nadie ni provocaríamos incendios porque no queríamos añadir asesinato a los cargos de esclavos fugitivos cuando saliéramos sanos y salvos. Un incendio alertaría a los lugareños de que algo andaba mal y reduciría nuestro tiempo para escapar. Una venganza como esa habría sido maravillosa, pero estúpida. Planeamos esperar una señal de los esclavos de la casa de que la fiesta estaba terminando con los invitados y anfitriones en estado de ebriedad o dormidos. Keaffer y yo llevaríamos a los esclavos del campo al bosque del noreste y esperaríamos a los esclavos domésticos, para viajar durante la noche. También planeamos cruzar un arroyo e ir más al norte, lejos de las áreas habitadas cerca del agua, para que los perros tuvieran que dedicarle tiempo a seguir nuestro rastro en el bosque. Durante la semana, los pastores habían colocado rastros falsos en el bosque, para confundir aún más a los perros. También habían cavado hoyos con palos afilados y los habían cubierto con helechos y hojas para frenar a nuestros perseguidores.

A última hora de la tarde, antes de la medianoche, un esclavo de la casa salió al frente para agitar una antorcha encendida para decirnos que nos fuéramos porque los invitados estaban demasiado borrachos para preocuparse por los esclavos del campo. También vigilamos a Callus y a los otros capataces para asegurarnos de que estuvieran igual de borrachos y dormidos. Finalmente, dejamos tazones llenos de cerveza afuera para los perros, para que no se quisieran mover en la mañana. Algunos hablaban de matarlos, pero yo los disuadí, el ruido despertaría a otros y alguien podría salir a investigar. Nuestro mayor enemigo, argumenté, era el tiempo, no un grupo de guardias con resaca tratando de encontrarnos en el bosque. No encendimos antorchas para iluminar el camino, usamos la luna y las estrellas para guiarnos. Habíamos estudiado el camino hacía el arroyo muchas veces, ya sabíamos adónde ir y cómo evitar nuestras trampas.

Después de dejar el arroyo, planeamos ir hacia el este por una antigua carretera romana en la ciudad abandonada de Catuvelianni, donde unos pocos comerciantes británicos vendían productos agrícolas y mantenían una taberna en ruinas. La carretera salía de Verulamium hacia el este y estaba en mal estado, no había sido reparada en décadas y se utilizaba más como camino para el ganado que como carretera transitada por el imperio. En el centro había dos rastreadores desgastados de tantos vagones que llegaron a lo largo de los años. A menudo a la carretera le faltaban losas en los costados, especialmente cerca de las villas. A los propietarios de estas villas les gustaba robarse las losas labradas para cubrir el suelo de sus casas. Una vez pasamos la ciudad abandonada, tomamos la vía Devana hacía Camuladonum, donde mi padre estaba asentando contando monedas y pagándole a los soldados y tropas por igual. La mayoría de la gente se dirigió hacia el sur desde Verulamium a Londinum tomando la calle Watling antes de dirigirse al este porque las carreteras estaban en mejor estado y eran menos frecuentadas por bandidos. El camino era menos directo pero más seguro. Nosotros, en cambio, queríamos una ruta más rápida y menos ocupada por viajeros. Unos pocos bandidos contra un grupo tan grande como el nuestro les haría pensar dos veces antes de actuar en nuestra contra.

Mientras el grupo líder esperaba en la penumbra del bosque, los esclavos domésticos iban saliendo en pequeños grupos al ver sus deberes cumplidos o a sus amos deshechos. Algunas de las sirvientas tuvieron que poner excusas para rechazar a Caius y Brutus, pero estaban tan borrachos que las mujeres no se preocuparon demasiado por dejarlos. Para la medianoche, todos habían llegado al borde del bosque, y muchos se habían adelantado para cruzar el arroyo y trazar más rastros falsos que salían del arroyo hacia el oeste. Los primeros en escaper irían río arriba hacia el norte, saldrían en algún punto de la orilla occidental, avanzarían una milla y regresarían por donde vinieron. De esta manera, los más rápidos podrían ayudar a los más lentos y no tener que estar preocupados de ser vistos a la orilla del bosque. A algunas personas les parecía bien esperar, como a Keaffer, así que se quedó atrás para asegurarse de que todos llegaran eventualmente a la salida. Por otro lado, yo era muy ansioso para esperar, así que me resultaba mejor liderar a los grupos que usábamos para dejar rastros falsos hacia el oeste. Hicimos cuatro senderos falsos mientras los demás se apresuraban en llegar.

A última hora de la noche, todos habíamos abandonado el río bastante hacia el noreste, manteniendo un camino más o menos paralelo a la carretera. El campo era boscoso, pero mayormente llano, por lo que mantener la carretera a nuestra derecha no fue muy difícil, siendo guiados por la luna y las formaciones esterales. En primer lugar, supusimos que los cazadores de esclavos seguirían el camino mañana con perros, pero no le prestarían tanta atención al bosque; en segundo lugar, los bandidos solían esconderse en los bosques y asaltar a la gente en las carreteras, por lo que deambular por el bosque invertiría la norma. Los bandidos conocían mejor el bosque, pero no esperarían que un grupo de más de treinta personas en buena forma merodearan por esa zona durante la noche. Finalmente, los ganaderos y los pocos comerciantes desesperados que se abrían paso por esos caminos, lo hacían durante el día haciendo ruido. Como no teníamos fuego, no éramos tan silenciosos como hubiéramos preferido, pero no hacíamos más ruido que el que haría una manada de ciervos. Cuando la luz del lobo se elevó en el este, espeluznante y gris, nos detuvimos para desayunar antes de continuar. Enviamos algunos hombres a explorar para asegurarnos de que no nos estuvieran siguiendo o que nos estuviera esperando una trampa. Yo fui al este, Keaffer al oeste, Segismund, un leñador alemán, al norte y un pastor picto, Caelyth, al sur. Comimos pan seco, cerdo salado y bebimos un poco de agua. Intencionadamente, nada que requiriera fuego porque el humo le diría a cualquiera que nos estuviera buscando, adónde ir.

Al amanecer continuamos hacia el este, paralelamente a la carretera, lo mejor que pudimos. Podíamos mantenernos más alejados ya que era de día y ver resultaba más fácil. Durante esa mañana, uno de los esclavos menos inteligentes y más perezosos se quejó de que deberíamos haber ido hacia el sur, a Londinium, porque el camino era más recto, más fácil y, con más tráfico, podíamos encondernos entre la gente. Frith argumentó que, al igual que el frisón, conocía Londinium porque había comerciado allí antes de ser esclavizado. Nos instó a regresar al sur y tomar la calle Watling hasta la capital y luego tomar un barco hasta el puerto Sajón.

Keaffer y yo les explicamos de nuevo, por lo que parecía la enésima vez, que los asesinatos de los aspirantes británicos Marco y Graciano a manos de sus ejércitos mayoritariamente bárbaros habían irritado a los locales con respecto a todos los bárbaros. Así que, si tomábamos el camino más transitado siendo no británicos, de seguro seríamos cuestionados o atacados. El ambiente en Londinium era particularmente malo hacía los bárbaros, ya que la piratería sajona estaba perjudicando el comercio. Por lo tanto, un grupo de bárbaros alemanes, frisones, escoceses y pictos que parecían esclavos destacaría y muy probablemente sufrirían alguna venganza. "Pero yo no soy sajón; no me odiarán."

"Tonto, eres un bárbaro para ellos, y los frisones atacan las costas de Britania y la Gala tanto como los sajones, si no más."

Para no darse por vencido tan fácil, Caelyth argumentó que habían surgido rumores sobre un nuevo emperador que uniría a británicos y bárbaros. "Se llama Constantino, como el último emperador que surgió en Britania para gobernar el imperio. Es británico, por lo que cuenta con el apoyo de los suyos, pero también es general, por lo que les agrada a los soldados.

"Bien por él, pero estos son rumores, y no voy a arriesgarme a mí, a mi mujer, a mis amigos y a tantos otros con la mafia de Londinum. El mejor lugar para aprender más cosas sobre él es Camuldunum y los fuertes del puerto Sajón, donde estaremos mucho más seguros que en la capital provincial." Frith aceptó de mala gana porque nadie más estaba de acuerdo con sus ideas.

La discusión hizo que la mañana transcurriera más rápido y, al mediodía, vimos algunas fogatas escondidas con brazas calientes. No había camino para ganado, por lo que no eran pastores. Quizás habíamos estado muy ocupados discutiendo, advirtiendo a algunos bandidos, quienes a su vez podrían encontrar otros bandoleros para ayudarlos. Sin embargo, noté algunas huellas de cascos que no eran de vacas sino de caballos herrados. Keaffer y yo conversamos en voz baja. Los caballos herrados podían significar cazadores de esclavos o soldados, pero no bandidos porque los caballos eran muy difíciles de conseguir, caros de mantener y fáciles de rastrear en comparación con solo un hombre. Dudaba seriamente que los esclavistas se nos hubieran adelantado sin que nos diéramos cuenta. Los exploradores de tropas tenían más sentido, al tener monturas, encender un pequeño fuego que no soltara humo y patear tierra sobre las brasas. La pregunta era, ¿de quién eran los soldados?

Solo podía imaginarme la reacción de Carataco, Caius, Brutus y sus familias por la mañana. Tendrían que vestirse solos y ponerse sus togas y vestidos rústicos; pobres copias provincianas de la vestimenta italiana y griega. ¿Quién peinaría el cabello de las mujeres, quién afeitaría a los hombres, quién ordeñaría las vacas, quién conduciría lo rebaños, quién labraría los campos y quién limpiaría los establos y corrales? Estos británicos se habían vuelto tan blandos que no podían cuidar de sus granjas, y mucho menos de sus atuendos y peinados ridículos. Alemanes, pictos y escoceses se afeitaron y vistieron ellos mismos, usando pantalones sencillos de cuero, cáñamos o lino, y túnicas de cáñamo, botas de cuero y capas de lana. Las mujeres libres vestían vestidos también sencillos, de lana o lino, sobre una túnica de lino y ropa interior con cinturones de cuero o cáñamo y broches de oro, plata o bronce, que eran el principal medio de mostrar su estatus junto a aretes, collares, a veces pulseras y tobilleras de ámbar, hueso, madera tallada o metal decorado. (Normalmente hierro o plata, no oro). Llevábamos cuchillos cortos y hachas para las tareas diarias y llevábamos un pequeño bolso para monedas, hierbas recuerdos y otros artículos pequeños. Llevábamos sombreros de paja, lino, piel o cuero según la estación y el sol. Nos vestíamos sencillamente con ropa que podíamos usar para trabajar y cazar. Usábamos el pelo largo, tanto hombres como mujeres, a veces con grasa animal para mantenerlo liso. Las mujeres solían hacerse pliegues en el cabello, a ambos lados de la cabeza, mientras que los hombres solían tener un solo pliegue en la nuca. Los hombres usaban bigotes como señal de madurez, algunos se afeitaban la barba, pero no hasta los labios. También nos tatuamos tótems de nuestras tribus, familias, dioses y bestias protectoras. Yo tengo tatuajes de Thor y Woden en mis brazos y llevo el martillo de Thor, como la mayoría de los hombres alemanes. Las mujeres solían llevar tatuajes de Freya, la diosa de la sexualidad, la fertilidad, el tejido y el hogar. A menudo, las mujeres también tenían tatuado en sus cuerpos al hermano de Freya, Frey, ya que también era un dios de la fertilidad. En las bodas, sacrificábamos un jabalí en nombre de Frey para que fuera un matrimonio fructífero. En la guerra, usábamos cota de malla o anillas si podíamos permitírnoslo o cuero hervido sobre una túnica de lana acolchada. Usábamos escudos ovalados largos cuando en batalla formábamos nuestro muro de escudos. Usábamos arcos y flechas, hachas, saxos (nuestra espada corta y punzante que también usábamos en el muro ded escudos), espadas largas para el combate cuerpo a cuerpo y a caballo (una espada larga a menudo demostraba el estatus de un guerrero), hachas para partir los escudos enemigos y para arrojarlas, lanzas para el combate uno a uno, y jabalinas como proyectiles. Como tal, nuestra compañía estaba vestida para viajar y nos tomó poco tiempo prepararnos. Nos despertamos antes de amanecer para iniciar nuestra marcha, mientras que los británicos tenían que dedicar un montón de tiempo a embellecerse, lo que disminuía su capacidad de perseguirnos. En consecuencia, tuvimos una buena ventaja.

En el camino, los hombres hablaban de cómo Marciano y Graciano habían deteriorado las relaciones entre bárbaros y británicos, afirmando que Britania era un imperio autónomo, y no provincias marginales del imperio. Cuando los soldados y las tropas, en su mayoría alemanes, asesinaron a ambos con poco tiempo de diferencia, estas relaciones se volvieron más tensas. Sin embargo, un nuevo pretendiente al liderazgo imperial, Flavio Claudio Constantino, buscó curar esas heridas y había declarado su ambición de gobernar todo Occidente como un Augusto, haciéndose eco de Constantino El Grande, que había abandonado Britania con sus legiones aproximadamente doscientos años antes. De manera similar, Constantino no apunta sus tropas en contra de pictos, escoceses y alemanes, sino contra Europa. Stilcho, el general alemán del emperador Honorio, estaba ocupado deteniendo a los invasores alemanes a lo largo de la frontera del Rin: vándalos, suevos, alanos y borgoñones empujados desde el este y viendo la frontera debilitada por años de luchas que solo afectaban a los dos bandos que peleaban, estaban poniendo a prueba las fronteras en contra de ellos. Alarico El Visigodo también estaba causando problemas entre los imperios romanos occidentales y orientales, desde Dalmacia atacando tanto a Italia como a Grecia. Por nuestro lado, hablábamos extensamente sobre nuestro plan de ir hacia el este por esta carretera prácticamente vacía. Algunos pictos y escoceses querían ir al norte y al oeste para unirse a sus familias, lo cual era comprensible, pero yo les argumentaba que la costa este estaba mucho más cerca, por lo que esta ruta era menos arriesgada; además, pictos, escoceses y alemanes ocupan los fuertes de la corta sajona. Finalmente, puedes tomar barcos con mayor seguridad hacia el norte y el oeste que viajando a través de tierra británicas. "Lo más probable es que los atrapen y los terminen vendiendo a un latifundio. Mantengamos el mismo rumbo porque el tamaño de nuestro grupo es nuestra fortaleza." Algunos argumentaron que los alemanes eran tan malos como los británicos, y yo me burlé. "Si odiamos tanto a los pictos y escoceses, ¿por qué peleamos junto a ellos? ¿Para qué hacemos tratos con ellos?"

Al tercer día de viaje hacia el este, escuchamos cascos en el camino. Nos escondimos rápidamente entre los árboles y la maleza al norte de la carretera para ver si los cazadores de esclavos estaban patrullando, pero para nuestro alivio, era una compañía de soldados romanos. Keaffer salió de la maleza: "Saludos, valientes compañeros, ¿podrían recibir alguna compañía en este camino desolado?" Los soldados giraron hacia el norte en formación de media luna para rodearnos, tapando cualquier vía de escape. Giraron ordenadamente desde las losas cubiertas de maleza hacia el campo abierto, hacia la maleza y el monte disperso. Thact, su líder, cabalgó hacia Keaffear, con la lanza en la mano y al reconocernos, primero a Keaffer y luego a mí, soltó una carcajada. "Cuando tu padre nos rogó que nos reuniéramos y cabalgáramos hacia el oeste a Verulamium, pensamos que los encontraríamos a ustedes" apuntando la lanza primero hacia Keaffer y luego hacía mí. El padre de Keaffer sirvió en el fuerte de Othana como capitán de uno de nuestros barcos. Mi padre sirvió como cuestor en Camulodunum. "Escuchamos que ustedes dos se habían metido en algunos problemas en Verulamium, en la escuela, y que luego se escaparon con un grupo de esclavos. ¿Dónde están?"

Respondí en alemán: "Están aquí, pero temen que los devolverán a sus amos. Si les ofreces garantía de que podrán seguir sin problemas, saldrán de su escondite."

Los escoceses y los pictos se mostraron más reacios, pero Keaffer les habló y algunos empezaron a salir. Como no hablo picto, no tengo idea de lo que les dijo. Thact habló en alemán: "Salgan, parientes. No tenemos tiempo para volver y devolverlos. No tenemos deseo alguno de verlos con grilletes o algo peor. Vengan con nosotros y les prometemos un salvoconducto y la protección de los Brave Companions." Esto convenció a los alemanes, que empezaron a salir a la carretera. Keaffer volvió a hablar para los pictos y escoceses, que empezaron a salir lentamente también.

Le pregunte a Keaffer sobre lo que les había dicho para hacerlos cambiar de opinión. Simplemente dijo que jugaba con su orgullo al señalar lo valientes que eran los alemanes comunes. Thact intervinó: "El tiempo no es nuestro amigo aquí. Debemos irnos porque ya se ha corrido la voz dee que ustedes dos arrojaron piedras a un avispero, y no quiero estar aquí conversando y que lleguen los británicos." Tomé a Altheia y Keaffer a Morganna. Le dije a los hombres de la Brave Companions que Altheia era mi mujer, y que cualquier hombre que quisiera sobrepasarse no recibiría comida ni pago de mi padre. Era un idiota tan arrogante cuando estaba joven. La mayoría rió pero respetaron mi palabra. Un soldado gritó: "Será mejor que le hagan caso porque su padre puede cortar una moneda mejor de lo que Thor puede matar a un troll con el Mjolnir." Los hombres de la Brave Companion eran en su mayoría buenos hombres con familias en el asentamiento fuera del campamento, por eso entendían y no querían quejas de nuestros padres.

Thact se acercó a mí: "Apenas has dejado de usar pañales, ¿y ya tienes una mujer? Espero que pronto seas padre."

"Sí, he plantado mi semilla en Altheia y ahora está embarazada de mí primogénito", dije pomposamente. Thact rió.

"Con respecto a Morganna, es posible que aún sea virgen, según sé." Thact volvió a reír.

Keaffer respondió: "Incluso con ese latín tan bárbaro puedo entenderte. Para que lo sepas, yo también seré padre, pero no de un mocoso pelirrojo proveniente de una vaca."

"Sí, te gusta una brujita rubia con tetas como las de un niño. ¿Por qué no buscas una mujer? ¿Los monjes alteraron tus fantasias?" Thact intervinó: "Ya basta de ladrar, perros. Pónganse a caminar."

"¿No hay un caballo para Altheia y para mí?" pregunté.

"Si quieres montar una yegua, tienes a tu mujer", replicó Thact. Keaffer se rió de mí, pero Thact lo interrumpió: "O puedes montar a tu cabra", cerramos la boca y empezamos a caminar.

Al mediodía, llegamos a un Oppidum (pueblo) de Cativellanui que estaba en ruinas, con una taberna igual de destartalada, al borde de la carretera. Paramos para descansar, dar de beber a los caballos y comprar algo de comida. Los lugareños querían hacer trueques, pero sabían que no debían discutir con una compañía de caballería liderada por un grupo de bárbaros. El tabernero reconoció a Thact y le preguntó: "¿Encontraste a los muchachos que buscabas?"

"Sí, los encontramos a ellos y a algunos de sus amigos. Si alguien pregunta, nos dirigimos al norte, hacia Lindum, para continuar la búsqueda." Cuando estábamos afuera, le pregunté a Thact si creía que el dueño de la taberna les diría a los cazadores de esclavos que nos dirigíamos hacia el norte. Él respondió que no importaba, porque su compañía castigaría a cualquiera que interfiriera. Comimos mazamorra y carne de cerno, y volvimos a nuestro camino. El viaje era más fácil por la bien conservada *Via Devana* que unía Camulodonum (Colchester) con Lidum (Lincoln) y Eboracum (York) al norte, la conexión principal de las legiones de la antigüedad.

Esa tarde encontramos otro oppidum en el límite de las tierras de Catuevellanui y Trinovantes. Thact habló con el tabernero y le dijo que reparará su cuchitril porque los soldados del norte marchaban hacia el sur para atender el llamado de Constantino de trasladarse a la Galia.

"Arreglaré este lugar cuando me paguen lo que merezco y solo si Constantino dura más de lo que duraron Marco y Graciano" dijo el hombre.

"Entiendo, pero ahora trae un poco de pan, queso y cerveza para mis compañeros y nuestros invitados. Nada de pis aguado, esta vez." Después de una cenar brevemente en la sala común, Thact nos llevó aparte a Keaffer y a mí: "Más les vale unirse a la compañía ahora, porque cuando todos los soldados y tropas se vayan, los pictos, escoceses y alemanes atacarán estas tierras sin que nosotros podamos detenerlos. Puede que no les importe si eres un compatriota, y los británicos descargarán su irá contra cualquier bárbaro que todavía este aquí. Hemos exigido que Constantino traslade a nuestras familias a Europa con nosotros o le pasara lo mismo que a Marco y Graciano."

"Sí ese es el precio por un caballo, una armadura y un arma, cuenten conmigo", dijo Keaffer rápidamente.

"¿Y tú, rubia?" preguntó Thact. "¿Seguirás a tu padre o te nos unirás?"

"Mi padre quiere que recorte monedas, pero no agrada el trabajo administrativo. Prefiero montar y luchar. Soy tal alto como tú y casi igual de ancho, así que sí, un caballo y una armadura son una ganga para lo que deseo. Preferiría perder la vida en batalla que perder los ojos contando monedas en una casa de contabilidad con poca luz."

"A tu padre le fue bien con Stilcho, asegurándose de que nos pagaran, de que nuestros fuertes se mantuvieran en buen estado y de que tuviéramos el estómago lleno, pero ahora pocas monedas buenas salen de Italia y la Galia. Lo ha hecho mejor que otros, por lo que he oído. Dado que las tribus al otro lado del Rin han estado atacando con tanta frecuencia con tantas guerras dentro del imperio, las monedas simplemente no llegan a este lado con abundancia. Estamos cerca del mar, por lo que tenemos una buena posición, pero los malditos británicos roban gran parte del dinero para enterrarlo. Alarico ha atacado hasta Italia, y nuestros primos sajones atacan las rutas marítimas con tanta frecuencia que el comercio se paraliza como un barril de miel."

"He oído que mi padre se ve obligado a hacer trueques con terratenientes británicos que atesoran monedas para cuando el imperio vuelva a estar estable. Creen que Stilcho u otro general pueden venir hasta aquí y restablecer el orden, pero Alarico amenaza a Roma, Rávena y Mediolano."

"Por eso Constantino nos traslada a la Galia. Cree que puede defender mejor la frontera que Honorio y entonces Britania volverá a estar a salvo."

"Tengo mis dudas. Incluso con los soldados y tropas acá, los pictos están atacando a voluntad a través del muro y asentándose en el norte. Los escoceses se están quedando en el oeste. Los soldados que alguna vez protegieron esas áreas se han ido y no regresan. No creo que el imperio pueda durar así. Ahora voy a lavarme y a arar a mi pelirroja, antes de que esté muy cansada."

"Buena idea. Hueles como el culo de una cabra; tal vez a ella le guste eso."

Cuando llegué a nuestra habitación, tal como había venido al mundo, Altheia estaba recién bañada, dándole la bienvenida a la cama, que era solo un montón de paja rancia y pulgas, pero eso no nos impidió follar hasta bien entrada la noche, viendo rebotar sus grandes pechos cada vez que la embestía. Después, le informé que me uniría a la Brave Companion y que podíamos compartir mis aposentos. "¿Qué pasará cuando te vayas? Escuché rumores sobre cruzar el mar hacia la Galia."

"Constantino nos ha prometido que nuestras familias se unirían a nosotros, o no iremos."

"¿Ahora somos familia?"

"Llevas a mi primogénito, así que lo haremos legal cuando lleguemos al fuerte."

Una especie de regreso a casa

Nos despertamos temprano al día siguiente, con mi gloria de la mañana completamente llena, pero, por desgracia, los Brave Companion ya estaban ensillando caballos y sumergiendo sus cabezas en barriles de agua para prepararse para otro día de viaje hacia el este. Vi a algunos de los antiguos esclavos que ayudaban a los soldados más jóvenes. La protección de un hombre armado en estos tiempos era un acierto. Noté también que algunos pictos y escoceses se habían escabullido durante la noche, así que les deseé lo mejor. Ahora era su problema y los soldados estaban felices de alimentar menos bocas. Imaginé que irían en busca de sus compatriotas para unirse a las incursiones en el oeste y el norte, o simplemente regresarían a sus países de origen. Además, temían convertirse en esclavos en el este o ser una minoría tal que vivirían sus vidas en miseria. Si hubieran hecho caso a nuestras palabras de que íbamos a la Galia, habrían visto la sabiduría de ir con sus primos celtas, integrándose en tierras mucho más seguras. Temía que los capturaran incluso antes de llegar a Lindum (Lincoln). Todos los caballos estaban contabilizados, con guardias cuidándolos toda la noche, por lo que los pictos y escoceses tuvieron que viajar lentamente a pie evitando los caminos para no ser capturados fácilmente. Quizás encontrarían pequeños asentamientos dispuestos a aceptarlos, ya que muchos británicos se dirigían al este y al sur para escapar de sus compatriotas que llegaban desde el oeste y el norte mientras los soldados y topas se dirigían al sur y el este.

Nuestros viajes en una mañana de veraano entre una compañía de jinetes armados por la llanura y por un buen camino, fueron fáciles. Había algunas nubes ligeras hacia el oeste, una brisa agradable y mucho sol. A primera hora de la tarde vimos los muros de Camulodunum. Estaban en buenas condiciones, pero la antigua capital imperial ya no gozaba de su antiguo esplendor. Gran parte de la ciudad había sido abandonada y la gente cultivaba dentro de los muros donde en años mejores se habían levantado almacenes y villas. Cuando llegamos a los establos, le pregunté a Thact: "¿Puedo continuar con ustedes hasta Othona para prestar juramento?"

"No, primero debes ir a ver a tu padre. Me dijo directamente que debes ir a su villa." Muchos de los edificios monumentales más antiguos, como el teatro, habían sido derribados, pero el Templo del Divino Claudio y la basílica aún estaban de pie. Las puertas oeste y noreste se habían cerrado debido a la reducción del tráfico y la necesidad de proteger la cantidad de territorio más extensa posible. Entramos por la Puerta norte junto al río Colne y nos dirigimos al sur hacia los edificios públicos. Thact me dijo que Keaffer viajaría a Othona a prestar juramento mañana. Estaba tan celoso. En verdad, el padre de Keaffer era un marinero excéntrico. (De hecho, su madre y la mayoría de los pictos que conocía, lo eran) Su lenguaje no tiene sentido alguno para nadie más que para ellos mismos. Se pintaban de azul para la batalla y vestían pieles peludas para abrigarse, incluso en pleno verano. También preferían caballos pequeños y peludos antes que caballos grandes con monturas destinadas a la carga. Como tal, eran excelentes exploradores, pero una terrible caballería. Nosotros, los alemanes, preferíamos los caballos grandes y pesados, ya que luchábamos con escudos largos y ovalados, lanzas y espadas largas. Los pictos preferían pequeños escudos y jabalinas para hostigar al enemigo antes de fundirse en el paisaje. Eran hostigadores decentes y buenos emboscadores, pero inútiles en un ataque. ¿Pero qué importaría todo esto si mi padre me obligara a hacer trabajo administrativo?

Mi padre estaaba en su oficina con una toga impecable con atuendo imperial y el pelo muy corto. "Salve, pater", grité cuando entré a su oficina. Tenía el corazón en la garganta porque nuestra relación no había sido la mejor a lo largo de los años, mucho más rígida y solemne que cálida y cómoda. Lo saludé y me arrodillé con la cabeza inclinada en señal de sumisión a mi *pater familis*. Esperaba que ese espectáculo calmara su ira.

"Entonces, escuché que causaste algunos problemas en la escuela y algunos rumores de que te embarcaste en una aventura de navegación con tu hermana y tu cuñado. También escuché que te acuestas con una esclava." No eran preguntas, sino declaraciones que detestaba admitir, pero que de ningún modo negaría. Mi padre consideraba que la honestidad era una virtud primordial.

"Tal como lo dices, padre."

"¿Sin discusiones, hijo?"

"No en público, no quiero avergonzarlo, señor. Ni en privado en casa, para no avergonzar a mi madre."

"Así que aprendiste algo de sabiduría en esta escuela. Bueno, lo major es que vayas a casa a ver a tu madre, quien ha estado enferma de preocupación." Tocó mi cabeza en señal de bendición y me despidió.

Mi padre había aprendido a reclamar su autoridad sin avergonzar abiertamente a los demás. Tampoco toleraba la disensión de su hijo, hija o esposa. Era su familia, sin dudas. Era un maestro de la intriga política y un patriota. Si hubiera sido tan tonto como para desafiarlo en su oficina de trabajo, me habría dado una cachetada sin pensarlo, lo que me habría avergonzado mucho más que esta pantomima. Mientras caminaba a casa con Altheia siguiéndome respetuosamente, vi a los Brave Companions cabalgando hacia el sureste con Keaffer y Morganna montados en su caballo. Fui a nuestra villa, donde vivíamos, en el centro de la colonia cercana al antiguo Templo Del Divino Claudio que había sido mal convertido en una iglesia para ese maldito dios afeminado de los cristianos. Mis padres asistieron a misas allí, como lo había hecho yo en mi juventud, como se esperaba de un administrador imperial, pro juré a los dioses antiguos que nunca entraría allí para inclinarme ante el dios de los pederastas.

Nuestra casa era la antigua morada pretoriana de los primeros días de la colonia (una colonia de soldados retirados) con una casa larga aal lado utilizada como casa de conteo. En aquella época los esclavos imperiales contaban más maíz que monedas. Mi madre esperaba en el solárium con suelo de mosaico y una fuente engalanada como una matrona romana de siglos atrás. Rufus, su mayordomo, nos anunció: "Domina, su hijo ha llegado con su esclava."

"Altheia es mi mujer, ya no es una esclava, es una mujer libre, esclavo",le dije a Rufus. "Ocúpate de que la traten como tal."

"Dear, go now and bathe. We will speak soon. You smell of the road, all dirt and sweat."

"Querida, ve y báñate. Hablaremos pronto. Hueles a carretera, tierra y sudor."

Saludé a mi madre y le dije: "Madre, esta no es una esclava, sino mi mujer y lleva a tu nieto."

"Basta de tonterías. Báñate y vístete como un caballero. Esta es mi casa y el lugar de honor de tu padre. Pronto tendrás una esposa gala y podrás revitalizar su útero después de un matrimonio adecuado. Encontraré trabajo para tu amante en nuestra casa."

"Tomar a una mujer es nuestro camino. Tengo la intención de ser un *beorn* (guerrero). Incluso nuestro padre reconoce que Roma está muerta y que los alemanes pronto gobernarán Europa."

"Si sigues así, te hare dormir en el granero", me reí ligeramente mientras me inclinaba ante mi madre y me dirigía a los baños con Altheia. Sabía que no debía iniciar una verdadera discusión con mi madre, ya que padre estaría muy disgustado conmigo.

Al partir, oí a mi madre hablar con su mayordomo: "Rufus, tráeme una infusión de corteza de sauce y un poco de vino. Ese chico me ha dado un dolor de cabeza que rivaliza con el de Zeus cuando Atenea surgió de su cabeza."

"Pensé que eras cristiana y que habías sido criada para escuchar a los dioses alemanes, no a un sucio griego."

"Silencio, muchacho, me duele la cabeza. Solo hacía una analogía. Esos monjes deben haberte enseñado qué es eso."

Lena, la sirvienta de mi madre, habló: "Ve antes de que Domina te saque de su villa."

"Tienes una gran boca, perra italiana con cara de rata." ¿Ya mencioné que era un idiota arrogante a los quince años?

Altheia me estaba esperando en el baño, ya bañada. Su cabello rojo brillaba y vestía una túnica tosca de lana con broches y cinturón. Se veía deliciosa. Me dio la bienvenida y comenzó a desnudarme, tomándose el tiempo para acariciar mi cuerpo con sus manos y labios, sorprendiendo a Rufus: "¡Tu madre no aprobaría esto!"

"Toma mi ropa y quémala, esclavo. Tu señora te ha dado una orden."

"No olvidaré este insulto cuando esta esclava este bajo mi vigilancia."

"Ella no es una esclava y nunca la tocarás, mucho menos la molestarás. Vete antes de que pierda los estribos."

"Como usted ordene, joven amo." Rufus salió rápidamente de los baños, mirándonos a mí y a Altheia.

Antes de que pudiera irse, le quité la túnica a Altheia y se la lancé a Rufus: "Ve a buscarle a mi mujer algo más apropiado."

"Como ordene, joven Yul", dijo mientras se inclinaba y se iba, claramente a chismorrearle todo a mi madre. Su rostro estaba rojo como una manzana dura. Ver a Altheia agacharse para coger una esponja, jabón y toallas hizo que mi virilidad se erigiese como un soldado en servicio.

"Déjeme hacerme cargo de su baño, joven Yul", dijo tímidamente. "Entra primero para asegurarte de que el agua esté lo suficientemente caliente, mujer." Sus pechos enormes flotaban en el agua tibia. Tomó el jabón y se limpió lentamente, provocándome. "Ven a sentarte en el borde para que te acostumbres al agua caliente." Uso el jabón para lubricar sus manos antes de lavarme el miembro con una toallita y luego metérselo en la boca. Siendo tan joven, no me tomó mucho tiempo correrme sobre sus pechos flotantes. "Gracias por tu semilla, joven Yul. Ahora bien, respecto a esta esposa gala, soy tu mujer y soy una mujer celosa. No seré una concubina mientras tú fecundas a una vaca gala."

"No me casaré con nadie más que contigo, amor mío. Cállate, la semana pasada eras una esclava y ahora eres mi mujer, todos lo saben. En Othona nos casarán alemanes, no estos malditos cristianos. Si puedo unirme a la Brave Companion, podremos casarnos fácilmente, pero si estoy atrapado aquí en Camulodunum, en la villa de mi padre, será difícil. A mi padre le gusta volver a una casa tranquila y ordenada, y si mi madre está molesta, él también lo estará."

"Entonces asegúrate de llegar al fuerte, huye si es necesario."

"No puedo irme sin la bendición de mi padre, si lo hago perderé demasiado honor."

"¿Eres un cobarde?"

"Mujer, eras una esclava la seman pasada, y sin mi protección, podrías ser vendida de nuevo como esclava. Cuida lo que dices; ten cuidado con los juegos que juegas. Sin la aprobación de mi padre, nadie me ofrecería un trabajo honorable. ¿Quieres ser una prostituta de taberna o trabajar duros en los campos de algún británico?"

"Tienes razón, mi amor. Te pido disculpas. Ahora, ¿por qué no nos ensuciamos y nos lavamos de nuevo?" Salió del agua y se sentó en el borde, abriendo las piernas para mí. "Besa mi botón, por favor." No necesitaba más. Me encantaba cuando Altheia se excitaba, cuando le comía el coño. Cuanto más fuerte fuese el orgasmo, más me excitaba. Después de correrse un par de veces en mi boca y lengua, apartó mi cabeza: "Necesito un momento. Tu lengua me vuelve loca." Sus labios estaban hinchados por mi trabajo y su vagina estaba mojada y lista. Estaba completamente erecto de nuevo, pero la provoqué colocando solo la punta de mi pene en su botón, frotando lentamente hacia adelante y hacia atrás hasta que alcanzó el clímax una vez más. Me sujetó la polla y la puso en su orificio, usando los talones para empujarme hacia adentro. "Necesito tu pene de caballo dentro de mí ahora mismo."

Oh, movernos así en el borde del baño se sentía divino, una vista previa del Valhalla. Estaba aprendiendo a acelerar más el ritmo cuando su respiración se aceleraba y disminuía después de llegar al clímax, con sus uñas clavadas en mis nalgas. Todavía temblaba cuando aumenté el ritmo y nuestros movimientos se sincronizaban, besándome apasionadamente. Llegamos al orgasmo juntos, en el borde la bañera. Debimos haber hecho algo de ruido y había mucha agua en el suelo. Entonces escuché a Rufus aclararse la garganta: "Su ropa está lista, joven amo. Domina le ordena que sea más prudente y se vista apropiadamente para el banquete de esta noche."

"Dile a mi madre que me siento un hombre nuevo y que en breve estaremos listos." Tan pronto como Rufus se retire, nos reímos como lo hacen los jóvenes amantes. "Será mejor que nos vistamos. Ten cuidado con Rufus y Lena, son extremadamente leales a mi madre y unos idiotas astutos. Creo que también estaba tratando de ocultar una erección." Nos reímos. "Calentarás mi cama esta noche, pero también me aseguraré de que tengas una habitación propia y no en las habitaciones de los esclavos. Mi madre tiene a mi padre en sus manos y gobierna la casa. Se recatada pero confiada. Soy el heredero de esta casa, por lo que los esclavos no contradecirán abiertamente mis órdenes directas. Mi madre me puede desautorizarme en esta casa, así que debemos ser prudentes."

Nos vestimos y nos besamos. Me aseguré de que vistiera un fino collar con un colgante de ámbar, broches de plata para su vestido y su cinturón adornado con un bolso enjoyado y una fina funda de cuero para su cuchillo. Me aseguré de que tuviera un cuchillo de acero afilado para protegerse en caso de emergencia. Hablé con Lena para asegurarme de que Altheia tuviera una habitación al lado de la mía y no le dieran órdenes. "Sí, maestro, me aseguraré de que se aloje junto a usted y no la traten más. Tu madre ha aceptado tu elección."

El banquete

Mi padre llegó a casa esa tarde y besó a mi madre en su casta mejilla. Mi madre se levantó de su sofá y le entregó un paño mojado a Lena. "¿Tu cabeza de nuevo, querida?" preguntó mi padre con ternura. Luego me miró severamente: "Hijo, no te tomó mucho tiempo."

"Mis disculpas, padre y madre. Me esforzaré para comportarme mejor."

"Sí, lo harás. No volveré a vivir dramas en casa, no cuando tengo que resolver la logística y los costos de trasladar a todos los soldados y tropas imperiales de Britania a la Galia desde *Flavia Caesariensis* y los que seguirán desde el norte y el oeste. Pero, ¿de qué sirve quedarse cuando los bárbaros están invadiendo las fronteras, aislándonos del corazón del imperio? Estoy de acuerdo con Constantino en que es hora de arrebatarle el imperio en Occidente a ese irresponsable Honorio."

"Sí, padre. Pero, ¿no son muchos de estos bárbaros nuestro pueblo y el de la mayoría de nuestros marineros y soldados? ¿Crees que Constantino puede vencer a Stilcho, que derrotó a Alarico y sus visigodos y defendió la frontera del Danubio contra Radagaiso? Según he oído, reclutó ayuda de otros godos bajo Sarus e incluso de Hunos bajo Uldin y luego incorporó a su ejército a los mejores guerreros de Radagaiso. Capturó y decapitó a Ragaiso después de aligerar el asedio a Florentia. (Florencia)"

"Stilcho es un general capaz y un hombre astuto, pero ha agotado a sus soldados y ha sacado tropas de la Galia para reforzar Italia. No puede proteger la Galia de los merodeadores vándalos, alanos y suevos que cruzan la frontera del Rin como quieren.

"Honorio es un hombre infantil y ha ordenado a Stilcho que vaya a Constantinopla para representarlo después de la muerte de su hermano Arcadio. Theodosius, el hijo pequeño de Honorio, ha sido bautizado Augusto en Oriente. Parece que Honorio, siguiendo el consejo de Olimia, quiere gobernar el este y el oeste. Nuestros espías nos dicen que Olimpia está conspirando contra Stilcho. Stilcho dejó las defensas de la Galia a Sarus, de quien hablaste. A los galos y a los Italianos les disgusta que gobierne un señor de la guerra godo y desconfían de los motivos de Stilcho. Hay rumores de que mandó a asesinar a su antiguo némesis Rufinus por no apoyar sus esfuerzos contra Alaric en Iliria. Por lo tanto, el oeste y el este están sumidos en el caos, con la Galia invadida y protegida por un ineficaz señor de la guerra Gótico. Seremos recibidos como verdaderos representantes imperials, no gobernados por un señor de la guerra alemán sino por un verdadero Augusto romano. Si Stilcho sobrevive a un golpe, será un hombre pragmático que escuchará nuestras ofertas de lealtad." Puede que su hija sea la esposa del emperador, pero él se cansará de las vacilaciones de Honorio y de sus intentos de debilitar su poder. Como has dicho, ha hecho tratos con los invasores alemanes, así que, ¿por qué no un romano con cierta seriedad? También protegeremos la Galia contra los alemanes y les quitaremos un dolor de cabeza. Nuestros soldados y marineros ofrecerán una alianza más fuerte que la de algún tonto infantil lleno de indecisión. Además, nuestros soldados necesitan que se les pague y tendremos acceso a casas de moneda en Augusta Treverorum (Tréveris) y Lugdunum (Lyon), asegurando su lealtad. Entonces podremos marchar en Arlate (Arles) en el sur y controlar ambos centros administrativos imperiales en la Galia y estar preparados para marchas hacia Hispania o Italia desde allí. Controlaremos las costas norte y oeste, la frontera de Rhenus y la desembocadura del Ródano."

"Ciertamente tienes un plan sólido al que esperamos que otros presten atención. Quizás podamos reclutar a Stilcho y a los invasores alemanes, para mantener a raya a Italia e Hispania. El imperio oriental está, como dices, demasiado preocupado por un infante Augusto como para preocuparse por interferir y demasiado ocupado protegiendo la frontera del Danubio y vigilando al imperio Sasánida bajo el emperador Yazegerd hacia el este. Se habla de él como un gobernante capaz, dispuesto a tolerar las religiones y luchar contra el imperio oriental en Armenia."

"Has estado escuchando bien. No podemos dar por sentado el este, y mucho menos que los alemanes y Stilcho no hayan perdido tantos hombres bajo los cargos de intriga en Ravenna."

"¿Podemos abrir caminos a los alemanes en la Galia, prometiéndoles tierra y seguridad a cambio de ayuda?"

"Esa podría ser una forma sagaz de tratar con nuestros parientes del otro lado del Rin, pero esta noche se trata principalmente de planificar nuestros cruces hacia la Galia a través de Bononia (Boulogne), donde los soldados y marineros establecerán nuestra línea de suministro y refuerzos. Al norte, las tropas navegarán hacia Noviomagus (Nijmegen) para establecer nuestra presencia a lo largo de la frontera del Rin. Después de que Stilcho despojó a los soldados del muro y del oeste, los pictos y los escoceses invadieron todo menos el sur y el este, con 6.000 soldados bajo el mando de Geroncio. No confío en ese hombre, por lo que insto a todos los alemanes, pictos y escoceses de las tierras bajas a que partan hacia la Galia para que los británicos no los maten, violen o esclavicen. Con solo una legión de británicos protegiendo toda Britania, y mucho menos bajo el control de ese astuto *Magister Militum* (jefe militar), realmente nadie estará a salvo. En el este, me imagino que nuestros compatriotas sajones atacarán impunemente y probablemente se establecerán en el este y el sur en busca de las buenas tierras."

"Me imagino que mi hermana y su esposo navegarán encantados por las costas y ríos."

"Muy cierto. Deberíamos partir pronto, para no llegar tarde y perdernos algo importante. Temo que los oficiales británicos intentarán socavar nuestros mejores esfuerzos si les damos una oportunidad."

El camino desde la villa de mi padre hasta la villa del príncipe fue corto. Nos recibió Thact, que debía haber regresado de Othona con una guardia de horno para mi padre y otros dignatarios alemanes. Nos presentó formalmente primero a Geroncio y luego a Constantino. Ambos eran veteranos canosos más acostumbrados a usar cota de malla que togas, pero tenían que desempeñar bien su papel. Constantino parecía un hombre honesto y carismático de buena salud, aunque un poco mayor de lo que esperaba. Tenía un rostro audaz, bajo, cabello oscuro y parecía ver el futuro con una visión. Pude ver por qué los soldados seguían a este hombre. Si bien Constantino parecía una pieza importante, no tenía mucha experiencia real en el campo de batalla. No era lo mismo servir como comandante de soldados estacionarios, que estar a cargo de soldados móviles. Su reputación de tonto era evidente, ya que no tenía un conocimiento profundo de los problemas, sino que delegaba los detalles esenciales a sus diversos adjuntos, incluidos mi padre y Geroncio.

Geroncio era delgado, tranquilo y se estaba quedando calvo. Parecía más un empleado que un líder sajón, pero tenía mucha más experiencia en el campo de batalla que Constantino. Era un hombre severo y de pocas palabras, pero cuando hablaba, lo hacía con conocimiento y seguridad. No era alguien que encabezara una rebelión, careciendo del carisma de un usurpador. Él fue la mente calculadora del golpe. Tenía un ingenio sutil y observaba atentamente mientras los demás fanfarroneaban y alardeaban. Mientras Constantino hacía grandes anuncios que parecían memorizados, Geroncio caminaba en silencio, hablando con una persona y luego otra. Noté que mi padre y Geroncio hablaban, parecían rivales. De hecho, mi padre hablaba principalmente con alemanes y otros bárbaros, y Geroncio hablaba casi exclusivamente con británicos.

Me acerqué a Yul El Mayor y le hablé en voz baja: "¿Soy yo o hay dos grupos distintos aquí?"

.

"Bueno ojo, hijo. Sí, Geroncio es un pensador sutil y tiene soldados muy leales, todos británicos, pero también sabe que la mayoría de los soldados prefieren a Constantino como líder. Todos, excepto sus soldados, lo adoran y esperan cada una de sus palabras, con la esperanza de captar su atención, y lo que es más importante, su aprobación. Irradia confianza. Geroncio también fue testigo de lo que les pasó a Marco y Graciano. Stilcho conspiraría para asesinar a Geroncio al cabo de una semana, pero no se atrevería a conspirar abiertamente contra un líder tan popular como Constantino. Stilcho tendría a un mártir en sus manos y una rebelión de los soldados británicos y galos, que ya estaban dispuestos a rebelarse sin salario, comida ni alojamiento seguro. Además de eso, el imperio tiene soldados que se mueven por todo el imperio, desde Iliria hasta Bretaña y África. ¿Cómo puede un hombre mantener unida a su familia en semejante caos? Ahora, estoy hablando con otros *vicarii* (viceadministradores de *epispoci* que eran administradores provinciales) sobre cómo mover mejor monedas, maíz, soldados y familias sin que los lugareños se rebelen. Pero basta de charlas, ve a hablar con Constantino y juzga al hombre por ti mismo. Evita a Geroncio a menos que quieras que ese imbécil engreído te ignore."

Me dirigía a Constantino, pero fui interceptado por uno de sus legados, Medias, que era impopular entre sus propios soldados: "?Te acuerdas de mi hija Veronia?"

"Oh, que los dioses me salven", pensé. Veronia era una muchacha bonita, pero tenía la cabeza llena de aire. Era extremadamente vanidosa y constantemente se jactaba de la posición de su padre en el imperio y del estatus de su madre. Recuerdo que me obligaron a ir a su cumpleaños número catorce. Habló hasta que no pudo más sobre su nueva yegua blanca. Intentó entablar una pequeña charla conmigo sobre su viaje planea a la Galia Narbonesa para ser presentada a la corte imperial. Me aleje a mitad de frase cuando estaba describiendo su nuevo vestido de seda para la ocasión: "¿A dónde crees que vas? Me refiero a ti."

"Preferiría escuchar el rebuznar de un burro viejo. Al menos no hablaría de cuánto paga su padre por sus viajes, vestidos y caballos, cuando ni siquiera paga ni alimenta a sus tropas."

¿Por qué Medias pensaría que yo podría estar interesado en su hija y su familia? Sus soldados lo llamaban abiertamente *porcus* (cerdo) sin temor a ser azotados. Era un galo gordo, calvo y avaricioso enviado por Stilcho fuera de la Galia por ser un tonto incompetente y corrupto. Pensó que yo quería estar asociado a familia.

"No, señor. ¿Tiene una hija?" mentí.

"Oh, vamos, Yul. La molestaste en su fiesta de cumpleaños el verano pasado y, sin embargo, todavía habla bien de ti." Una mentira por otra, ¿por qué no? "Podría encontrarte un puesto como tribuno en mi legión como dote." Debe estar realmente desesperado. Él sabía que yo me había entrenado como soldado y que tenía una buena educación, pero yo sabía aún mejor que quería vincular a su familia con la familia de mi padre, que contaba con el apoyo de Constantino. También sabía que su legión era un desastre desmoralizado y mi corazón estaba con los Brave Companions.

"Tendría que hablar con mi padre para obtener su permiso", me excusé.

"Dudo que eso resulte difícil ya que tu padre y yo somos viejos amigos. Hablaré con él inmediatamente." Qué ponposo; ¿quién hablaba así?

"Espero poder hablar con usted y mi padre pronto", mentí de nuevo. Me disculpé y ya no busqué a Constantino, lo cual, en retrospectiva, fue una buena idea porque Medias me vigilaba. Ser tributo era honorable, aunque principalmente clerical. Pero unirme a un hombre apodado cerdo por su legión acabaría con mi carrera e incluso conmigo directamente. Además, casarme con Veronia me habría llevado al alcoholismo y las prostitutas. Me dirigí a la puerta, donde estaba Thact.

"Ayúdame, Medias quiere hacerme su tribuno. ¿Puedo registrarme como soldado de la Brave Companion? Supongo que Keaffer ya lo hizo."

"Lo hará esta noche, junto a otros jóvenes. Sí, deberías irte a Othona tan pronto como puedas, pero sin dañar la relación con tu padre. Una vez hagas el juramento y firmes un contrato, Medias no podrá obligarte a unirse a su legión. En cuanto a casarte con Veronia, depende de ti y de tu familia. Es atractiva pero vanidosa, estúpida y codiciosa. Es prudente evitarla a ella y a su familia. Además, Geroncio y su pueblo detestan a Medias. No confío en Geroncio, pero es un general mucho más capaz de lo que jamás será Medias. Constantino golpeó a algunos asaltantes pictos, a algunos refugiados escotos y unos brigantes rebeldes. Geroncio ayudó a Stilcho a hacer retroceder a los pictos más allá del muro."

"Será mejor que parta a Othona y recoja a mi mujer en el camino. ¿Puedes asignar un soldado para distraer a Rufus y Lena mientras saco a Altheia a escondidas?

"Siempre y cuando no se meta en ningún lío, claro. Ah, y yo que pensé que esta iba a ser una noche aburrida."

En el camino

Thact y algunos soldados fueron a la puerta principal de la villa de mis padres y tocaron, mientras yo esperaba en la puerta trasera. Tan pronto como oí a Rufus caminando a la puerta, mi madre grito: "¿Quién podría estar llamando a esta hora?" Me deslicé en la oscuridad de la cocina. Las brasas que se enfriaban emitían una luz roja, así que me arrastre descalzo entre las sombras para que mis suelas no resonaran en las baldosas. La Señora de La Fortuna debió estar sonriéndome porque encontré rápidamente a Altheia, que ya estaba vestida para viajar. "¿Por qué ya estás vestida para irte?" le pregunté.

"Rufus ha estado mirándome mal desde que te fuiste, y a donde sea que vaya, Lena me espía. Iba a huir y esconderme si intentaban hacerme daño durante la noche." Vi un destello del acero en la mano de Altheis y le pedí que guardara el cuchillo de cocina para que no la etiquetaran como ladrona. "¿Y cómo me voy a proteger?"

"Te di un bonito cuchillo para tu cinturón y viajaremos con un grupo de soldados que nos esperan afuera. El amigo de mi padre, Medias El Cerdo, quiere que me una a su *Legio VI Victrix* y que me case con su vanidosa y frívola hija. Si juro ser un soldado, él no reclutarme, al menos no de manera fácil."

"¿Prefieres ser un soldado común que un oficial, por mí? Estás tonto de amor."

"Cuidado. ¿Crees que Medias aceptaría que el marido de su hija tuviera una amante alemana? Los cristianos, excepto los obispos, no toleran tener amantes. Estarías muerta o serías una cualquiera para la legion antes de que termine el servicio. No toleraré ninguna de las dos."

"Estás pensando con tu virilidad."

"Probablemente, pero mis dos cabezas están alineadas en esto. Encajaré mejor con otros alemanes, más con oficiales que soldados, y debo ganarme mi honor con mi espada y mi escudo. Además, me niego a emparentarme con el general menos respetado de Britania. Vamos, Thact no puede esperar tanto tiempo."

Tomé su mano y me aseguré de que Altheia dejara el cuchilo de cocina: "Te conseguiré otro cuchillo y un bonito broche." Mientras salíamos de la cocina, pudimos escuchar a mi madre ordenarle a Rufus que preparara su bañera y a Lena que la ayudara a vestirse para un banquete formal. Guié a Altheia hacia la puerta trasera que daba al callejón detrás de la villa, permaneciendo en las sombras. Después de un par de cuadras, llevé a Altheia al centro de la carretera que iba hacia la puerta sur. Estuvo sorprendida hasta que le dije que nuestro mejor disfraz en ese momento era actuar lo más normales posibles. Si alguien nos estuviera buscando, difícilmente adivinarían que estaríamos caminando por el medio de una calle principal. En la puerta no encontramos con dos soldados que llevaban cuatro caballos. "¿Qué le dijo Thact a Helsa?" pregunté.

"Que Nennia, la esposa de Constantino, quería hablar con ella sobre vivir en la Galia."

"Me encantaría ver el resentimiento de mi madre pero no la irá de mi padre."

"Thact está seguro de que Constantino y Yul no querrán castigar al líder de una unidad eficaz y popular."

Montamos nuestros caballos y cabalgamos hacia el sureste, hacia Othona. Altheia no era muy buena jinete, claro está. Se lo comenté y ella respondió: "¿A quién prefieres?" Nos reímos. Los soldados partieron al galope, pero no podían dejar atrás a Altheia de ellos. Imaginé que nos esperarían algunas travesuras, pero seguí el camino y conduje despacio. El terreno era llano y pantanoso, y la niebla procedente de las frías aguas se estaba extendiendo. Tiré mi antorcha a una zanja y cabalgué un poco por delante de Altheia, quien mantuvo su antorcha como le enseñé. Sabía que algo estaba extraño, así que exploré un poco más adelante. "No puedes dejarlo sola. Los caminantes nocturnos y los ogros rondan estos pantanos."

"¿Puede que algunos trolls y duendes se encondan detrás los arbustos? Haz silencio." Me pareció oír algo metálico tintinear delante de nosotros y luego un golpe de algo que se hundía en las aguas del pantano. Avancé lentamente para investigar, solo unos cientos de pasos.

"Yul, ¡vuelve! Hay algo extraño aquí. ¡No me dejes morir!" Giré mi caballo y saqué un garrote que había cogido del frente de una taberna la noche anterior. Entonces Altheia dejó escapar un grito espeluznante.

Mientras galopaba de regreso, vi en la niebla como unas bestias horrorosas la tiraban de la silla hacia los pantanos. Se erguían como hombres pero tenían astas y pieles de animales: *¡nightgenga!* (caminantes nocturnos) Lancé mi garrote a la cabeza de uno y escuché el sonido de madera golpeando metal. Los caminantes nocturnos no llevaban armadura: "¡Idiota, eso duele!" Reconocí la voz de Keaffer mientras otros hombres se reían. La emboscada fue una broma, nada grave.

Altheia gritaba: "Estoy embarazada y ahora tengo que bañarme de nuevo. Muérete, Keaffer." Lanzó un golpe y falló, cayendo nuevamente al agua sucia. No pude evitar reírme de su situación. Presa del pánico, se había caído del caballo en los pantanos que rodeaban el camino. Keaffer intentaba ajustarse el casco que llevaba, demasiado grande para su cabeza y decorado con astas atadas a su alrededor. Me alegré de que fuera así de grande porque con el garrote le hice una buena abolladura. Ahora me estaba riendo de alivio, me bajé de la silla y caminé hacia el pantano para ayudar a Altheia, quién tiró de mí, mientras Keaffer me empujaba desde atrás. Escupí agua sucia, riéndome todo el tiempo.

"Picto imbécil. Lo planeaste desde el principio. Ahora ayúdanos." Tiré de él, mientras Altheia me golpeaba en la cabeza, lo que me hizo aullar de dolor.

Wroth, mano derecha de Thact, dijo: "Ya fue suficiente. Es hora de cabalgar hacia Othona. No se preocupen por bañarse, ustedes dos, bueno, ahora tres. Tu entrenamiento comienza de inmediato. Muchachos, desnúdense y súbanse a sus caballos. No hay mejor manera de acostumbrarse a la silla que con el culo desnudo." Le arrojamos nuestra ropa empapada a Altheia, quien no estaba muy contenta. "Dentro de una semana, sus traseros estarán tan duros como cuero hervido", dijo Wroth mientras azotaba a nuestros caballos para que corrieran. "Si ustedes dos quieren ser caballeros de la Brave Companion, será mejor que se endurecan. Montamos como si naciésemos en la silla." Froth afirmó que era parte Scythian, un pueblo del este que vivía en sus sillas de montar después de dejar los pañales.

En poco tiempo ya estábamos a las puertas de Othona y me dolía el trasero. Nos mostraron nuestro alojamiento y Altheia encontró dónde estaban el pozo y la zona de lavado. Estaba agotada, pero quería limpiar nuestra ropa. Fui un joven muy afortunado. Deberíamos haber estado agotados, pero éramos jóvenes y teníamos muchas ganas de empezar. Para asegurarse de que nuestros traseros estuvieran lo suficientemente adoloridos, algunos de los soldados nos golpearon el trasero desnudo mientras nos hacían estar rectos. Algunos inclusos usaban la parte plana de sus espadas. Nos mantuvimos firmes hasta que el amanecer rozó el este, cuando los soldados se alinearon para recibir órdenes.

Al amanecer, Thact revisó el equipamiento de todos los soldados y luego nos miró desnudos como vinimos al mundo. Y entonces mi padre se acercó, sorprendentemente no con su toga sino con una túnica rústica. "Hijo, tu madre tuvo una charla muy agradable con Nennia, la esposa de Constantino, para su sorpresa. Por lo que sé, todavía están charlando a estas horas de la mañana." Sonreía. "Pensé que tenías piedras en esa cabeza gruesa tuya, pero no mordiste el anzuelo de Medias. Si bien es un amigo leal para mí y para Constantino, es un terrible comandante odiado por su legión. Al elegir a los Brave Companions, demostraste sabiduría. No hagas esto con demasiada frecuencia o no sabré quién eres." Para mi desconcierto, me abrazó. "Obedece a estos hombres major de lo que me obedeciste a mí." Le hice un saludo y él se montó en su caballo, arrojándome un anillo de oro: "Nunca olvides que somos *Thwaites*." Mi padre rara vez usaba nuestro apellido alemán, que significa prado o claro. En otras palabras, nuestros antepasados habían talado bosques para cultivar y pastorear en las antiguas tierras. La posesión de la tierra, tierra que limpiamos y trabajamos, era una virtud familiar fundamental para nosotros y para la mayoría de los alemanes.

Me puse el anillo de oro que representaba a Yul (o Woden, entre otros nombres) con un óvalo de ámbar grabado con Yul sosteniendo su lanza con sus dos cuervos sobre sus hombros: Huggin y Munnin. Esos cuervos volaron por todo el mundo trayéndole noticias a Yul, nuestro tocayo, nuestro progenitor. Vi a mi padre salir por la puerta con la mente puesta en la logística de traer miles de soldados a la Galia con todo nuestro equipamiento, caballos, suministros y familias. Wroth se paró directamente frente a mí: "Mira hacia adelante, muchacho. Yo soy tu padre ahora."

Iniciación

Al amanecer, el sonido de la trompeta nos convocó a una asamblea y los hombres de la Brave Companion se alinearon para la inspección, frente a Keaffer y a mí. Thact gritó: "Compañeros Valientes, tenemos dos reclutas que no diferencian entre sus codos y su culo. Ya conocen el procedimiento: Denles la bienvenida, enséñenlos y protéjanlos, para que algún día ellos puedan protegerlos a ustedes. Váyanse, coman algo para que podamos ejercitarnos luego en buen estado." Mientras Keaffer y yo empezamos a seguir a los soldados, Wroth gritó: "¿A dónde creen que van ustedes dos? Aún no se han ganado sus espuelas. Quédense aquí, atentos." Allí estábamos, firmes con nuestros traseros y pollas colgando en el aire.

Vi a Altheia cruzar el patio de armas con otras mujeres llevando la ropa y pelo mojados. Se había bañado y lavado nuestra ropa. Estaba conversando ávidamente con Morganna, la mujer de Keaffer. Podía notar que Altheia todavía estaba molesto, mientras nos señalaba y se reía de nosotros, desnudos y cubiertos de barro seco de los pantanos.

Después de casi una hora, el sonido de la trompeta llamó a los soldados para que se formaran en el patio con sus armas y armaduras puestas. Thact les ordenó estar tranquilos y en silencio. Anunció que era hora de marchar para hacer ejercicio y que luego entrenaríamos con armas y a caballo. Forth nos llevó a Keaffer y a mí a buscar el equipamiento. A Turco, un picto, y Throm, un alemán corpulento y rubio, se les asignó la tarea de vigilarnos después de vestirnos con ropa interior, una larga túnica de lino, una capa interior de cuero hervido, *lorica hamata* (cota de malla) oxidada y cascos para montar hechos de acero con protectores de mejilla y nariz, los mismos que usaban todos los soldados. También nos dieron botas de montar con calcetas cosidas con metal para proteger nuestras piernas. Throm era un bruto, alto y musculoso. Turco era pequeño pero fuerte y sombrío. Mientras Turco era sútil y veloz, Throm era una bestia pero confiable como un perro guardián. Nuestra primera tarea fue meter nuestras armaduras en barriles llenos de arena y vinagre, para limpiar el óxido. Throm habló: "Ya están listos para marchar, chicos. Hay que hacerlo rápido para alcanzar a los demás que ya partieron. Empezarán con espadas de madera y lanzas desafiladas. Usarán sus escudos y armas alargadas para que se acostumbren al peso. Tendrás que demostrar que están listos para una *spatha* (espada de acero) y una *hosta* (lanza puntiaguda) antes de que les entreguemos armamento.

"Si es que lo logran alguna vez", añadió Turco, mientras rápidamente golpeaba a Keaffer de la nada y lo tenía sobre su espalda en el piso, antes de que el más joven pudiera siquiera reaccionar. Todo con tan solo un golpe de su lanza.

Throm rió: "Déjame mostrarte como le va a los chicos alemanes." Antes de darme cuenta de lo que estaba pasando, Throm había blandido su espada contra mi escudo, derribándome. Dejé caer mi lanza y levanté mi escudo, intentando defenderme. Intenté sacar mi espada de caballeria, pero estaba atascada en su vaina. Sentí llover golpe tras golpe con ferocidad sobre mi escudo. "Deberías haber revisado antes tu espada, muchacho", dijo mientras me golpeaba una y otra vez, haciéndome retroceder. Intenté retroceder hacia el lado Izquierdo para alcanzar la lanza caída. Cuando la sentí, con mi pie izquierdo, intenté levantara, mientras subía mi escudo para protegerme la cabeza. Throm acercó su espada a mi escudo mientras usaba su propio escudo para empujarme más. Tomé la lanza con mi mano derecha y traté de llegar a sus piernas. Pisó la lanza y rompió la punta afilada. "Tendrás que conseguir otra lanza del armero, muchacho." espetó Throm, mientras me hacía caer sobre mi trasero con su escudo y golpeaba mi casco con la empuñadura de su espada. Me dejó desorientado de lo fuerte del golpe.

"Suficiente, alemán zoquete", dijo Turco, con indiferencia.

"De acuerdo, serpiente picta. Será mejor que corras al armero a buscar una lanza nueva."

Me encontré con el oficial de intendencia cuando fui a pedir una lanza desafilada nueva, quien me miró y me dijo: "Bueno, eso no tomó mucho tiempo. Intenta no romper esta, o lo descontaré de tu sueldo, muchacho."

Salí corriendo con la armadura pesando mucho sobre mis hombros y el sudor corriendo por mi nariz y todo el cuerpo. Keaffer y Turco ya estaban en la puerta cuando Throm dijo: "Sigue corriendo, tenemos que ponernos al día. No te cagaste encima, así que buen comienzo. No fue una mala idea lo de intentar recuperar la lanza para hacerme caer, pero tenemos que trabajar en tus fintas y esquivas para disfrazar tus intenciones. Nada de limpiarse hasta esta noche porque más les vale estar bastante sucios cuando se ponga el sol."

Corrimos por la carretera hacia Camulodunum, la misma que habíamos recorrido la noche anterior, para alcanzar a los soldados que marchaban. Nos dirigíamos hacia Blackwater, protegido por Othona de los asaltantes sajones y pictos. Al poco tiempo, vimos la compañía marchando bien ordenados, haciendo su ejercicio matutino por la carretera. Comenzaron a marchar más despacio para mantener el ritmo mientras nos acercábamos. Throm me ordenó alinearme en la retaguardia. Nuestro trabajo era también escoltar una caravana vacía hasta Camulodunum para llevar suministros al fuerte para nuestra excursión al continente. A medida que nos acercábamos, pude ver a mi padre montado en su caballo con un su libro de contabilidad, inventariando los vagones e inspeccionándolos para ver cuáles requerían mantenimiento. Mi padre era muy riguroso con los detalles, siempre mantenía todo en orden. No siempre inspeccionaba los detalles minuciosos, pero el hecho de que lo hiciera ocasionalmente contribuía a que el descuido fuera menor. En casa, para él, todo tenía su lugar y en el trabajo no era diferente. Su escritorio estaba impecable y bien organizado, al igual que toda su oficina, y exigía lo mismo a sus subordinados. En casa traté de imitarlo, pero mis documentos siempre estaban desordenados. Podía encontrar todo lo que necesitaba, pero seguía sacando más papeles, para leer y escribir. Sabía dónde estaban las cosas, pero a menudo estaban en el suelo. Thor ayudara a la persona que se atreviera a recoger y ordenar mis papeles porque si lo hacían, todo mi sistema colapsaría. Mi padre me vio soñando despierto, como solía hacer, y me gritó: "Yul, presta atención." Podía sentir como se me calentaba la cara, pero lo saludé, mientras Throm se reía en voz baja.

"Eres más delgado que tu padre, pero más ancho. Deberías convertirte en un hombre fuerte." Agradecí a Woden por la poca capacidad de atención de Throm.

"Mi padre, ¿eh?" respondí, para mi pesar.

Wroth se paró frente a mi cara: "Ya te lo dije, yo soy tu padre. Y no recuerdo haberles permitido hablar en las filas."

"Throm fue el que me habló."

"Él es un soldado, un veterano de batallas. Tú eres un insecto. Él se ha ganado un poco el permiso; tú no has ganado más que un trote de castigo. ¡Vamos, corre!" Así que mientras seguíamos marchando hacia nuestro campo de entrenamiento, tuve que correr alrededor del grupo. Cuando llegamos, estaba a punto de colapsar, pero sabia que no podía rendirme. Un carro nos había seguido con agua, así que pudimos refrescarnos, pero Throm se aseguró de que me pusieran de último en la fila. Para cuando logré conseguir un poco de agua, los soldados ya estaban formándose para los ejercicios.

El primer ejercicio fue con lanza y escudo. Entrenamos primero con muñecos para perfeccionar nuestras habilidades. Estos ejercicios estaban reglamentados, por lo que trabajábamos como una unidad profesional. Sostuvimos nuestros escudos con nuestros brazos izquierdos atados a la parte superior y antebrazos con un asidero detrás del jefe. Los *scutum* (escudos) eran de álamo o de álamo temblón, convexos y ovalados, lo que los hacía más livianos que los escudos legionarios. Estaban pegados entre sí con una cubierta de cuero y una protuberancia de hierro, que en sí misma podría ser un arma fuerte. La *hasta* (lanza) era de fresno con punta de hierro y contrapeso, ya que la lanza era un poco más alta que la mayoría de los hombres. Nos formábamos con escudos al frente y usábamos nuestra mano derecha para la fuerza del empuje como revés. La mano izquierda sostenía la asta para mantener el equilibrio, mientras la lanza empujaba con un agarre relativamente flojo. La formación era una falange clásica con escudos superpuestos de modo que el soldado a mi derecha protegía mi flanco derecho, mientras que mi escudo protegía mi torso y el flanco derecho del soldado a mi izquierda. Dimos algunas buenas estocadas y luego retrocedimos hacia nuestra izquierda con órdenes silbadas y con las lanzas en alto. Los hombres detrás de nosotros llenaron el agujero que dejamos libre, levantando sus escudos y bajando sus lanzas. De esta manera no nos cansábamos demasiado y nos protegíamos unos a otros. Cualquier desviación de este procedimiento reglamentario era duramente castigada porque la disciplina fue la clave del éxito romano durante siglos.

A continuación, trabajamos con nuestros *gladii,* (espadas cortas). En una falange (o fuente de escudos), lo mejor era una buena puñalada con una lanza o espada. Las espadas largas, como la *spatha,* eran un riesgo en formaciones cerradas. La espada larga, de más de la mitad de la altura de un hombre, era para la caballería o después de que un enemigo fuera derribado. Al igual que con el trabajo con lanzas, trabajábamos como una máquina en orden cerrado, con escudos superpuestos y nuestras estocadas provenientes de nuestra mano derecha. El truco consistía en empujar con el escudo para que el hombre (o, en el caso de este ejercicio, el muñeco) se moviera. Dependiendo de cómo se movía el hombre (o el muñeco), uno apuñalaba hacia arriba para llegar al estómago y por encima apuntando al cuello o la cara, o desde la derecha para apuñalar en el flanco. El *glaudis* era un arma de carnicero destinada a apuñalar, no para cortar. Ambos lados del arma eran afilados para que uno pudiera cortar, pero eso normalmente era demasiado doloroso para hacer que un enemigo se moviera y dejara el espacio para ser apuñalado. Apuñarla era un movimiento mortal. Los veteranos movían los muñecos para hacernos ver los flancos descubiertos y perfeccionar estas habilidades. En el combate cuerpo a cuerpo, los ojos se pueden llenar de sudor, arena o sangre, por lo que sentir cómo reaccionaba el oponente al golpe del escudo marcaba la diferencia entre la vida y la muerte. La mera repetición de los ejercicios convirtió a los soldados y tropas de élite en máquinas de matar mortales. En la batalla, todo lo que uno sabe es lo que sucede en frente a nosotros y los alrededores. Confiábamos en los *sesquiplicarii* (corporales) para indicarnos movimientos hacia la izquierda, derecha, adelante y hacia atrpas. Los cabos dependían de los *duplicarii* (sargentos) que silbaban para que se movieran. Por supuesto, ese primer día de entrenamiento todo para mí era simple teoría. No sabía usar tan bien mi escudo; mi juego de pies estaba muy mal y mi brazo con lanza y espada no era tan fuerte como lo sería en años posteriores. Wroth me dio una buena cantidad de fuertes críticas. Keaffer era más rápido pero más pequeño y tenía menos alcance, así que también recibió su dosis de regaños. Cuando estábamos descansando después del ejercicio, Throm me dio algunos consejos sobre cómo adoptar una postura fuerte con las piernas y la espalda curvadas para que fuera difícil que me golpearan en el trasero. Esta postura también me ayudó a mantener el equilibrio para no caer hacia adelante si mi oponente hacía una finta hacia atrás. Estar en esta posición también protegía mejor mi cuerpo y le daba más potencia a mis embestidas.

Después de una buena comida llena de cereales, frijoles y agua, al mediodía, pasamos a la práctica con misiles. Si bien tenía la estatura para *pilum* (jabalina), no tenía precisión. No tenía remedio, pero Keaffer, con su baja estatura, tenía una gran puntería. Su alcance era limitado al ser más pequeño, pero era tremendamente fuerte para su tamaño. Wroth me hizo saber lo decepcionado que estaba con mi precisión y le dio un gruñido de aprobación a Keaffer: "Tienes alcance, Yul, así que si nuestro enemigo está agrupado, es posible que aciertes contra algo, pero Keaffer, tendrás que esperar para lanzar. Si pudiera combinarlos a ambos, tendría un soldado eficaz." Cuando cambiamos al tiro con arco, la historia fue al revés. Estaba mortalmente por debajo de los 100 pasos, pero Keaffer apenas podía dar en el bloque. Quizás eran mis largos brazos los que me permitían ver el objetivo a lo largo de la flecha. Practicamos con *sagitarii* (arcos compuestos largos y curvos) hechos de fresno con tendones y huesos de animales pegados. La curvatura añadía fuerza, pero mantenía el arco lo suficientemente corto como para usarlo desde la silla de montar. Practicamos mucho de pie antes de intentarlo montados, y mucho menos cabalgando. Los soldados que podían disparar con precisión mientras cabalgaban eran oro puro para sus compañías, y la Brave Companion sobresalía en eso. Estábamos muy orgullosos de montar y disparar, lo cual era una excelente manera de hostigar a un enemigo. Podíamos entrar para ablandar una falange, hiriendo y matando a unos cuantos y llenando sus escudos con flechas, debilitando considerablemente sus formaciones. Entonces podíamos entrar con espadas largas. También podíamos disparar y escapar, para evitar ser masacrados por las lanzas y escudos de las formaciones que se mantenían fuertes. También practicábamos con flechas ligeras y de mayor alcance, hechas de pino y juncos que estaban destinadas más a molestar que a destruir a las unidades enemigas. Tenían puntas anchas y con púas para que fuera más difícil quitarlas de los escudos y armaduras. Las flechas más pesadas estaban hechas de fresno con puntas de aguja para atravesar los escudos y armaduras. Como decía, practicábamos a pie con nuestros escudos y flechas frente a nosotros para darnos cierta protección y otorgar fácil acceso. Podíamos levantar nuestros escudos rápidamente en una formación de tortuga con escudos arriba y al frente para protegernos de los contraataques.

Después de la práctica de misiles, luego del almuerzo, nos subimos a los caballos para entrenar más. Allí usábamos lanzas y espadas largas para derribar objetivos. El truco con la lanza consistía en clavar primero la punta y luego soltarla sin que el mango nos diera en el estómago. Aprendí que recibir un golpe de estos es una lección dolorosa. Con las espadas, practicábamos principalmente cortes, pero también apuñalamientos. Un corte es más beneficioso porque es poco probable que uno pierda la espada. Al apuñalar, si la hoja es demasiado profunda, uno debe soltar la espada o intentar arrancarla mientras el caballo se mantiene de pie. Aprendimos a apuñalar con los brazos doblados porque el impacto de una puñalada en el brazo estirado puede dañar gravemente al atacante. Los veteranos sabían cómo hacer que sus monturas se estabilizaran para sacar la espada y usar sus cascos como armas. El problema era que sus puntos débiles quedaban expuestos y se perdían velocidad. También podían correr un poco demás, usando el impulse y la masa del caballo para sacar sus espadas. Sin embargo, si un soldado estropea esta maniobra, pierde su espada o se lastima gravemente el brazo con el que sujeta la espada. En general, es mejor mantener al caballo en movimiento para evitar que te tiren de tu silla o que te apuñalen o corten. Después de algunas carreras contra muñecos, primero con lanzas y luego con espadas, tomamos nuestras armas de proyectiles y subimos al caballo. Los lanzadores de jabalina se acercaron, lanzaron corriendo y se alejaron para correr de nuevo o usar sus espadas. Los arqueros primero disparaban sentados quietos sobre sus monturas y luego disparaban mientras cabalgaban. Estaba cómo disparando estando quieto, pero no mientras cabalgaba. "Toma tiempo, muchacho. Sigue practicando y ve despacio. Acostúmbrate a disparar en movimiento antes de que vayas muy rápido", dijo Throm.

Wroth tenía cosas mucho más coloridas para decir: "¡Mi abuela muerta puede disparar mejor que tú, Yul! ¿Puedes siquiera ver el objetivo?" A decir verdad, con todo el sudor en mis ojos debajo del casco, apenas podía ver bien en ese momento. Sin embargo, no me quejé.

Finalmente, cuando el sol se ponía en el cielo occidental, partimos hacia Othona y, afortunadamente, regresamos. Con el sol de verano proyectando largas sombras, vimos Othona en el borde del mar de Alemania, con sus altos muros de piedra atractivos para cualquiera lo suficientemente loco como para intentar escalarlos. Los guardias nos dieron la bienvenida mientras atravesábamos las puertas, y luego desmontamos y llevamos a nuestros caballos a los establos. Nos aseguramos de que sus puestos estuvieran limpios y los cepillamos antes de alimentarlos con avena. Cuando terminamos en los establos, fuimos al cuartel, que era de piedra con techo de tejas. Los pisos eran de piedra de campo cuidadosamente dispuestos en vigas de madera y cubículos para los soldados y sus familias. En años anteriores, los soldados no podían tener familias en el fuerte, pero con tantos soldados alemanes y la frecuencia de las incursiones, nadie en su sano juicio alojaría a las familias en cabañas de madera al aire libre, expuestas a incendios, violaciones y toma de esclavos. Entonces encontré a Altheia esperándome, después de haber limpiado la habitación y hacer la cama. Me ayudó a quitarme la armadura y la ropa debajo, preocupándose por las llagas de la silla y armadura que me irritaban. Como las paredes eran de madera, no teníamos mucha privacidad, por lo que Throm dijo: "No te preocupes, muchacho. A todos nos salen irritaciones, ampollas y, con el tiempo, se forman callos en todos los lugares necesarios. Si tu mujer realmente se preocupa por ti, reventará alguna de esas ampollas, las lavará y las untará con loción, orina de vaca hervida, y la lanolina también funciona bien. Y no hagas demasiado ruido esta noche, tengo hijos

que ya saben más de lo que deberían." Su esposa, Charla, dijo:
"Cállate. Tus ronquidos por sí solos ahogarán cualquier ruido.

Nos reímos y dije: "Puede que esté demasiado adolorido y
cansado para hacer ruido esta noche."

"Limpié nuestra ropa, hice que nuestra habitación se sintiera más
nuestra y me bañé. Esta noche harás ruido", dijo Altheia y luego me
reventó con su cuchillo una ampolla en el trasero, y yo hice un ruido:
"Joder, una advertencia la próxima vez, por favor."

"Ah, ¿lastimé al guerrero?" ella rió. "Vamos, chico, desnúdate y
déjame limpiar esas ampollas para que no se conviertan en forúnculos
infectados."

Después de un tiempo agotador y satisfactorio, sangraba por una
docena de ampollas, pero el alivio fue sorprendente. Fui desnudo a
los baños, como todos los hombres hacían. Los reclutas caminaban
raro por tantas llagas nuevas, los veteranos caminaban como si nada.
También tenían más músculos, por sus numerosos entrenamientos.
Muchos tenían cicatrices de peleas anteriores, lo que lo que
aleccionaba nuestras travesuras de mover nuestros miembros a
nuestras mujeres cuando salíamos del cuartel. El agua salada caliente
calentada con agua de mar picaba, pero se sentía bien. Los veteranos
nos aseguraban, llamándonos pollitas, que el agua salada picaba, pero
limpiaba mejor las llagas y heridas que el agua dulce. El veteran de
Adelante usó las toallas de lino primero y nosotros, los reclutas,
fuimos los últimos. Cuando recibimos las toallas, estaban mojadas y
asquerosas. Teníamos que saltarnos partes de la tela. Tomé una nota
mental para comprar mi propia toalla. Keaffer se acercó a mí y me

mostró una larga raya marrón en su toalla: "Felicitaciones de Turco. Tienes suerte de tener a Throm cuidándote. Turco es..." decía, mientras señalaba la larga y desagradable raya.

"Turco debe ser así de desagradable para compensar su falta de tamaño y el hecho de ser picto en una unidad mayormente alemana. Los locales piensan que los pictos, como bien sabes, son una absoluta escoria: Asaltantes y violadores. Piensan lo mismo de los alemanes, pero Throm vive entre alemanes y es un hombre grande y feliz. Simplemente no le importa lo que piensen los locales. También me imagino que el hecho de ser unos británicos no reconocidos como tales, añade un poco de ira, pero repito, ustedes saben más."

"Sí, todo lo que dices es verdad, pero ser una mierda a los ojos de otros miembros de su nación es despreciable. Debería ser un escudo para mí en este mundo, pero es una lanza que me puya el trasero."

"Mi mejor suposición es que él mismo fue tratado como una mierda y salió fuerte, por lo que cree que esto te endurecerá más, como si lo necesitaras. Sigamos así, para que podamos estar hombro con hombro u hombre con cabeza." Me merecía ese golpe con la punta de su toalla cubierta de mierda, pero Keaffer necesitaba algo de apoyo y diversión.

Cuando regresamos al cuartel, la mayoría de los veteranos habían terminado de cenar con sus familias. Keaffer se fue a cenar con Morganna y yo con Altheia. Habían preparado una cena sencilla, lentejas y cebada guisada con algunos tubérculos en un sabroso caldo.

Esa mujer podía hacer que una comida sencilla supiera extraordinaria.

También sirvieron algunas nueces y frutas para el postre. "¿Pudiste descansar hoy?" pregunté.

"Justo después de que te fuiste, lavé la ropa para que se secara a tiempo y pude conseguir comida con la ayuda de la esposa de Throm, Charla. Después de romper mi ayuno con pan y matequilla, tomé una siesta para estar descansada para ayudarte esta noche. Cuando me desperté, comencé a hacer la cena y limpié la habitación. Era un desastre total con excremento de ratas, sus nidos y cal de pájaro en las vigas."

"No te merezco," le dije y me incliné para besarla.

"Espero nunca lo olvides."

"Nunca. Ahora, a hacer algo de ruido."

"Será mejor que me hagas chillar" y lo hice. La besé apasionadamente y ella me devolvió la pasión. Hicimos el amor en la cama con colchón de paja y que crujía sobre su base. Normalmente nos gustaba hablar después, pero tan pronto como caí a su lado, me dormí.

Sentía que acababa de dormirme cuando Wroth me sacó bruscamente de la cama. "Es hora de que tu novio y tú limpien los establos y las armaduras." Altheia me miraba desde las sábanas, tapándose porque estaba desnuda como había venido al mundo. Tenía una erección mañanera, por supuesto, así que cuando me puse en posición firme, todo en mí estaba firme. "No esperes que nadie te ayude con eso. Más les vale estar listos cuando yo salga." Corrí para arreglarme, escuchando los ronquidos a mi alrededor dentro del cuartel. Me froté los ojos para quitarme el sueño y me puse la ropa, la armadura y el equipo lo más rápido posible, haciendo un escándalo. Altheia se quejó, intentando volver a dormir. La besé rápidamente y salí corriendo, haciendo más ruido. Afuera, vi a Keaffer correr también, y a Wroth esperándonos. "Corran, muchachos. Salgan por la puerta y rodeen los muros una vez. Y será mejor que no dejen que los alcance." Nos fuimos corriendo como liebres asustadas, con Wroth detrás, persiguiéndonos.

De vuelta al interior del fuerte, los establos nos esperaban.

No nos quitamos las armaduras, por miedo a ser amonestados. También porque era un buen ejercicio para acostumbrarse al peso extra y las restricciones de movimiento. Tanto Throm como Turco nos lo aconsejaron. (En el caso de Turco fue más una amenaza que una sugerencia) Estaba claro de que anoche nadie había limpiado los establos con mucho esmero, así que estuvimos ocupados arrojando excremento de caballo casi hasta el amanecer. Después de que Wroth inspeccionara nuestro trabajo, tuvimos que volver a meter las armaduras en barriles de arena y vinagre para eliminar el óxido. Mientras terminábamos y la hora del lobo se desvanecía hacia el amanecer rosa púrpura, los veteranos salían del cuartel hacia el patio. Sus mujeres ya habían encendido fuegos y preparado sus desayunos con gachas de avena. Altheia y Morgaanna nos habían saludado antes mientras preparaban la comida. Cuando terminamos de hacer rodar los barriles a satisfacción de Wroth, comimos un poco de nuestro desayuno de manera muy rápida, por miedo a llegar tarde a la formación.

Al igual que el día anterior, hicimos fila para formarnos y ser inspeccionados, y algunos veteranos nos felicitaron por hacer tan buen trabajo con sus armaduras, y que debíamos hacerlo a diario. Como parte de nuestro entrenamiento, lo haríamos diariamente, hasta que zarpáramos. Sabíamos que todos habían tenido que hacer lo mismo y el ejercicio nos hacía bien. Como ayer, marchamos al oeste hasta los campos de entrenamiento, practicando nuestras habilidades de combate cuerpo a cuerpo con lanzas, escudos y espadas cortas. A medida que pasaban los días de entrenamiento, Keaffer y yo mejorábamos en la anticipación de órdenes, nuestros movimientos se volvieron menos reactivos y más fluidos, lo que ayudaba a mantener la formación en orden. Mientras avanzábamos, uníamos las practicas con lanzas desafiladas y espadas de madera. Lo más importante era mantener el rango, hombre con hombre con la compañía. Cualquier incumplimiento era castigado por los veteranos frente a todos. Los moretones eran nuestras lecciones. Aprendimos a usar lanzas tanto por debajo como por arriba, dependiendo de lo que pedían nuestros cabos. Practicamos apuñalar con espadas, tanto por debajo y por encima del escudo. Con el paso de los días, nuestras ampollas se convirtieron en callos y nuestra resistencia y fuerza crecieron. Además, a medida que avanzábamos en nuestro entrenamiento, armas de fuego se añadieron. Entonces, nos acostumbramos a mover escudos para bloquear lanzas y flechas. (Todas despuntadas, pero aún dolían al golpear)

Las tardes se dedicaban al trabajo con caballos: cabalgar hasta los campos abiertos de hierbas al oeste, norte y sur de Othona para practicar y patrullar. Trabajábamos con nuestras espadas largas para ataques cortantes y lanzas largas para clavar las puntas en los escudos de los enemigos. Formábamos unidades pequeñas que atacaban a los soldados de a pie y, aun así, evitaban los fuertes con escudos de infantería preparados con lanzas sobresaliendo. Una de las tácticas consistía en reutilizar arqueros montados y lanzadores de jabalina para suavizar las formaciones de infantería de modo que otras unidades pudieran derribarlas cuando tuvieran oportunidad, o mejor aún, se separaban y huían. Practicábamos apuñalar con una lanza, dejarla clava en un objetivo y sacar nuestras espadas. Además, practicábamos luchar contra otras unidades montadas para proteger a nuestra infantería y soldados desmontados. Algunas unidades no practicaban con tanta frecuencia como los Brave Companion, y esto se demostró en combate. Nuestros escudos superpuestos se protegían entre ellos. Practicábamos con tanta frecuencia que nuestras unidades actuaban como animales vivos, animales de carga con unidades como lobos en manada derribando a un oso. El oso refiriéndonos a una unidad de infantería fuertemente blindada.

La tierra que nos rodeaba era una pradera plana, atravesada por ríos y arroyos. Aprendimos a luchar no sólo en pastizales llano sino también en pantanos y terrenos irregulares. Aprendimos que tener el pie izquierdo adelantado para compensar nuestro centro de gravedad y reforzar los brazos del escudo podría marcar la diferencia entre la vida y la muerte. Nuestro pie derecho estaba situado detrás de nosotros para recibir el impacto del escudo, lanza o estocada de espada. Con el pie derecho hacia atrás, podíamos mover el brazo derecho para apuñalar, sin exponer el lado izquierdo. Corre directamente hacía él y probablemente te arranque la cabeza. Atácalo desde múltiples puntos (espalda, flancos y el frente como una finta) y lentamente derrotarás a la bestia. Nos entrenábamos de igual manera como caballería y como infantería porque nos adaptábamos a lo que las condiciones nos exigían. Si se nos encomendaba la tarea de esperar en terreno pantanoso o rocoso, entonces luchábamos con escudos como infantería. Si teníamos la tarea de explorar u hostigar al enemigo, lo hacíamos como caballería. Los juegos de tira y afloja que teníamos con los soldados del fuerte del puerto sajón y con los asaltantes nos obligaron a ser los mejores en ambas. A menudo teníamos que cabalgar rápidamente para recibir informes de desembarcos, pero luego teníamos que luchar en terrenos pantanosos o defender una carretera que comunicaba pueblos y ciudades. Si estábamos custodiando un tren de suministros, algunos soldados marchaban mientras otros montaban, tanto para proteger como para explorar.

Lo más importante es que aprendimos que las unidades, las formaciones y el cumplimiento de órdenes importaban mucho más que la destreza y la valentía individual. Ciertamente, había que confiar en los hombres a tu alrededor, y confiar en que nuestros comandantes estaban haciendo el mejor uso de nuestras unidades. La disciplina y la confianza son mucho más importantes en un fuerte con escudos o en una carga de caballería que en una elegante pelea con espadas. A pie, practicamos a menudo esa formación de escudo. Si esperábamos un ataque de una caballería, nuestra primera fila de hombres se arrodillaba detrás de sus escudos con las lanzas apuntando hacia afuera y hacia arriba. La segunda fila se ponía de pie, con los escudos en la cabeza de los hombres de la primera fila y las lanzas niveladas, la tercera cubría a los segundos igualmente con sus lanzas apuntando hacia afuera. Éramos como un erizo blindado. También estaba el hocico de jabalí. En esta formación, formábamos cuñas triangulares en las primeras filas para crear agujeros en las filas de nuestros enemigos, como los colmillos de un jabalí.

A caballo, practicábamos como dar vueltas, como cuervos volando, cómo girar hacia la izquierda y derecha, cómo hacer que nuestras formaciones fueran tan fluidas como pájaros en vuelo, y al mismo tiempo, mantener el orden. También utilizábamos las formaciones de cuña para abrir las formaciones de nuestros enemigos, de modo que pudiéramos atacar en esos espacios. Aprendimos a hacer un reconocimiento a la fuerza, imitando a nuestros enemigos hasta que encontrábamos una oportunidad de hostigarlo, y nos abalanzábamos como un halcón. Hostigar a los buscadores, exploradores, retaguardias y flancos era una excelente manera de cegar al enemigo, mantenerlo despierto o hambriento. También éramos capaces de cabalgar rápidamente, desmontar junto a la infantería para defender una posición o hacer una finta para confundir al enemigo. Podíamos desmontar, formarnos, hacer que el enemigo se alineara demás en lugares equivocados, y luego defender el terreno hasta que nuestra infantería pudiera llegar o sino montar y marcharnos.

El propósito de todo entrenamiento no era solo hacer guerreros individuales más fuertes y mejores, sino también que todas las formaciones, maniobras y comandos se volvieran parte de cada uno. No teníamos que pensar sino simplemente actuar. Keaffer ya era un joven musculoso, pero se puso aún más fuerte y más rápido, sus ampollas se convirtieron en duros callos. Yo también me puse más grueso, siendo mis hombros y muslos los que más crecieron. Altheia se burlaba de mí: "¿Dónde está el muchacho delgado que me embarazó? Ahora tengo un hombre de muslos y hombros anchos." Así como Thact y Wroth me mandaban en el campo, Altheia me mandaba en la cama, sabiendo cuándo darme latigazos o cuando seducirme.

Desde el principio aprendí a guardar silencio y prestar atención a los veteranos. Nos enseñaron la diferencia entre una trampa y una caída real del hombre que teníamos enfrente. Nos enseñaron las diferencias sutiles en cómo sostener nuestros escudos, espadas y lanzas. Nos ayudaron a posicionar bien nuestras armaduras de modo que perdíamos algo de peso y agregábamos protección donde lo necesitábamos más, como placas de metal en las botas o tener una hombrera fuerte en la armadura delantera izquierda con una punta sobresaliente para proteger nuestros cuellos. Nos aconsejaron que nos abstuviéramos de las armaduras de banda o de placas, por considerarlas demasiado pesadas e inflexibles. La cota de malla cubría mejor, se ajustaba mejor y era más fácil de cuidar. De manera imperativa, los veteranos nos enseñaron a respetar y confiar en nuestros comadantes, expertos en batalla, no pretenciosos que compraban comisiones o eran nombrados por amigos y familiares. Agradecí a Thor y a Woden por haber rechazado la oferta de Medias en *Legio VI Victrix.*

Thact fue como un tío muy querido, un gran líder en quien confiábamos para mantenernos vivos y ganarnos honor. Wroth era su látigo, su perro para mantener el orden y la disciplina. No era un mal hombre, sino un hombre a la altura de su deber, que podía resultar ser odiado en los entrenamientos, pero muy apreciado en la batalla. Nos motivó, nos desafió y nos hizo mejores. Theodosius era como un hermano mayor o un perro grande y feliz. Cuidaba de mí, pero me hacía saber cuando sentía que podía dar más de mí. Con Wroth, temíamos su ira si nos equivocábamos, pero con Theodosius, era decepcionar a un hermano que amábamos. A Throm no quería decepcionarlo. El pobre Keaffer recibió toda la atención de Wroth y Turco, quienes disfrutaban menospreciando a los demás. Sin embargo, ambos fuimos muy afortunados de ser parte de la Brave Companion de Othona.

Estos hombres se entrenaron para proteger la costa entre y alrededor de los estuarios de Colne y Blackwater, vital para la paz y la prosperidad del este de Britania. También exploramos la costa en Drakkars pintados de azul y con toldos, camuflados para escondedrnos entre las olas del Mar de Alemania. A diferencia de los birremes y trirremes del Mar Medio, estos barcos eran aptos para el océano, hechos para remar y navegar, con calados pocos profundos para navegar por los numerosos arroyos y pequeños ríos de la costa oriental. Esos enormes barcos del Mar Medio se habrían hundido en las olas y nunca habrían llegado a los arroyos sin tocar fondo. Esos enormes y largos barcos eran bestias una vez que habían ganado suficiente velocidad, pero el mar alemán no era un estaque de tranquilas batallas navales con embestidas y máquinas de asedio afianzadas en la cubierta. El Mar de Alemania exigía barcos que pudieran sortear las olas sin volcar y esconderse entre los arroyos y juncos para atacar a los asaltantes. Ese verano no navegamos mucho porque los asaltantes estaban tranquilos y los barcos necesarios para proteger los barcos de suministros y las barcazas que transportaban suministros a nuestros puntos de partida y estaciones listas en la Galia. También estábamos planeando abandonar Britania por la Galia cuando Constantino tuviera la oportunidad de atacar al imperio. Como tal, entrenábamos casi exclusivamente como infantería ligera y caballería.

Como el mar de Alemania estuvo prácticamente tranquilo ese verano, tuvimos tiempo de visitar a la familia de Keaffer. Su padre era un buen marinero, pero un completo bicho raro. Tenía una colección de juguetes sexuales que había encontrado durante sus años de experiencia. No era un gran conversador y su esposa, la madre de Keaffer, era fea. Era baja, gorda y morena, pero sabía dar a luz hijos, por lo que Keaffer tenía un hermano mayor y uno menor. El hermano mayor era un soldado asignado a lo largo de la frontera del Rin, por lo que rara vez lo veíamos. El hermano menor era callado y tímido. Al igual que yo, Keaffer no tenía deseos de vivir bajo las órdenes de su padre.

A medida que avanzaba el verano, Keaffer demostró habilidad con la jabalina, tanto a pie como en silla de montar, lanzando el misil con punta de bronce al aire con precisión para caer desde arriba. Si el enemigo usaba su escudo para bloquearla, el suave bronce se doblaba, haciendo que el escudo fuera casi inútil con unos pocos pies de lanza de fresno adheridos y una afilada aguja de bronce atravesando las tablas. Si el enemigo no levantaba su escudo, la punta de la lanza perforada casi toda la armadura, se doblaba y la madera sobresalía de su cuerpo. Un guerrero tan herido tenía que retroceder a la retaguardia para recibir primeros auxilios. Los buenos lanzadores de jabalina eran grandes jinetes, haciendo que el enemigo levantara escudos para protegerse, abriéndolos a flechas o lanzas dependiendo de cómo nos enfrentáramos a los enemigos. Los romanos habían sido maestros en las tácticas de armas combinadas durante casi mil años. Pero para ser bueno en tácticas de armas combinadas, la práctica era fundamental para el éxito. Diariamente nos inculcaban formaciones, sincronización, anticipación de órdenes y disciplina bajo presión.

Mientras Keaffer aprendía a lanzar jabalinas con precisión, yo aprendía a perfeccionar mis habilidades de tiro con arco. El arco compuesto tiene buen alcance y penetración sin ser demasiado largo. El trabajo de los arqueros a pie es hacer que el enemigo se esconda detrás de sus escudos mientras encontramos agujeros en el fuerte del escudo para herir y matar a algunos enemigos. Una formación limitada por el tiro con arco no puede maniobrar bien, por lo que el beneficio es sofocar la capacidad de maniobra del enemigo mientras nuestras formaciones pueden moverse para explotar las debilidades. El tiro con arco a caballo debía hostigar y atacar rápidamente. Los buenos arqueros a caballo pueden disparar mientras se dirigen con las rodillas y alejarse antes de que el enemigo pueda reaccionar. También pueden hostigar líneas de suministro y formaciones para hacer que el enemigo reaccione con ira, preparando emboscadas. La movilidad y las armas combinadas nos hacían letales, pero la caballería ligera y la infantería ligera como nosotros tenían una efectividad limitada contra la infantería y la caballería pesada. La velocidad era esencial para nuestra eficacia y supervivencia. Unidades como los Brave Companion eran multiplicadores de fuerza para unidades más pesadas que no podrían ser tan efectivas sin que protegiéramos sus flancos y retaguardia.

Los romanos no solo eran maestros de las armas combinadas sino también de la logística. Los romanos construyeron calzadas, buenas carreteras, y las mantuvieron. Patrullaban las carreteras para mantenerlas libres de bandidos, se apoderaron de las rutas marítimas de la piratería y las patrullaron para mantener el flujo del comercio y los suministros. Construyeron puertos y pueblos y ciudades amuralladas y los cuidaban. Mensajeros, legiones y caballería avanzaban rápidamente por las carreteras libres de la vida imperial. Los suministros y bienes también se movían eficientemente por todo el imperio porque hombres como mi padre fueron competentes durante siglos. Este sistema, sin embargo, se estaba desgastando en los bordes. Los muros estaban en mal estado y carecían de personal suficiente. Los bárbaros cruzaban las fronteras en mayor número, empujados hacia el sur y el oeste por tribus que emigraban del norte y el este. Los piratas aprovechaban la disminución del número de patrullas a medida que los emperadores se peleaban.

Constantino reconoció que Britania estaba demasiado lejos de los centros del imperio moribundo para sobrevivir y que las tribus que cruzaban el Rin y el Danubio hacia el centro del imperio estaban asfixiando las rutas comerciales. Había llegado el momento de trasladarse a la Galia para restaurar el Imperio Occidental. En el apogeo de la gloria imperial, una cohorte de soldados podía moverse de 20 a 30 millas en un día para detener una incursión, sofocar una rebelión o expulsar a los bandidos. Los legionarios podían trasladarse de un fuerte a otro o incluso construir el suyo propio mientras viajaban. La moneda verdadera se acuñó en el corazón del imperio y viajó por todas partes en busca de un mercado común y una moneda común. Las monedas dejaron de ser uniformes, luego se recortaron y luego dejaron de tener márgenes por completo. Los soldados y tropas también dejaron de ir a las antiguas provincias y buscaban a los bárbaros. Era más probable que entendiéramos a los hombres que teníamos enfrente en la batalla que a aquellos a quienes protegíamos.

Ahora, teníamos que trasladar todas las tropas que quedaban en Britania a la Galia, dejando a los lugareños a su suerte. Algunas guarniciones locales para la defensa estática estaban mal entrenadas y equipadas, pero las legiones y la caballería de los vienes y duces eran principalmente reclutas bárbaros que establecieron ciudades alrededor de sus campamentos llenos de sus familias bárbaras. Siendo este el caso, no solo estábamos trasladando soldados, tripas y suministros sino ciudades enteras porque no podíamos dejar a nuestras familias a merced de los vengativos británicos. Eso nos indicó sabiamente que las familias no se quedarían o la mitad de nuestros soldados se habrían quedado, o más probablemente, desertado a *Germania, Hibernia o Caledonia,* porque la deserción era una sentencia de muerte. Sin embargo, las legiones se habían revelado varias veces en las últimas décadas por pagos fallidos y malas condiciones, por lo que los líderes se mostraban cautelosos a la hora de provocarlos nuevamente.

La gran era de las legiones estaba agonizando. Habían conquistado la mayor parte del mundo con disciplina, táctica y logística. ¿Dónde estaba la capital ahora? ¿La ciudad eterna de Roma? ¿Bizancio pasó a llamarse Constantinopla? ¿Hubo uno o dos (o más) imperios? ¿La capital era Milán, Rávena o Tréveris? Parecía cambiar al lugar donde residía el emperador, a menudo obligado a trasladarse debido a rebeliones o invasiones bárbaras. ¿Qué autoridad dirigía las legiones y auxiliares en las provincias remotas? Algunas provincias como Dacia solo formaban parte del imperio en papel, pero en realidad estaban gobernadas por visigodos, que vivían a ambos lados del Danubio, especialmente después del desastre de Adrianópolis. Los hunos, ávaros y sármatas de las estepas orientales ocuparon parte de Dacia, expulsando a los visigodos. El emperador Diocleciano había establecido un sistema de dos Augustos y dos Césares que parecía ideal para la sucesión en el papel, pero en realidad, cuatro emperadores causaron un caos y una competencia constante. Los *episcopi* (gobernadores provinciales), en su mayoría militares, habían sido degradados por los *vicarii* (viceadministradores), burócratas que se enriquecieron a expensas de la autoridad imperial. En gran parte del imperio, los *vicarii* eran en su mayoría clérigos codiciosos e ineptos que discutían sobre la naturaleza de Dios, ignorando el mantenimiento del imperio y del ejército. La frontera del Rin se estaba volviendo tan porosa como el Danubio, y los francos, los suevos, los alanos (que habían emigrado del norte de Persia) y los vándalos la cruzaban. Por un lado, las defensas fronterizas del imperio se habían debilitado y, por el otro, las tribus que eran empujadas hacia el sur y el oeste por otras tribus del norte y el oeste estaban empujando a los alemanes a emigrar en hordas.

Si un emperador fuerte hubiera fortalecido las fronteras e intimidado a los *vicarii*, el imperio podría haberse mantenido fuerte. Desafortunadamente, el emperador Honorio en Occidente era un hombre débil y gobernaba a través de su general alemán, Stilcho. Stilcho era un gran general y un gobernante fuerte, pero los vicarios desconfiaban de él, ya que era alemán y se creía que albergaba la herejía arriana. Los arrianos no creían en la Trinidad, pero la iglesia ortodoxa exigía que todos creyeran en la trinidad. Los *vicarii* estaban más interesados en lo que uno creía sobre el número de dioses que en administrar el imperio de manera efectiva. La iglesia ortodoxa señaló que Stilcho luchó con Alarico, el caudillo visigodo, arriano, para socavar su autoridad. Stilcho gobernó efectivamente el imperio occidental cuando murió Theodosius, y Honorio fue declarado Augusto de Occidente a la ediad de diez años en 395 (Anno Domini)

o 1148 años desde la fundación de Roma. Con un Augusto tan joven
gobernado por el hijo de un vándalo, las invasiones y rebeliones eran
comunes en Occidente. Gildoo, el *Comes Africae* (comandante de la
provincia de África), se rebeló durante dos años hasta que Stilcho
pudo someterlo en 398. Luego vino la invasión de Alarico desde Iliria
a Italia. Stilcho llamó a las legiones de Galia y Britania para proteger
Italia. Obligó a su antiguo aliado a regresar a Ilirica, al imperio
oriental, en 406. Una vez retiradas gran parte de las legiones de la
Galia y Britania, los vándalos, los suevos y los alanos cruzaron la
frontera del Rin, aislando Britania. Britania declaró a sus
emprendedores en breve sucesión: Marco, Graciano y ahora
Constantino.

Fue en el vacío de poder que Constantino planeó cruzar a
Europa. Constantino se remontaba a Constantino el Grande, quien
dirigió sus legiones desde Britania hasta el puente de Malvern. Intentó
cerrar las fronteras a los invasores germánicos y restablecer el orden
en la Galia, Hispania e Italia, pero a costa de abandonar Britania. No
se nos pasó por alto la ironía de que soldados alemanes, escoceses y
pictos fueran a proteger a los provincianos de los alemanes. En
aquellos largos días de verano, las esperanzas de una travesía fácil y
una invasión exitosa eran altas. Esperábamos un restablecimiento del
orden, salaries consistentes y abundantes suministros. Las campañas a
menudo comienzan con expectativas tan fáciles y tonterías románticas;
venceremos a la Galia como lo hicieron Cayo César y Marco
Antonio; y seremos recibidos por los líderes locales como salvadores
montados en palafrén blancos.

Cuando cruzamos, nuestros soldados y tropas fueron recibidos por soldados locales desnutridos y mal pagados. Nos dieron la bienvenida, declarando a Constantino como Augusto de Occidente. Los legionarios y auxiliares locales acogieron con entusiasmo las perspectivas de salario y comida. Al principio fue un golpe incruento. Enviamos a Geroncio a Hispania con Constante, el hijo de Constantino, añadiendo rápidamente la Península Ibérica a nuestro territorio. Constantino hizo las paces con los francos, alanos y los suevos a ambos lados de la frontera del Rin. Les dimos la bienvenida para que se establecieran pacíficamente y mantuvieran la paz al otro lado del río. Valiosas tierras cercanas a la frontera habían sido abandonadas por el riesgo de incursiones y privaciones de plagas. Constantino consideraba que el arado de la tierra, el cultivo de maíz y el pago de impuesto eran una bendición para el comercio y la paz. Pensó que los alemanes pacíficos dentro del imperio eran más valiosos que luchar contra los invasores que buscaban tierra y armonía. Por supuesto, algunos detractores argumentaron que recibir a algunos alemanes solo alentaría a otros a cruzar la frontera, pero estos alemanes no eran parte de un imperio estable. Lucharían por su estabilidad y prosperidad.

Como señalé antes, Constantino era un visionario, un líder carismático, sino el de más intelecto para comprender cuestiones granulares, mucho menos sutiles y matizadas. Se desconcertó más tarde por las familias galas que intentaron reclamar tierras que las familias alemanas habían revitalizado después de que se estabilizara la frontera. Los terratenientes galos querían recuperar sus latifundios u convertir a los alemanes en mano de obra esclava. Tener propietarios libres entrenados en combate dentro del imperio inquietó a estas antiguas grandes familias, pero Constantino fue tomado por sorpresa. Esto terratenientes, al no recibir satisfacción de Constantino, no se rebelaron, pero se acercaron a Stilcho y Honorio, y aún más nefastamente a Geroncio en el partido de Constantino. Al permanecer indeciso, Constantino perdió el respaldo tanto de los grandes terratenientes como de los inmigrantes alemanes. Los inmigrantes favorecían a Constantino sobre otros romanos, pero no confiaban en él.

Otro problema surgió cuando Constantino creyó que el tesoro de Tréveris tendría suficiente moneda para pagar a las legiones y auxiliares galos, de la Marca y británicos, ni mucho menos. La Casa de Moneda tenía menos monedas de las que pensaba (le informaron que lo más probable es que no estuviera tan llena hasta el borde como había soñado), por lo que se vio obligado a marchar hacia el sur, a Arles, para hacerse con ese tesoro también. Pero las principales casas de moneda de Milán, Rávena y Roma estaban mucho más allá de su alcance al otro lado de los Alpes y estaban bien custodiadas por Stilcho. Además, los visigodos y vándalos también intentaban capturas esas ciudades. Alarico ya había invadido Italia desde Iliria y no había renunciado a sus aspiraciones de ser rey de Italia.

La mayoría de los comandantes militares intentaron persuadir a Constantino de que consolidar la Galia y España era más inteligente que marchar a Italia. Geroncio expresó abiertamente su deseo de someter a Iberia. Estos generales argumentaban sabiamente que

Stilcho y Alarico podrían desangrarse mutuamente mientras ponían hombres leales a Constantino en nuestras posiciones actuales y extirpaban a cualquier líder leal a Honorio. Instaron a Constantino a progresar como líder del orden y usar sus encantos para convencer a los magistrados locales de su causa, que Stilcho y Honorio les habían despojado de los soldados para protegerse, proteger Italia y ayudar a su hermano Arcadio en el imperio oriental. Como siempre, Constantino quería todo, consolidar su gobierno y expandirlo al mismo tiempo.

Pude presenciar alguna de estas reuniones como invitado de mi padre y guardia de Thilico, otro centurión de nuestra cohorte. En un momento, pregunté: "¿Qué pasa con los alemanes y pictos que se han instalado pacíficamente en Britania? ¿Los protegemos en el sureste ahora que controlamos la Galia y España?" Constantino respondió: "¿Por qué no creerías que están tan seguros como un grupo de bebés?"

"Respetuosamente, Augusto, los británicos nativos mantienen una gran hostilidad hacia mi pueblo."

Mi padre habló: "Quizás, Augusto, sería prudente alentar a estos colonos a venir a la Galia y España para establecer tierras que quedaron abandonadas y tal vez enviar a algunos auxiliares de cohortes para proteger la costa sajona a ambos lados del *Fretum Gallicum* (Canal de la Mancha). Las rutas marítimas podrían verse nuevamente acosadas si los piratas toman la costa británica. Podríamos proteger las rutas marítimas y a las cohortes asignadas desde Clausentum (South Hampton) hasta Ventaa Icenorum (Capital de los Iceni cerca de la moderna Norwich) en los fuertes. Si alguna vez necesitamos retirarnos de Britania, tendríamos una fuerte presencia para asegurarnos de que nuestros desembarcos no tengan problemas."

Ante esto, los británicos objetaron, liderados como siempre por Geroncio: "Nuestros parientes en Britania pueden proteger esos fuertes y mantener Londinum abierto al comercio." Su lugarteniente Tiberio afirmó que los británicos podrían proteger Britania sin la ayuda de piratas alemanes y bandidos pictos. Tiberio y yo tuvimos enfrentamientos en el pasado.

Cuando nos reunimos originalmente para discutir los cruces, los soldados alemanes y pictos habían insistido en que sus familias cruzaran el Fretum Gallicum con nosotros, mientras que los británicos habían objetado que el costo sería prohibitivo, ralentizaría los cruces y que ellos garantizarían la protección de todas las familias que se quedaran. Mi padre argumentó que tal vez sería prudente llevar a las familias a cruzar el estrecho: "Será mejor mantener contentos a nuestros soldados sabiendo que sus familias están con ellos, como ha sido costumbre desde hace mucho tiempo.

"Tiberio se ofendió: "¿Estás sugiriendo que las familias corren riesgo en Britania?"

"Augusto, ya he tomado medidas para traer a las familias y llevarlos con nosotros no ralentizará nuestros planes. Puedo perder gran parte de mi riqueza al cruzar el mar con mi esposa hasta Luetitia (París) y Treviri (Tréveris), pero tales son los sacrificios que un hombre debe hacer por su esposa." Mi padre había utilizado sabiamente el humor para calmar la situación.

Constatinó espetó: "¿Cómo podríamos negar a nuestras esposas los lujos que Galia puede brindarles? Si estás seguro de que las familias no frenarán nuestro progreso, entonces, por supuesto, muévelas, no sea que nuestros tristes alemanes pierdan sus miembros a causa de la viruela de las prostitutas galas." El consejo rió, pero los británicos y Geroncio fingieron la risa.

Geronció le susurró algo a Tiberio, quien se excusó y se fue rápidamente. Mi padre se inclinó hacia mí y me susurró: "Buena pregunta, hijo, pero ten cuidado. Constantino es optimista y busca complacer a todos sin ver los costos. Debe tener cuidado, después de los dos aspirantes asesinados en tan poco tiempo. Ahora, te sugiero que te vayas y te reúnas con tu compañía. Eres un recluta, aunque seas hijo de un hombre que cuenta con el apoyo del emperador. No es prudente molestar a los quisquillosos británicos."

"Caballeros, debería regresar con mi cohorte para descansar lo suficiente para continuar entrenando mañana. Solicito su autorización"

Constantino respondió: "Sí, ve a tu cuartel para que Thact pueda entrenarte para el deber y el honor. Gracias por tu pregunta, muchacho, pero déjame asegurarte que tu padre y nuestros hábiles comandantes trabajarán dignamente para ayudar a nuestras esposas a cruzar el mar."

Me puse de pie y saludé al emperador, a mi padre y a Thact, saliendo del pretorio abrochándome el casco y la capa. Mientras me dirigía hacia mi caballo, un esclavo se acercó a mí: "Buen señor, mi amo quiere hablar con ustedes. Se encontrará con él fuera de las murallas, donde está acampando su legión."

"¿Quién es tu amo? Tú no me mandas, esclavo."

"Le ruego me disculpe; simplemente estoy transmitiendo la orden de mi amo, Tiberio."

"Dale mis saludos al *legatus* (teniente general)" dije, mientras montaba. No tenía intención de encontrarme con Tiberio entre sus soldados en la oscuridad a las afueras de Camulodunum. No confiaba en él.

Después de que no aparecí, el esclavo fue a nuestro cuartel para regañarme por no haberme reunido con Tiberio: "¿Por qué no te presentaste ante tu oficial superior como se te ordenó?"

"¿Desde cuándo un esclavo comanda a un soldado imperial? Legatus Tiberius no es mi oficial al mando y ni siquiera está dentro de mi estructura de mando. Si se tratara de una orden legítima, un official debería presentársela a mi capitán, Thact."

"Solo hago lo que me ordenan; como dices, soy simplemente un esclavo."

"¿Qué te dijeron, esclavo?"

"Que debes reunirte en privado esta noche con Legatus Tiberius en las afueras de Camulodunum, tal como lo ordenó anoche."

"O eres muy estúpido o eres sordo porque ya te expliqué cómo funciona la cadena de mando. Sea como sea, esta noche no tengo obligaciones, así que puedo ir al campamento. ¿Debo viajar con otros soldados o ir solo?"

"Sería major que llegaras solo, se trata de un asunto privado, no militar."

"Saldré después de la puesta de sol cuando haya completado mis deberes y veré a *Legatus Tiberius* esta tarde. Vete ahora, tengo deberes que atender."

Tan pronto como terminó esa conversación, encontré a Keaffer y le conté lo sucedido: "¿Qué crees? Una trampa, ¿verdad?"

"Obviamente, pero no podemos ignorarlo. Se pudrirá, como una herida no tratada. Sin embargo, no debes viajar solo. Reuniré algunos soldados para que te sigan y así protegerte a ti y a nosotros mismos."

Ese día transcurrió como un día normal: marchar, cabalgar, esquivar y ejercitarnos a lo largo de la costa y el camino a Camulodunum. Nos estábamos bronceando al sol, y nuestros cuellos, brazos y piernas nos hacían parecer granjeros. Nuestros músculos se hacían más grandes y nuestros cuerpos más delgados. Teníamos la piel oscura, músculos, moretones y cortes como insignias de trabajo duro y dedicación a la Brave Companion. En nuestra patrulla de regreso a Othona, hablamos de los planes para esa noche. Usaría una capa sobre mi armadura y tendría mi casco puesto, que sería parte de mi uniforme, para que no pareciera extraño. Usaría una espada larga y corta y además tomaría mi arco con un carcaj lleno. Llevaría una lámpara de aceite que podría utilizar para ver el camino y llamar la atención. También llevaría una linterna. Keaffer cabalgaría detrás de mí en las sombras con algunos soldados con jabalinas y lanzas listas para derribar a cualquiera. No tuvimos problemas para encontrar amigos que nos ayudaran con la promesa de cerveza y aventuras.

A las afueras de Othona

Cuando regresamos a nuestras habitaciones, Altheia y Morganna ya tenían la cena lista. Nuestras damas querían saber sobre nuestro día, por lo que nos ateníamos a contarles sobre las actividades reglamentarias, para no alarmarlas. Les dijimos que teníamos algunas tareas nocturnas, para su consternación, pero como reclutas, a menudo teníamos tareas extras. También les informamos, para su alegría, que las familias serían transportadas a la Galia, incluyéndolas. Altheia se emocionó especialmente al saber que Tréveris sería nuestro destino porque esa ciudad estaba tan cerca de Germania que era, a todos los efectos, un asentamiento alemán lleno de francos, alanos, vándalos y su pueblo, los suevos. Por supuesto, la habían raptado tan joven que no conocía ninguna familia ni su nombre de nacimiento.

Malditos sean los británicos. Nos odiaban a los alemanes y nos culpaban de sus desgracias. Los protegimos y ellos nos esclavizaron. Sin embargo, aún así, ellos eran las víctimas. No tenía sentido entonces y tampoco lo tiene hoy. Esos británicos nos agruparon, a nosotros los guardianes, y a los asaltantes solo porque hablábamos un idioma en común. Si no fuera por los soldado y tropas alemanas, los británicos habrían estado a merced de merodeadores bárbaros durante siglos. Mientras nosotros arriesgábamos la vida patrullando las costas y ahuyentando a los piratas, la élite británica vivía lujosamente en villas dirigidas por esclavos, a menudo por los mismos bárbaros que los protegían. Cuando se hizo difícil conseguir impuestos para pagar a los soldados y tropas, los británicos enterraron sus riquezas en sus campos para evitar pagar impuestos. Así que ahora nosotros, los alemanes, teníamos que trabajar en sus campos sin recibir pago y proteger sus plantaciones sin recibir nada. Cualquiera que se pregunte por qué se rebelaron las legiones y cohortes de Britania es un idiota.

Los británicos creían que los alemanes, pictos y escoceses simplemente merodeaban o atacaban por el placer de la destrucción. La verdad era que esta gente estaba siendo expulsada hacia el oeste y el sur por otros alemanes del norte y del este, e incluso por gente de más al este, como los hunos y los alanos. Los alemanes, que habían vivido durante mucho tiempo justo fuera de la frontera imperial, se dieron cuenta de que la frontera ya no era tan segura como antes, y las tribus más alejadas de la frontera estaban empujando a esa gente hacia ellos. La gente se desplazaba al este del Rin y al norte del Danubio porque estaban hambrientos, buscaban campos para cultivar y prados para pastar.

Mi apellido, *Thwaite*, significaba claro o pradera, en alusión a la historia familiar como pioneros talando bosques para la agricultura y cría de animales. Esto nos convirtió en agricultores y guerreros fronterizos porque una familia que simplemente limpia la tierra no puede conservarla. Para nosotros, los asentamientos familiares extensos con empalizadas, una sala central y varios domicilios y almacenes se convirtieron en nuestra unidad política estándar. Nuestros hombres celebraban consejos entre en nuestro largo salón, normalmente bajo la guía de algunos hombres mayores que se habían ganado sus puestos con méritos. Antes de que se pudiera llevar a cabo cualquier acción, la asamblea de hombres libres tenía que aprobarla. Esto no quería decir que nuestras mujeres no tuvieran poder. Eran dueñas del hogar y también nos seguían a la batalla. En nuestro mundo seminómada, las mujeres, los niños y el ganado tenían que poder moverse. Nuestro pueblo significaba más que la tierra. Siempre podríamos despejar más terreno y construir una nueva empalizada.

Nosotros los sajones, habíamos venido desde más al norte, siguiendo la costa hacia el suroeste hasta mejores tierras para cultivar, cazar y pescar. Los frisones habían hecho lo mismo antes, y los jutos y los anglos hacían lo mismo después de nosotros, y otros alemanes cruzaban los mares desde el extremo norte hasta Europa en busca de mejores tierras para alimentar a los suyos. Si las tribus federadas a lo largo de la frontera no hubieran bloqueado nuestra migración al suroeste, nos habríamos establecido en la Galia hace algún tiempo. Sin embargo, los romanos habían pagado a los francos, suevos y borgoñones y alanos para bloquearnos a nosotros y a otras tribus. No odiábamos a esas tribus fronterizas que compartían un idioma y panteón similares a los nuestros; odiábamos a los galos y británicos por pagar a los alemanes para que lucharan por ellos mientras saqueban nuestras tierras y tomaban esclavos. Tampoco odiábamos a los romanos, porque nos reclutaron para proteger sus propias fronteras. Por lo tanto, cuando los pagos romanos disminuyeron y eventualmente cesaron, las tribus federadas comenzaron a cruzar el Rin en busca de mejores tierras, con las demás tribus detrás de ellas.

Las tropas romanas en el Rin dejaron pasar a las tribus federadas porque muchas de estas tropas imperiales eran alemanes a los que se les pagaba para ser leales. Cuando los pagos cesaron y la comida empezó a escasear, estos soldados se unieron a sus parientes y se apoderaron de las tierras de los gordos y elegantes terratenientes galos. Los romanos habían mantenido a raya a los bárbaros durante siglos con poder militar y pagos a las tribus, y cuando estos fallaron, también lo hizo la frontera. Fue necesario Stilcho, un general alemán, para mantener unido el imperio, haciendo retroceder a los bárbaros en Gran Bretaña, la Galia e Italia.

"¿Yul?" preguntó Altheia. "¡YUL!" preguntó de nuevo, subiendo la voz.

"¿Qué pasa?" respondí, un poco molesto.

"Tu cena se enfría mientras acumulas lana en la cabeza. Trabajé duro en esto, tuve que esperar por los ingredientes y buscar agua fresca fuera del fuerte. Trabajo duro para ti, así que por favor préstame atención. No se trata de otra mujer, ¿verdad?"

"¿Qué? ¡No! Estoy pensando en lo que los bastardos británicos y galos nos han hecho a los alemanes. Que nos esclavicen mientras nos llaman bárbaros me enoja, esto es todo. Le pregunté al último emperador británico qué planes tenía para los alemanes aquí en Britania, y no había ni pensado en la idea. Estos bastardos simplemente suponen que lucharemos y moriremos por ellos, y no nos preocuparemos por nuestras familias."

"¿Qué? No pueden dejarnos aquí, a los niños, a las mujeres y a los ancianos. Estaremos muertos o esclavizados tan pronto como sus barcos desaparezcan en el horizonte."

"Mi padre ha hecho arreglos para trasladar a todas las familias a la Galia y a la frontera alemana de Tier. No te preocupes. Estoy profundizando." Sonreí pero todavía estaba enojado con los británicos, los galos y la reunión de esta noche. No le dije nada a Altheia para no preocuparla innecesariamente. Comí vorazmente el aceite y el pan, y luego comí algunas salchichas de cerdo e incluso me tragué una seta que Altheia había encontrado en el bosque.

"Mira, después de todo te gustan los champiñones porque sé cómo prepararlos."

"No, me lo comí porque te tomaste la molestia de encontrarlo, limpiarlo y cocinarlo. Querida niña, si la propia Frigg me preparara un plato de champiñones, solo los comería para no molestar a la diosa. Del mismo modo, me tragué un hongo para mantenerte feliz, para que no me niegues lo que realmente quiero. "¿Chica? Soy mayor que tú, muchacho. Veo a los hombres observarme con lujuria, así que no me trates como una niña."

"Suficiente. Te felicito y me lo echas en cara. Debería ponerte de rodillas y azotarte."

"Eso podría resultar divertido, ¿quieres follarme ahora?"

"Sí, sí quiero" dije, mientras mi miembro comenzaba a tensar mi pantalón. "Pero debo irme pronto, para mi reunión fuera del fuerte."

"¿Qué? Pensé que estabas de servicio esta noche. Será mejor que no te encuentres con ninguna puta británica fuera de los muros."

"Détente. Solo tengo ojos para ti", mentí. Amaba a Altheia y la deseaba profundamente, pero cualquier hombre que diga que no se da cuenta de que hay otras mujeres, miente. Por supuesto, veía a otras mujeres. ¿Qué hombre no? ¿Pero follar con una prostituta fuera del fuerte? Nunca. Me gustaba tener la polla entre mis piernas, o mejor aún, entre las de Altheia. "Debo irme ahora", dije, mientras podía sentir mi polla dura estirándome el pantalón aún.

"¿Seguro de que no tienes suficiente tiempo para esto?" dijo mientras dejaba caer su vestido y agarraba mi miembro por encima de mi ropa.

"Muy bien, niña, un *rapidito* antes de tener que reportarme."

"Oh, si es una carga muy grande, no te molestes", objetó mientras comenzaba a limpiar desnuda nuestra pequeña mesa y con las piernas abiertas, tentándome. Me bajé los pantalones y me saqué la polla. Volvió la cabeza y puso las manos a un lado de la mesa: "¿Dónde crees que pondrás eso?

"Aquí", dije mientras deslizaba mi miembro dentro de ella, por detrás. Sentí lo empapada que estaba.

"Me pongo tan caliente ahora que estoy embaraza", susurró Altheia. "Sí, sí. Tómame como a una yegua, semental", gritó en éxtasis, sin importarle quien la oyera. Toqué su campo fértil, haciendo a un lado sus bellos rojos. Estando joven y nervioso, me vine rápidamente sobre su vientre. "Eso fue un poco divertido, pero quiero más después... Por más tiempo."

"Si tuviera tiempo, te volvería a tomar ahora mismo", jadeé mientras mi cuerpo temblaba con réplicas por todos lados y ella se metió mi miembro en la boca para limpiarlo. "Ahora limpia este desastre, mujer", bromeé como hacen los amantes después de follar. En respuesta, ella me mordisqueó la punta del miembro: "Ay, está sensible así con la piel echada hacia atrás."

"Ah, el pobre soldado tiene una salchicha sensible."

"¿Qué tal si te muerdo el botón o los pezones?"

"¿Qué tal si te muerdo las bolas? Espera no, serías un inútil sin ellas."

Nos reímos y nos besamos mientras me ponía la armadura. Justo afuera de mi puerta, Keaffer y los otros chicos estaban esperando. Altheia preguntó: "Entonces, ¿qué clase de reunion es?"

"Del tipo por el que las mujeres no deberían preguntar."

"Entonces, ¿por qué la armadura y los chicos?"

"Porque vamos a hacer guardia nocturna para patrullar el camino a Camulodunum."

"Mentira. Dejaste escapar que se reunirían con alguien."

"Sí, con un agente de Tiberio y Geroncio."

"Ten cuidado. Esos británicos están unidos como ladrones con las familias de Caius y Brutus. Luchan contra las tribus de las montañas. Los Dobunni protegen sus cultivos y su ganado de los Silures. No creo que sea una Buena idea encontrarse con esos bandidos uniformados."

"Es por eso que Keaffer y los demás me seguirán. El cuartel debería estar tranquilo esta noche, así que duerme un poco antes de que regrese."

Tan pronto como nos reunimos afuera del cuartel en el campo de desfiles, los muchachos se echaron a reír. "¡Oh, Yul, eres tan poderoso!" Thufir gritó.

"Cállate, estás celoso. Y si haces demasiado ruido aquí afuera, no tendré sexo allá dentro."

"No te preocupes, Wroth estaba furioso porque estaba comiendo con su familia mientras escuchaba tu espectáculo. Imagino que no tendrás mucho tiempo libre para follar en un futuro cercano", añadió Keaffer.

Salimos con el sol de cara hacia Camulodunum. Repasamos de nuevo nuestro plan que consistía en que yo viajaría a pie y ellos retrocederían tan pronto como oscureciera lo suficiente. Mientras anochecía, encendí mi antorcha y seguí Adelante mientras ellos volvían a meterse en la penumbra del crepúsculo. A aproximadamente una milla de Othona, había oscurecido lo suficiente como para que yo destacara claramente con la linterna, pero los chicos eran prácticamente invisibles. Pasó otra milla antes de que un hombre desde la oscuridad gritara: "Detente, no sigas. Mantenga su antorcha en alto para que podamos identificarlos." El hombre tenía acento británico. Dio un paso adelante vestido con una capa que le cubría el rostro y estaba acompañado por tres hombres. Por su forma de hablar y su comportamiento, era un oficial y los otros tres eran soldados. Estaba acostumbrado a dar órdenes y a ser obedecido, y los soldados estaban ansiosos por cumplir sus órdenes. Estos últimos no tenían pelo largo ni barba, por lo que no eran alemanes. Todos tenían escudos y lanzas, y todas apuntaban hacia mí.

Ya me había asegurado de que mi espada estuviera suelta en mi vaina y que mi arco estuviera tensado. Yo también llevaba una capa que ocultaba mi espada, un pequeño escudo, el arco y flechas colgados a la espada. Estaba en seria desventaja, pero afortunadamente, el oficial engreído se interpuso entre los soldados y yo.

El oficial dijo: "Geroncio le envía saludos" mientras decía esto, sus soldados lo rodearon a ambos lados y uno se deslizó frente a él mientras retrocedía. "¿Puedes leer?"

"Por supuesto que puedo y también puedo ver. Haz que tus hombres se detengan." Dio una señal y los hombres se detuvieron a su lado y delante de él. "¿Cómo te llamas?" consulté.

"Mi nombre es mi asunto. Acércate para que puedas leer esta carta que me han ordenado quemar tan pronto como hayas terminado de leer su contenido." Sus hombres avanzaban lentamente por mis flancos. Estos no eran hombres sutiles, eran bastardos arrogantes.

Les lancé la antorcha y me desaparecí de nuevo en la oscuridad, sacando mi espada larga. "Yul", gritó el oficial, "devuelve a los esclavos y vivirás para ver el amanecer. Si intentas huir y esconderte, te encontraremos, te mataremos y tomaremos a los esclavos que queramos." El oficial tomó la antorcha y la sostuvo en alto para intentar encontrarme. Me había salido de la carretera y había caído en una zanja de drenaje, agachándome para ocultarme en las sombras. Los soldados se desplegaron para buscarme, pero desde la oscuridad, una pila voló y atravesó el escudo del hombre que estaba justo delante del oficial. La suave cabeza de bronce se doblaba en el escudo, haciéndolo incomodo para el soldado. Los dos flancos empezaron a mirar frenéticamente a su alrededor. "A mí", gritó el oficial, y los flancos se pusieron en posición para protegerlo con sus dos escudos junto con el que estaba al frente. Regresé silenciosamente junto a Keaffer, Thufir y Throm, quien se unió a los últimos dos después de que se separaran de mí. Me quité el arco de la espalda, coloqué el carcaj frente a mí y apunté. Mientras hacia esto, los otros tres arrojaron tres jabalinas más a los británicos. Los soldados levantaron sus escudos y yo solté una flecha que alcanzó al soldado que iba de frente, justo en el estómago. Se arrodilló y sus dos compañeros lo agarraron por los brazos, manteniendo sus escudos frente a ellos. El oficial finalmente se dio cuenta de que sus planes habían salido mal, por lo que se arrojó la antorcha chisporroteando a la zanja de drenaje. Disparé otra flecha donde habían estado y la oí chocar contra un escudo. Thufir gritó: "Vamos a ensartarlos, muchachos", pero retrocedimos, sin saber si su compañía eran solo tres o tal vez una veintena más esperándonos.

"No, no sabemos cuántos son. Será major que regresemos rápidamente al fuerte y no llevemos antorchas por si tienen caballos para alcanzarnos", dije mientras Throm respondía: "El grito de Thufir los hará dudar un poco más de tiempo, pero sí, vámonos rápido."

"Ambos tienen razón. Wroth podría matarnos o, peor aún, castigarnos" añadió Thufir. Regresamos a Othona sin que nadie nos siguiera, pero escuchamos algunas voces ahogadas al otro lado del Aguasnegras y luego se escuchó como un grito ahogado de una mujer.

"Deberíamos reportar sobre eso cuando regresemos", dijo Keaffer. No teníamos forma de cruzar el río y Thufir añadió: "Podría ser un caminante nocturno."

"O una trampa", respondí. "Si intentáramos cruzar a nado, tendríamos que quitarnos los cascos y llevar solo armas ligeras. Debemos regresar ahora."

"Alemanes estúpidos y supersticiosos", murmuró Keaffer. Incluso en la oscuridad, pasamos un buen rato, porque era el camino que recorríamos diariamente. A medida que nos acercábamos al fuerte, pudimos ver muchas antorchas, más de las habituales, encendidas y un alboroto. ¿Podrían ser merodeadores en la orilla?

Secuestro

A medida que nos acercábamos a la puerta, podíamos espiar a los soldados y a los seguidores del campamento corriendo por la puerta abierta como avispones alrededor de un nido golpeado por la piedra de un niño travieso. Parecía que Loki había vuelto a sus viejos trucos, con el caos reinando en la noche. Wroth estaba pidiendo orden, alineando a los soldados para vigilar las puertas y apartando a algunos hombres para patrullar. Nos unimos para evitar problemas, pero Thact nos vio y nos llamó: "¿Dónde demonios estaban?"

"¿Por qué, qué está pasando?" Keaffer dijo con fingida inocencia.

"Suficiente", espetó Thact, "Háblame ahora, sin reprimirte. ¡Throm!"

Throm se puso firme y dijo: "Estábamos ayudando al joven Yul, que había recibido la orden de un esclavo de presentarse ante Tiberio en las afueras de Camulodunum, pero un oficial y tres soldados nos atacaron en el camino."

"Yul, dime la verdad, o por Woden, estarás en serios problemas."

"Un esclavo me dijo que me encontrara con Tiberio, el lugarteniente de Geroncio, en su campamento. Pensando que emprender una aventura solitaria en la oscuridad era una temeridad, les pedí a Keaffer, Throm y Thufir que me acompañaran. Tuvimos una breve pelea, pero nadie resultó herido. Si alguien debe ser disciplinado, soy yo."

"¿Escuchaste o notaste algo extraño cuando estaban fuera?" Sorprendido de no me estaban dando latigazos. "Todos los soldados eran británicos."

"Me refiero a después de la pelea"

"Escuchamos voces atravcés del Aguasnegras y lo que pareció ser el grito de una mujer que fue rápidamente sofocado, pero el agua puede jugar trucos al igual que los caminantes nocturnos y la niebla", añadió Thufir.

Throm habló: "No podíamos estar seguros de lo que habíamos oído y temíamos otra emboscada, así que nos apresuramos a regresar al fuerte."

"Dejar el fuerte sin órdenes, y mucho más el consultar a un oficial, fue una tontería, pero al menos no lo agravaste con un asesinato o nadar en un río oscuro."

"Disculpe, señor. ¿Por qué toda esta conmoción por la ausencia de cuatro soldados fuera de servicio?" pregunté.

"Al anochecer, un grupo de soldados llegó a la puerta oeste pidiendo reunirse conmigo, por lo que los hombres enviaron un mensajero para encontrarme. Después de que el chico se había ido, los soldados arrollaron a los dos soldados de la puerta, atándolos y amordazándolos, luego corrieron hacial cuartel, llevándose a dos mujeres", respondió Thact y Keaffer preguntó inmediatamente: "¿Quiénes?"

"Morganna y Altheia, que estaban en el pozo recolectando agua. Las otras mujeres corrieron hacia el cuartel, alertando a Wroth y otros soldados. Wroth formó a los hombres en la puerta pero los soldados desaparecieron en la noche. Los otros soldados y mujeres corrieron en busca de sus familias. Enviamos una pequeña patrulla a lo largo de la carretera en la oscuridad, pero regresaron rápidamente informando que no había nadie allí afuera."

"¡Tiberio y Geroncio debieron haberlo planeado todo!" espeté. "Los soldados en el camino, el secuestro y un barco para cruzar el río al anochecer. Herí a uno de los soldados en el estómago, así que debemos estar atentos a esa lesión."

"Deberíamos haber nadado al río para rescatarlos", dijo Keaffer enojado.

"Y estarías capturado o muerto", respondió Thact. "Ni siquiera intentes volver a salir esta noche. Esperaremos al amanecer para perseguirlos porque la oscuridad y la niebla ocultarán demasiado bien a estos soldados como para que podamos encontrarlos. No intentes perseguirlos en la oscuridad o estarás muerto al amanecer. No le des a Wroth una excusa para ponerte grilletes. Al amanecer enviaremos exploradores que conocen bien la zona. Si pueden controlarse, los dejaré unirse a ellos."

"Sí, señor", respondimos todos, en posición firme.

Thact habló con Wroth, quien gritó: "Todos los que no están de servicio en las puertas y las murallas, retírense y regresen al cuartel."

Regresamos y encontramos que nuestras celdas estaban hechas un desastre. Parece que alguien había registrado nuestras habitaciones mientras Altheia y Morganna eran secuestradas en el pozo. Tanto Keaffer como yo estábamos enojados y queríamos atacar ahora, pero sabíamos que Thact tenía razón en cuanto a perdernos o matarnos, y que no sería muy probable que encontráramos a nuestras mujeres. Di vueltas hasta el amanecer, escuchando a Keaffer inquieto también en su habitación de al lado.

El amanecer tardo una eternidad en llegar. Me puse la armadura mientras los pájaros se cantaban unos a otros en la hora del lobo y oía el viento levantarse del Mar de Alemania. Keaffer y yo estuvimos listos temprano y nos dirigimos al patio, donde otros se unieron a nosotros. El orgullo de nuestra tropa había sido herido por esos intrusos, buscábamos venganza. Nos amontonamos para ver a Dellingr ahuyentar a Nott, dejando paso a su hijo, Dagr. Wroth nos llamó la atención y Thact se dirigió a nosotros: "Algunos veteranos seleccionados montarán y cabalgarán rápidamente hacia Camulodunum para alertar a las autoridades sobre lo que ocurrió anoche. Yo guiaré a estos hombres. Wroth llevará una compañía mixta de veteranos y reclutas a través del Aguasnegras para perseguir a los intrusos de anoche. Ustedes buscaran en los caminos y pantanos para ver si pueden localizar a estos intrusos o rastros de ellos. Nos reuniremos aquí por la noche."

Wroth gritó: "Ya escuchaste al hombre: mochilas ligeras, escudos, armaduras y armas. Recorreremos los pantanos en busca de esos bastardos y les haremos pagar." La esposa de Wroth también había sido esclava, por lo que sabíamos que le preocupaba seriamente que los británicos nativos intentaran recuperar a sus antiguos esclavos. Debajo de su exterior brusco, sentía devoción por su esposa y sus hijos. Esa mañana sus ojos ardían como Thor en su ira.

Los soldados montados ya cabalgaban hacia el noroeste, hacia Camulodunum, cuando nos reunimos en la orilla del Aguasnegras para cruzarlo en ferry. El día estaba nublado y amenazaba con tormenta. Cuando llegamos a la otra orilla, podíamos ver que barcos habían llegado recientemente y que personas con zapatos empedrados habían pisado el lodo en dirección noroeste. No habían intentado cubrir sus huellas, y algunas áreas entre los juncos parecían como si hubieran arrastrado personas a través de ellos. Incluso encontramos lugares donde la gente se había caído dentro de los pantanos y lucharon para salir. No se trataba de gente familiarizada con los senderos de las marismas. Cuando desembarcamos las barcazas en la otra orilla, los cielos se abrieron y los rayos nos iluminaron. Algo me iluminó directo en los ojos, vi algo en el barro, así que me agaché para recogerlo. Era un broche cruciforme de cobre que le había regalado a Altheia. Le había comprado ese broche a los seguidores del campamento fuera del fuerte. Representaba a Freya, la diosa de la fertilidad, el amor y la belleza, tan apropiado para Althea, la madre de mi hijo.

Caminando con mucha dificultad tras las huellas, incluso visibles bajo el aguacero debido a que los pastos de los pantanos estaban pisoteados, nos encontramos con una escena espantosa, una que nunca olvidaré ni perdonaré. Encontramos los cuerpos decapitados de Altheia y Morganna. Habían forcejeado antes de perder la cabeza. Peor aún, ambas habían sido apuñaladas en la parte inferior del vientre y les habían destrozado la ropa interior. Habían sido violadas y luego apuñaladas en el útero, antes de que los bastardos tomaran sus cabezas como trofeos. Quien haya cometido este acto tan repugnante sabía que estaban embarazadas y querían deshonrarnos a Keaffer y a mí. Las cabezas no se encontraron por ninguna parte, pero encontramos algunos trozos de madera flotantes cerca con las siguientes palabras grabadas: *Contra not et pati, barbarous.* "Vengan por nosotros y sufrirán, bárbaros."

Grité: "¡Malditos británicos! Encontraré al culpable de esto y lo haré sufrir. Los mataré a todos y a sus familias. Quemaré sus casas. Salaré sus tierras. Los cazaré mientras sigan respirando. ¡Lo juro por Woden y Thor!" Keaffer gritó alguna maldición en picto que me puso los pelos de punta antes de vomitar entre los juncos y caer de rodillas, gritando y llorando. Después de lo que se sintió como un Segundo, sentí el escozor de una bofetada en mi cara. Desperté y sentí las lágrimas en mis mejillas mientras las tocaba, aturdido.

Wroth estaba frente a mi cara, diciendo: "No le des a esos bastardos lo que quieren." No me había dado cuenta de que estaba de rodillas, sosteniendo lo que quedaba del cuerpo de Altheia.

Me puse de pie, firme, y murmuré: "Sí, señor." Luego vi como dos soldados impedían que Keaffer corriera solo hacia los pantanos.

Wroth le hablaba a Keaffer, quién todavía murmuraba en picto: "Vuelve a la fila, hombre. Devolveremos estos cuerpos a Othona para un funeral adecuado, las lloraremos y luego planearemos nuestra venganza. Cuando encontremos a esos bastardos, los torturaremos para sacarles información y caeremos sobre ellos como gigantes."

Buscamos entre los juncos bajo del aguacero y Thufir avisó que había encontrado algo y gritó: "Yul y Keaffer, quédense atrás" ordenó, pero ya era muy tarde. Corrimos a toda prisa, resbalándonos en la arcilla. Todavía me estremezco de horror por lo que encontramos: Las cabezas de Altheia y Morganna habían sido clavadas en lanzas con las culatas clavadas en el suelo. Les habían cortado la lengua y los ojos, y les habían tallado un Chi-Ro en la frente.

Sé que regresé y tomé un ferry para cruzar el Aguasnegras, pero no puedo recordar nada de ese momento. Ni siquiera me di cuenta que había cesado la lluvia. Lo primero que noté fue que los seguidores del campamento se habían ido. Me imagino que sabían que nuestra rabia colectiva los habría puesto en peligro, pero también sospeché que algunos sabían más de lo que habían dicho, y otros tal vez incluso ayudaron a los británicos por algunas monedas, siendo prostitutas y pequeños comerciantes. Es posible que incluso se sintieran molestos por el hecho de que pronto nos iríamos. ¿Qué hace una puta después de que se van los soldados? ¿Se van a casa? ¿Intentar formar una familia con algún campesino del interior? ¿O simplemente mueren? ¿Qué pasa con los pequeños comerciantes que venden baratijas y comida? ¿Van a otra ciudad a vender sus productos baratos? ¿O intentan cultivar la tierra? ¿Intentan reservar un pasaje para seguir a los jinetes que se marchan? ¿Se casan con las putas para formar una familia? ¿Al final mueren de hambre? Wroth nos dio órdenes de derribar sus chozas y prenderles fuego. Parecía sospechar que los seguidores no eran inocentes. También sabía que necesitábamos un objetivo para nuestra ira, ¿y qué mejor objetivo que algunas chozas destartaladas? Elegí el lugar donde había comprado el broche cuneiforme para Altheia, atacándola con mi hacha como si fueran las cabezas de quienes habían profanado mi amor. Vi a Keaffer usando un hacha, destrozando una choza donde había comprado un collar para Morganna. Al poco tiempo recogimos la leña y la encendimos. Las barracas de las putas parecían tan buenas como cualquier otra madera para consagrar nuestro amor a los dioses. Las esposas y los niños se unieron a nosotros, arrojando a la pira todo lo que pudiera arder. Estaban enojados porque uno de los suyos fue robado, violado y asesinado, por lo que se sumaron al fuego furioso. Las mujeres añadieron sillas, mesas y ruecas, y algunos niños incluso arrojaron juguetes. Nuestros temores colectivos sobre dejar a Othona rugieron en esas llamas.

A primera hora de la tarde, Thact y sus veteranos regresaron corriendo con sus caballos muertos de cansancio. Thact se reunió con Wroth, apartados de nosotros. En ese momento, me sentía entumecido de nuevo, sentado solo, afligido. Pude ver claramente cuán diferentes eran los temperamentos de estos dos hombres. Wroth temblaba de lo alterado que estaba, señalando y gesticulando al otro lado del río, hacia los muros de Othona y el fuego. Thact escuchó pacientemente, asimilando todo lo que su compañero tenía que decir. Wroth era contundente, lleno de veneno y buscaba un objetivo para sus emociones reprimidas. Si bien sabiamente nos había aconsejado desahogar nuestra ira, tuvo que controlarse para mantener el mando. Cuando Thact, su superior, regresó, me di cuenta de que quería romper ese muro de odio, pero la sola presencia de Thact calmó su tempestad. Éste, a su vez, estaba perdiendo la compostura estoica. Estaba cada vez más tenso y luego descubrimos por qué.

Thact había ido a la tienda de Tiberio en el campamento de *Legio Victrix*, donde Tiberio lo saludó como a un amigo, compartió su comida y su vino, buscando retrasar a Thact, esperando que demostrarla falta de tacto, se enojara por la demora y se deshonrara ante los legionarios. Thact fue demasiado inteligente para caer en la trampa tendida por el británico. Tiberio asumió que todos los alemanes eran exaltados y que Thact actuaría y reprendería su hospitalidad civilizada, como el bárbaro que era. Notar que Thact estaba tan agitado como Wroth era más difícil pero los indicios estaban ahí. La forma en que había montado con tanta fuerza sobre el lomo del caballo, la expresión severa de su rostro y el hecho de que estaba agarrando el pomo de su espada larga como el cuello de un enemigo, todo demostraba lo enojado que estaba. Odiaba el flagrante prejuicio de los británicos hacia los alemanes. Odiaba como Tiberio utilizaba la hospitalidad para retrasar una búsqueda adecuada, y odiaba como este asesinato afectaba a sus bien entrenados soldados. Los dos hablaron en voz baja durante un rato más hasta que Wroth nos gritó que nos reuniéramos en el terreno del centro de Othana: "¡Silencio! Formen filas ahora y escuchen."

Thact se tomó un segundo y luego nos habló: "Anoche fuimos atacados por compañeros soldados. No sabemos exactamente quién, pero esta noche no nos tomará por sorpresa. Quiero doble guardia y todas bien armadas. No quiero ver a ningún soldado borracho. Si bien todos estamos heridos por esta grave traición, no podemos permitir que esto vuelva a suceder antes de embarcarnos hacia Europa. Cualquier soldado que sea sorprendido bebiendo esta noche, incluso uno fuera de servicio, será castigado en la mañana con un azote de Wroth. "¿Entendieron?

"¡Sí, señor!" respondimos al unísono.

Quería beber para disipar el dolor, pero entendí que en las filas la disciplina viene antes que el dolor. Thact era un comandante sabio que sabía que beber demasiado podía separarnos, provocando peleas e insubordinación. No podíamos permitir eso antes de partir. Además, podríamos emborracharnos mucho durante el cruce y alimentar a los peces, cosa que tenía toda la intención de hacer. Throm me encontró y me dijo que estaría de guardia en la puerta a partir del anochecer y que sería relevado durante la noche. Así que fui al cuartel para asegurarme de que tenía el armamento y armadura de guardia completo y me encontré con Keaffer. Parecía que estaba haciendo algo más que hacer guardia esta noche.

"¿Estás planeando seguir las acciones de Oengul?" le pregunté.

"Pleano ir a ver a Tiberio y matarlo", respondió.

"¿Crees que tienes posibilidades de acercarte a él? Dudo que salgas del fuerte antes de ser capturado y castigado. Necesitas esperar; necesitamos descubrir quién hizo esto y luego atacaremos cuando menos se lo esperen. En este momento Tiberio está muy bien protegido, te atraparan y serás sentenciado a muerte."

"No puedo no hacer nada. Tengo que buscar venganza. Hay una deuda de sangre que pagar por Morganna y nuestro hijo."

"¡Como si yo no hubiera perdido lo mismo! Piensa, hombre. Hagamos esto bien. Hagamos un pacto de sangre para vengar a nuestras mujeres cuando las condiciones sean las más óptimas."

"¿Eres un cobarde? ¿Cómo puedes dejar que esto se quede así?"

"Mi sangre corre tan caliente como la tuya y no tengo miedo de morir. Solo quiero que cuando lo hagamos, tengamos éxito."

"Tienes razón, maldita sea. Quiero su sangre en mi espada ahora, pero supongo que tendremos que esperar."

"Que esta ira nos haga mejores para cuando llegue el momento para que esos bastardos sufran." Keaffer y yo nos abrazamos, e hicimos un pacto cortándonos los brazos con nuestros cuchillos y dejando que la sangre goteara a la tierra para sellar nuestro pacto con los dioses del inframundo.

Entonces dejé la habitación y me encontré a Turco para afuera, después de haber escuchado nuestra conversación. Se señaló la boca con el dedo para que guardara silencio y salimos. Afuera, dijo: "Aprecio que hayas interceptado a Keaffer. Tiene madera de buen soldado y merece su venganza. Sin embargo, tienes razón en que no habría salido del fuerte sin un castigo. No habría salido de su habitación sin que yo lo entregara para castigarlo. Podría haber hablado con él, pero necesitamos disciplina incluso desde los rangos más bajos. No puedo ser su amigo en esto. Sé que soy duro con él, pero el mundo es duro. Es hora de que deje de ser un niño que se cree hombre y se convierta en el verdadero hombre que debería ser."

"Lo aprecio y entiendo que yo también tengo que convertirme en un hombre."

"Aprendiste una lección muy amarga, peor de la que cualquiera de tu edad pueda haber experimentado. Aprende de ella. Lleva toda al ira de Wroth pero usa la cara de Thact en público. No soy un maldito estoico, pero los hombres tienen que ocultar sus emociones, especialmente los hombres militares, en público. Guarda esa rabia para la batalla. Algunos chicos se orinan en los pantalones o vomitan en su primera pelea, pero creo que los dioses los han templado a ustedes dos para que sean asesinos." Llegamos a la puerta y Turco se fue a las murallas. Vi a Keaffer seguirlo poco después y asentir con severidad. La mirada en sus ojos era asesina, pero controlada. Esperaba no tener que pelear nunca con él, ni siquiera en entrenamiento. No tendría piedad alguna.

Las labores de la guardia eran tediosas, especialmente en una puerta, porque ni siquiera puedes moverte. La mayoría de las veces te quedas ahí con la lanza en la mano derecha apoyada en el suelo y el escudo en el lazo izquierdo tocando el suelo también. Si tienes suertes, es posible que tengas que inspeccionar a algún visitante, lo cual era raro por la noche. Dejamos la puerta abierta, en caso de tener que salir rápidamente. Teníamos caballos ensillados y jinetes preparados por si acaso, pero todos dudábamos que ahora, en alerta máxima, alguien fuera tan tonto como para atacarnos. La lluvia se había ido hacia el este, hacia el mar de Alemania, y en el oeste el sol brillaba rojo y encima, las nubes estaban pintadas de rojo sangre. A través de ese rojo, los hombres en la pared vieron a un grupo de jinetes que se dirigían hacia nosotros con una pancarta arriba, pero no podíamos ver con el sol poniente en nuestros ojos. Wroth llamó a los jinetes en el patio de armas para que montaran y salieran mientras Thact observaba desde las almenas de arriba. Éste llamó a Wroth para que enviara dos líneas para rodear a los jinetes fuera de los muros y tenía las balistas cargadas y listas para dispararle a cualquiera lo suficientemente estúpido como para atacar directamente al infiero. Nuestros soldados salieron y rodearon al grupo que venía del oeste, y Throm, a cargo del ala izquierda, se dirigió directamente hacia el abanderado. Hablaron y rieron audiblemente. Throm gritó: "Soldado Yul, venga y diríjase a su padre."

Volví a mirar a Wroth, quien asintió con la cabeza y llamó a otro soldado para que ocupara mi lugar. Me colgué el escudo en el brazo y lleve mi lanza al ritmo de una marcha militar doble. Cuando me encontré con mi padre, que estaba hablando con Throm aun, me arrodillé e incliné la cabeza: "Padre, estoy aquí."

"Ven Yul, demos un paseo. Teodosio ha accedido a dejarte llevar su montura por un breve periodo. Deseo hablar contigo."

"Sí, padre", respond, pero volví a mirar a Wroth, quien me indicó que estaba libre por el momento. Si bien esto sonaba como una petición, sabía que no lo era. Yul El Mayor era mi padre, pero también un agente imperial con mucha más autoridad que yo. Cabalgamos un poco hacia el oeste por donde él había venido, con cuatro soldados siguiéndonos como escolta. Les pedimos no seguirnos en cierto punto, para tener privacidad.

"No estaba a favor de que tomaras a una mujer tan joven y exesclava, además", dijo mi padre con gravedad. "También, salió de la casa de tu madre si mi permiso. A pesar de todo eso, me gustaba la chica y pensaba que era buena para ti. Era una buena mujer que te cuidaba, y se lo dije a tu madre cuando quiso que enviara hombres para arrastrarla de vuelta. Thact y Throm me aseguraron que ella no era una mujer lasciva con otros hombres y que ustedes dos realmente se preocupaban el uno por el otro. Me entristece profundamente cómo fue violada y asesinada. Estoy enojado. Este es un insulto británico a nuestra familia y a nuestros semejantes. Estos malditos británicos nos tratan como mercenario y casi esclavos. Nos tratan como mercenarios y casi esclavos. Más de una vez me he obligado a guardar silencio ante sus mezquinos comentarios dirigidos a mí y a tu madre, pero esto es demasiado. Habrá un ajuste de cuentas, te lo prometo, como tu padre. Nuestro honor familiar está em juego."

"Estoy de acuerdo, señor. Hace un rato hablé con Keaffer y le ofrecí un consejo similar, que afortunadamente aceptó."

"Bien. He hecho averiguaciones, pero nadie sabe nada con certeza. Probablemente Tiberio guió este ataque sucio, pero aún no tengo pruebas. Ninguno de los centinelas vio a ningún soldado salir o entrar. Así que o les pagaron y les ordenaron permanecer en silencio o sintieron que estaba justificado matar a una esclava alemana. Lo que importa es la verdad, no el ingenio. Lo que importa es que vengaremos a tu mujer correctamente. Irrumpir en el campamento de Tiberio y hacer acusaciones provocará una división que no podemos permitirnos ahora. Esto puede ir más allá de Tiberio, e imagino que las familias de Caius y Brutus están involucradas. Necesito tiempo para reunir pruebas que convenzan a Constantino de que se necesita justica, para que no se pierda el respaldo de sus soldados alemanes. No puede permitirse esa pérdida y, sin embargo, tampoco puede darse el lujo de perder su apoyo británico. Este es un maldito nudo gordiano, si es que alguna vez existió uno. La justicia se retrasará pero no se negará."

"Gracias, padre. Estoy muy enojado ahora y lo seguiré estado, pero veo verdad en tus palabras." No me atrevía a decir más para que mi temperamento no se apoderara de mí.

"Geroncio ya está diciendo: ¿Qué esperan los alemanes? Ella era una puta y recibió su merecido. Y seguro está diciendo eso de que un bárbaro se encaprichó de esas mujeres y las mató para guardar silencio después de follárselas." Quería borrarle la sonrisa de satisfacción de la cara, pero no me atrevía aún.

"Padre, tengo algo que contarte sobre Geroncio", le dije.

"Dilo. Pero no se lo digas a nadie más porque tiene espías por todas partes. Me imagino que tenía seguidores en el campamento y es posible que haya sobornado a algunos de los soldados. El dinero escasea ahora, es posible que algunos hombres hayan aceptado un soborno sin saber cuán peligrosos son ese hombre y sus agentes."

"Tiene sentido. Uno de sus esclavos, o de Tiberio, quién sabe, me encontró después de la reunión de Constantino. Ese esclavo me dijo que me encontrara con su amo en el camino entre aquí y Camulodunum para discutir la situación de los esclavos fugitivos. Al oler una trampa, traje a mis compañeros para que me siguieran. Fue bueno que lo hicieran porque me encontré con un oficial y tres soldados fuertemente envueltos en capas, así que no pude ni ver sus rostros. El oficial tenía un acento británico. No se anduvo con rodeos pero me dijo que sus órdenes eran castigar a un bárbaro ladrón de esclavos. Intentaron atacarme, pero mis compañeros escondidos en la oscuridad detrás de mí les lanzaron jabalinas, asustándolos. Le disparé a uno en el estómago, por si lo encontraba, podría señalar al oficial y encontrar al que le dio sus órdenes. Parte de su plan era matarme y también asegurarse de que no estuviera en el cuartel cuando capturaron a Altheia y a Morganna en Othona. Tenían espías y aliados entre los seguidores del campamento y se abrieron camino sin derramar sangre. La lluvia los ayudó, estar envueltos en una capa era sensato. Cuando huyeron tan fácilmente, pensé que eran cobardes, pero en retrospectiva, sus órdenes eran matarme rápida y silenciosamente sin iniciar una guerra entre británicos y bárbaros mientras sus camaradas se llevaban a nuestras mujeres. En el camino de regreso a Othona escuchamos un grito ahogado, tal vez uno de las mujeres, o una artimaña para hacernos cruzar el Aguasnegras para matarnos en los pantanos. No mordimos el anzuelo, pensando que cruzar equivaldría a un suicidio. Tampoco teníamos idea de que alguien hubiera sido secuestrado. Padre, ¿envié a Altheia a una muerte segura? ¿Soy un cobarde por no quitarme la armadura y cruzar el río nadando?"

"No, hijo, habrías muerto con flechas en la espalda o apuñalado en la orilla. No sabías que Altheia estaba cautiva. Incluso si lo hubieras hecho, no podrías haberla salvado solo o incluso con algunos amigos con armaduras y armas, además tal vez de algunas dagas entre ustedes. Puede haber sido una trampa para ver si alguien era lo suficientemente tonto como para intentarlo. Quizás te escucharon y quisieron matar a más bárbaros. No eres un cobarde, sino un joven impetuoso, como la mayoría. Me alegro de que todavía estés respirando. También me sorprende gratamente que no hayas cabalgado hasta Camulodunum para exigir justica o, pero aún, hasta el campamento de Geroncio para exigir lo mismo. Te habrían acusado de deserción y te habrían ejecutado. Dado que la deserción es una pena de muerte, quédate en Othona y sigue practicando, y preparándote para ir a la Galia mientras yo investigo sutilmente en Camulodunum. Tengo amigos poderosos allí y Constantino me necesita. También tengo la paciencia y sabiduría que Woden otorga a los ancianos. Tu unidad partirá pronto; de hecho, serán uno de los primeros en irse y viajar hacia los aliados. No puedo decir más para no reverla demasiado de nuestros planes. Puedo sí puedo decirte que nuestros planes para los británicos y alemanes son diferentes. Los británicos se reunirán con sus parientes más al oeste y los alemanes se encontrarán con los suyos más al este. Pero sepan que no descansaré hasta que tengamos justica. Los griegos dicen que los no vengados hacen que las Furias busquen a los malvados para cometer asesinatos injutos. Esperemos que tengan razón. Ahora, ¿quieres tomar un poco de vino o cerveza con tu padre como lamento por nuestra pérdida?"

"Gracias, pero no esta noche, padre. Tenemos órdenes estrictas de no beber y sigo en servicio hasta que me releven a medianoche. Además, agradezco que hayas dicho que es nuestra pérdida, no simplemente mía. Sé que puedo ser un tonto testarudo, pero te honro como a mi padre. Eres un gran hombre y esta deshonra debe lavarse con sangre para que el nombre *Thwaite* no se manche aún más. ¿Puedo tomar vino para servirlo más tarde como ofrenda a Hel? Le he dado sangre, pero quizá prefiera el vino para la venganza. No conozco los caminos de los dioses."

Mi padre sacó una cantimplora de sus alforjas y me la arrojó: "Paga con esto a la diosa, pero ten cuidado con el precio. Esta noche beberé una copa en casa con tu madre en honor a Altheia."

"La honras, padre. Debería irme ahora, solo si tengo tu permiso."

"Ve con mi bendición y la de nuestros dioses enojados y maravillosos. Presta atención a Thact, Wroth y Theodosius, son buenos hombres."

"Como digas, padre, lo hare" Saludé firme a mi padre y volví a mi puesto. Sostuve el recipiente con vino en mi mano izquierda para hacerlo visible. Cuando me acerqué a Throm, le dije: "Este vino es un regalo de mi padre que solicitó usarlo como libación para los espírítus de Altheia y Morganna. ¿Puedes encargarte de ello mientras estoy de servicio?"

"Por supuesto. No esperaba que bebieras mientras estabas de servicio. Vamos, toma tu puesto", respondió Throm.

Cruzando el Mar de Alemania

A medianoche me reveló otro soldado alemán, Gerhart. La noche transcurrió sin accidentes, como esperábamos. Con Othona en alerta máxima, nadie sería tan tonto como para intentar atacarnos directamente. Sin embargo, tener más hombres en servicio y no beber eran buenas ideas. Podríamos habernos causado muchos problemas unos a otros estando borrachos y sin nada mejor que hacer. Jóvenes borrachos y enojados entrenados para luchar sin nada que hacer eran una receta para el desastre. Esa noche no dormí bien, solo por primera vez en meses. Pensé en Altheia y tuve una erección, pero me di asco cuando intenté complacer mis necesidades. Pensé para mis adentros: "¿No era más que un agujero para follar, bastardo?" Pasé la mayor parte de la noche dando vueltas y vueltas o mirando el techo. En algún momento, debí quedarme dormido porque Throm me despertó de una patada, con el sol mostrándose por mi ventana. "Levántate y ve a comer algo. Tenemos una reunion durante la mañana."

Me vestí, comí un poco de avena y seguí a mis compañeros hasta el patio de armas. Estuvimos dando vueltas susurrando rumores sobre anteanoche y cuándo y dónde iríamos. Wroth nos llamó la atención de manera brusca, como siempre lo hacía: "Hagan fila y cállense. Su comandante tiene noticias importantes."

Thact vestía un traje informal, se dirigió a nosotros de manera sombría: "Hombres, ya sé a dónde vamos. Esto no se debe compartir con nadie fuera del fuerte, así que díganles a sus familias que cierren la boca o simplemente, no se los cuenten. Mañana, los soldados nos embarcaremos a través del Mar Alemán hacía *Limes Rhenus* (Frontera del Rin). Constantino ha considerado prudentemente que los soldados alemanes viajen al Rin, mientras que los británicos cruzarán el Mar Británico hacia Amorica y Bélgica. Geroncio estará al mando de los alemanes y los pictos. Nuestro trabajo es estabilizar la frontera que algunos alemanes han invadido y tomar el control de *Augusta Treverorum* (Tréveris). Necesitamos asegurar la casa de moneda allí, para que ustedes puedan recibir su pago. Los soldados desembarcarán en *Bononia* (Boulogne) y marcharán hacia el este, hasta *Colonia Agrippina* (Colonia) a través de *Tungri* (Tongress). Nosotros, las tropas, aterrizaremos más al este para asegurar *Ad Traiectum* (Utrecht), *Noviomagus* (Nijmegen) y *Novaesium* (Neuss), y nos reuniremos con los soldados en Colonia Agrippina. Nos pondremos en contacto con los soldados alemanes a lo largo de la frontera en estos fuertes y conseguiremos la ayuda de nuestros compatriotas recién llegados, incluidos francos, sajones, frisones, borgoñones vándalos, suevos y alamanes. Los fuertes y ciudades en los que viajaremos primero resistieron bien estas incursiones, pero más al sur, hay informes de fuertes y ciudades que han sido invadidas en busca de comida y refugio. Stilcho llevó demasiados soldados al sur para luchar contra los visigodos bajo el mando de Alarico en Italia, dejando el sur del Rin abierto a la invasión. Después de consolidarnos en la frontera norte, iremos al sur para asegurar la frontera sur del Rin. Los francos, suevos y alamanes, como *foederati* (tribus aliadas), han estado luchando contra los vándalos a ambos lados del Rin, por lo que les ayudaremos en sus esfuerzos. Los barcos los transportarán a ustedes, sus caballos, maíz y monedas, por lo que nuestros asediados soldados estarán muy contestos de verlos. Para aquellos de ustedes que esperan tomarse el tiempo para reunirse con sus primos, simplemente no tenemos tiempo. Cabalgaremos duro y avanzaremos a lo largo de la frontera hacia los Alpes. Dos últimas cosas: Honraremos a los asesinados a traición y no dejaremos nada aquí que no podamos tomar o quemar. Dejemos que los malditos británicos defiendan su costa."

"Tienen sus órdenes. Asegúrense de tener toda su armadura y armamento completo, y llévense todo lo que puedan necesitar y querer en el futuro, porque no volveremos. Como dice Thact, que los malditos británicos se pongan una armadura y tomen una lanza para defender su pantano. Nos reuniremos aquí al atardecer para honrar a nuestros muertos asesinados vilmente", dijo Wroth.

Pasamos el día haciendo maletas y pasando tiempo con familiares y amigos. Para Keaffer y para mí, el día fue difícil. Ver a padres y maridos pasar tiempo con sus familias fue desgarrador. Hace apenas dos días, habríamos estado haciendo lo mismo con Altheia y Morganna, pero ahora empacábamos nuestras pocas posesiones y esperábamos. Después de un rato, decidimos que entrenar sería lo mejor para liberar algo de la energía reprimida. Nos pusimos las armaduras y tomamos espadas de práctica. Nuestro encuentro fue violento, no hábil. Éramos dos niños jugando a ser soldados, sin sentir los golpes que se daban el uno al otro. Intenté usar mi alcance y altura a mi favor, mientras Keaffer buscaba entrar en mi guardia y usar su enorme fuerza para apuñalar y cortar cualquier parte de mí que pudiera encontrar. Cuando empezamos a entrenar, no dimos vueltas, fuimos directos el uno hacia el otro. Utilicé un golpe muy fuerte por encima de su cabeza para romper su escudo mientras él se acercaba para apuñalar mi escudo. Contraataqué con un movimiento hacia atrás que cortó su escudo y luego un movimiento más, que hizo sonar su casco como una campana. Mientras tanto, Keaffer blandió su espada hacia mi escudo, la retiró y la clavó sobre mi muslo. Lo ataqué de vuelta, clavando mi escudo en su cara. Me apuñaló de nuevo, esta vez en el estómago, y usé la empuñadura de mi espada en la parte superior de su casco. Cayó hacía atrás y yo caí encima de él. En ese punto, todo eran puños golpeando lo que podían alcanzar. Mi escucho había inmovilizado el suyo, lejos de su cuerpo, así que lo golpeé en el estómago mientras él usaba su puño derecho para golpear mi casco. "Enano bastardo", le grité.

"Alemán chupapitos", gritó él. En ese momento, Throm nos apartó, mientras Turco sujetaba a Keaffer.

"Ya fue suficiente, muchachos", dijo Throm.

Turco siguió sosteniendo a Keaffer y dijo: "Guárdenlo para el enemigo."

Wroth salió del cuartel, poniéndose una túnica sobre la cabeza, claramente había estado con su esposa y tenía el miembro aun erecto: "¿Qué es todo esto? ¿No pueden hacer las maletas, idiotas, sin matarse el uno al otro? ¡Tengo que salir de hacer el amor con mi esposa para verlos a los dos aturdidos, sucios y sangrando! Ahora vayan a limpiarse y terminar de empacar."

"Ya terminamos de empacar y solo estábamos divirtiéndonos un poco", le respondí.

"Bueno, yo no he terminado de tener mi diversión ni de hacer maletas, así que cuando termine con lo primero, ustedes dos pueden empacar por mí." Ante eso, se giró, se quitó la túnica y nos mostró su miembro ya flácido: "Mira lo que han hecho. Mi esposa dice que es mi única parte útil para la familia y ahora no lo es." Pensé en una respuesta, pero sabía que no me convenía decirla en voz alta. Si bien Wroth era un terror para nosotros, era un hombre lleno de bondad con su esposa. Si hubiera dicho algo como: "Tu esposa pude remediar eso con la boca", el castigo habría sido infernal. Entró en su habitación y pudimos oírle suplicar a su esposa que terminara el trabajo. Nos miramos el uno al otro y nos reímos en silencio, por miedo a ganarnos más castigos. "Perdón por la sangre, amigo", le dije a Keaffer.

"No te preocupes, mi cabeza es dura como una piedra y tus moretones te dolerán durante una semana o más. Yo también lo siento, amigo." Nos abrazamos, fuimos al río a bañarnos y nos reímos. Mientras estábamos en el agua, vimos los barcos que bajaban por el río para cruzar hasta la desembocadura del Rin.

Después de limpiarnos y vestirnos con botas y túnicas, volvimos a empacar nuestros equipos y llevar las espadas de practica a la armería. El soldado, Smit, nos dijo que nos diésemos vuelta y pusiéramos las espadas en la creciente pila de madera en el terreno de desfiles. Los soldados estaban recogiendo cualquier cosa de madera, tela o paja que no llevaríamos y la añadían a la pila. Mi muslo izquiero ya empezaba a sentirse rígido y otro soldado estaba vendando la cabeza de Keaffer. Nada sangra tanto como un corte en la cabeza, ni siquiera un corte pequeño. Fuimos a nuestras pequeñas habitaciones porque, por lo que parecía, Wroth había convencido a su esposa de terminar el trabajo después de todo, y no teníamos ningún deseo de interrumpir su diversión. Primero sacamos nuestras sillas y mesitas individualmente, y luego nos ayudamos unos a otros con los colchones y las camas rellanas de paja. Usando nuestras hachas, las partimos en astillas, lo cual era una forma más inteligente de desahogarnos que peleando entre nosotros.

Antes de regresar al cuartel, fuimos a la despensa donde barriles de carne de cerdo recién hecha y salada, maíz y avena estaban como centinelas de nuestras mujeres decapitadas. Nos tomamos un tiempo para arreglarle la ropa y despedirnos. Prometí nuevamente a Woden y Hel que cobraría venganza. Quería ver a Brutus y Caius sufrir por estos hechos, junto con Tiberio y cualquier otro culpable. Me quité el anillo de cobre del brazo y lo puse alrededor del brazo rígido y má delgado de Altheia, y coloqué mi martillo de Thor en sus manos entrelazadas sobre su vientre para que los dioses supieran a dónde llevarla. Esta noche ella estaría festejando en Valhalla y tal vez nadando con los muertos honrados. ¿Quién soy yo para cuestionar cuál es el decreto de los dioses sobre Bifrost, el puente del arcoíris? Como no podía besar sus labios, besé sus manos, rogándole perdón por no haberla protegido mejor. Vi a Keaffer, colocando un denario en manos de Morganna para Quirón, el barquero. Los dos estábamos llorando mientras nos abrazábamos y luego salimos de ahí.

Cuando regresamos al cuartel, estábamos otra vez sudando. Escuchamos para ver si ahora podíamos empacar los bienes de Wroth. Escuchamos a su esposa, Methda, tarareando una melodía alegre, así que pensamos que sería seguro llamar a la puerta. "Pasen chicos, ya casi termino de empacar. Pueden llevar la cama y otros muebles al patio", nos respondió.

"¿La cama está todavía intacta?"

"No seas descarado. Siento mucho su pérdida. Altheia y Morganna eran chicas tan dulces y buenas con ustedes, muchachos." Me besó en la mejilla y luego hizo lo mismo con Keaffer. "Wroth los aprecia, muchachos, y está desconsolado por lo que pasó. Sean buenos con mi hombre."

Detrás de nosotros oímos una tos: "Ya basta, mi amor. Estos dos sinvergüenzas tienen trabajo que hacer." Así que nos fuimos, arrastrando la cama que estaba igual de desgastada que las otras. Volvimos por las sillas y la mesa. Luego, comenzamos a cortar más. Para nosotros, cuanto más arda, mejor acompañará el fuego de venganza en nuestro corazón. El sol ya se estaba poniendo por el oeste y más soldados vagaban por el campo de desfiles sin nada mejor que hacer.

Al atardecer, Thact y Wroth subieron a las murallas para dirigirse a nosotros. Wroth nos ordenó que nos formáramos primero. Thact dio el discurso: "Esta noche entregamos a estas dos mujeres a los dioses. Fueron arrebatadas cruelmente a hombres que las amaban. Estas buenas mujeres sirvieron a nuestros hermanos con honor después de haber sido arrancadas de sus hogares como esclavas. Los cobardes que mataron a estas mujeres son objeto de nuestro desprecio y los vengaremos a su respectivo tiempo. Esta noche, al despedirnos, unámonos en el propósito común de servirnos honorablemente unos a otros. Algunos soldados regresarán a Alemania y otros vendrán con nosotros. No permitamos que nuestras diferencias nos dividan. Los dos soldados que perdieron a estas mujeres provienen de dos familias diferentes y son mejores amigos. Dejemos que su ejemplo nos guíe. Sí, peleamos, incluso imprudentemente, entre nosotros por el dolor, pero cuando viajamos juntos, somos una familia, ya seamos alemanes, pictos, escoceses o británicos. Mañana volveré a las tierras de mi padre para unir a nuestro pueblo dentro y fuera del imperio bajo un mejor liderazgo que el de ese niño tonto de Italia. Estemos preparados en cuerpo, mente y espíritu. Si viajamos como hermanos, nadie podrá interponerse en nuestro camino. Unidos somos un puño poderoso; separados, somos dedos fáciles de romper. Avanzaremos con fuerza hacia el este, no como conquistadores sino como unificadores. Acudiremos en ayuda de los soldados que vigilan la frontera y de las tribus federadas empujadas hacia el oeste y el sur por los hunos y los godos, y algunas otras tribus que no estén federadas con el imperio pero que deberían estarlo. Nuestra tarea es aliviar los fuertes abandonados a lo largo del Rin, estabilizar la frontera y pacificar a quienes intentan saquear. Somos la punta de lanza de los soldados que vienen del oeste para respaldarnos. El imperio necesita mano dura en estos tiempos tumultuosos para restablecer la paz y la prosperidad." Luego levantó una antorcha encendida y la arrojó gritando: "¡Victoria y paz!"

Nos hicimos eco de sus palabras cuando los incendios comenzaron a arder alrededor de los cuerpos de Altheia y Morganna. Pasamos cantimploras llenas de vino y cerveza alrededor del fuego mientras yo vertía un poco de vino sobre las llamas, el vino de mi padre. Keaffer y yo sacamos puñales para cortarnos los antebrazos y añadir un poco de sangre a las llamas para pedir venganza a los dioses del inframundo. Ambos bebimos un poco, pero no tanto como para emborracharnos. Nadie lo hizo porque teníamos una mañana muy ocupada por delante. Mientras las hogueras aún ardían intensamente, Keaffer y yo fuimos a sentarnos en la orilla. Compartimos más vino y contemplamos las aguas. Keaffer me miró al norte y luego hacia el este: "¿Qué tienes en la mente, hermano?"

"Estoy pensando en el mañana. Vamos al este, no al norte, a Caledonia, de donde vengo. Podría ir al norte para reunirme con mi familia, pero no veo buenas oportunidades allá. Los escotos de Hibernia están llegando al oeste para establecerse, causando mucho daño sobre el muro abandonado. El terreno es mayoritariamente colinas y rocas. Tierra mala para cultivar, llena de niebla, mujeres que huelen a cabras y clanes en guerra. Es posible que mi familia se haya mudado al sur del muro en busca de mejores tierras o que estén muertos, por lo que sé. Allá todo es guerra y caos. No veo nada bueno. Si voy al este, tendré mi nueva familia, hermanos de armas. Tengo comida y amigos. Podría conocer a otra chica, una moza gala que calentaría mi cama y una buena tierra donde establecerme. Allí puedo tener una familia y paz. Así que cabalgaré las olas con ustedes, alemanes apestosos, buscando esposas galas.”

“Suena bien pero yo quiero que mis hijos los tenga una mujer alemana. Una con pechos grandes para alimentarlos y caderas anchas para cargarlos. Una con cabello rojo como el fuego que me apacigüe bien por las noches y que críe niños y niñas que honren a nuestros dioses. Que sepa cocinar un buen guiso, servirme cerveza bajo mi techo, en mi sala. Llevaré anillos en mis brazos, tendré rebaños de animales, campos con hombres y mujeres libres para labrar y cosechar cebada para mi cerveza y maíz para mi estómago.”

“¿Atravesarás el Rin para encontrar una mujer así?”

“No, ella me encontrará a mí, un hombre rubio, alto y ancho. ¿Qué mujer hermosa podría resistirte a mis encantos?”

Ambos nos reímos de eso.

“Quizás entonces yo también debería tomar una esposa alemana.”

“¿Un enano de piel morena como tú? Quédate con esas flacas mozas galas que te servirán vino en una elegante casa de piedra, usarán vestidos italianos transparentes, te follaran como locas y te darán mocosos para que se alimenten de delicias imperiales.”

“Esa no suena como una mala idea. Te olerían venir a una milla de distancia con tu hedor alemán y se esconderían como duendes, así que será mejor que no lo intentes. Verán tu aspecto brutal y te tomarán por un troll.”

“Un troll, dices, no, tal vez un príncipe elfo, alto y rubio con una polla de gigante.”

"Ese pequeñito mortero no molestaría ni a una virgen. Te preguntaría siempre si ya lo metiste."

"No te llevó mucho tiempo superar el duelo por Morganna."

"¿De qué sirve el duelo? La amaba y esperaba criar a nuestro hijo, pero ahora está muerta. Nada de lo que pueda hacer podrá devolverla a la vida. Quiero vengarla, matando a Caius y Brutus, pero mañana nos iremos para jamás volver."

"Puede que nunca regreses, pero esta es una buena tierra, mejor que la tierra cerca del Mar de Alemania, mi gente pesca y cultiva. Pescamos, recolectamos mariscos e intentamos cultivar suelo fino y arenoso cerca del mar, pero esta es una tierra mucho mejor. También estamos siendo empujados hacia el sur, hacia la frontera imperial, por personas que emigran del noroeste. Mi gente mira a Britania de la misma manera que una manada de lobos mira a un rebaño de ovejas desatendidas. Algunos alemanes tienen la intención de establecerse en la Galia, pero lo hacen por capricho del imperio, donde los líderes cambian con frecuencia. Mira cómo los visigodos fueron recibidos en Dalmacia, para después ser atacados. Ahora están invadiendo Italia y tienen que luchar contra Stilcho y las legiones imperiales, después de haber luchado al lado de todos ellos. Los alemanes que lleguen a la Galia probablemente tendrán que luchar contra legiones. Vamos a cruzar el Mar de Alemania para reclutar a algunos de mis parientes y luchar contra aquellos que no podemos asimilar. Después de que abandonemos Britania, las rutas marítimas estarán libres de barcos imperiales y estas tierras verdes y fértiles estarán libres de legiones. Mis parientes y otras tribus han protegido estas costas y el muro durante décadas, ¿por qué no deberíamos regresar y tomarlas? Si no lo hacemos nosotros, tus parientes y los escotos lo harán. Los británicos no pueden protegerse. Los del sur y el este ya están huyendo a las tierras altas occidentales y al norte de la Galia. Sería un crimen que nuestros hijos no se criaran en estas tierras y no las cultivaran.

Estaba oscureciendo, así que nos levantamos y nos dirigimos hacia el fuerte, donde escuchamos a unos nombres cantando:

"Aquí las posesiones son pasajeras,

Aquí el hombre es transitorio,

Aquí la mujer es pasajera,

Toda esta tierra firme quedó vacía."

Keaffer me preguntó qué cantaban los sajones y le dije que era el lamento del vagabundo. Parecía desconcertado, así que le dije que la canción trataba sobre un hombre que perdió sus posesiones y su familia a manos de unos asaltantes, por lo que debía vagar en busca de un nuevo hogar, nuevas posesiones y una nueva familia. Los soldados agarraban tizones encendidos de la pira funeraria y los arrojaban al cuartel. No queríamos dejar este fuerte intacto para que los británicos lo usaran contra nosotros. Muchos soldados alemanes soñaban con volver y dedicarse a la agricultura. El deseo de regresar y vivir aquí no era un deseo solo mío.

Thact me enseñó una fuerte lección esa noche. Cuando las personas están molestas y es probable que desaten su ira y su pena unos contra otros, es prudente que un líder les de un propósito común, una salida para su miseria que los una. Ese día aprendí mucho sobre liderazgo. Thact nos había señalado ese propósito grupal ante esta difícil tarea. Podría habernos dejado quemar nuestra ira de maneras contraproducentes para nuestro éxito futuro. Un hombre puede ser un bien líder en la batalla, pero un gran líder también necesita liderar en paz. Si no puede inculcar un sentido de propósito común, ya ha perdido la batalla antes de que comience.

Hasta el día de hoy pienso en el liderazgo de Thact. No era hombre de llamativos discursos para engañarnos; en cambio, nos encausó tomando un poco de cada uno y forjándonos en una unidad fuerte. No profundizaba en intrigas ni complots, pero fue un hombre de palabra. No se escondía detrás de las filas en una batalla o entrenamiento, sino que dirigía desde el frente y compartía nuestros altos y bajos. Predicó con el ejemplo. Canalizó la ira de Worth en una piedra de afilar para perfeccionar nuestras habilidades como individuos y como grupo. Él era uno de nosotros y a la vez, no lo era. Los buenos líderes son y no son parte de sus tropas. Lideran y, sin embargo, son parte del todo, primeros entre iguales, como proclamó Augusto hace cientos de años. Respetábamos su destreza como guerrero y líder. Si tenía favoritos, nunca lo supimos. Sabíamos que Wroth nos regañaría igualmente cuando no estuviéramos a la altura de nuestras habilidades. Thact, en un lugar de regañarnos vigorozamente, preguntaría: "¿Es esto lo mejor que puedes hacer? Pregúntate si no puedes hacerlo mejor y trata de hacerlo." Cuando se dirigía a nosotros con tanta calma, sentíamos como si hubiéramos decepcionado a nuestros padres o a nuestros hermanos mayores. No buscó tanto avergonzarnos, buscaba elevarnos. Thact me enseñó a liderar tanto como otros me enseñaron a cómo no hacerlo, como Geroncio con sus intrigas y como Constatino, con su entusiasmo poco realista. Nunca podría ser como ninguno de esos hombres. Mentir, apuñar por la espalda y ser un traidor eran anatemas para mi sentido del honor y el deber. También sabía que no tenía el carisma contagioso de Constantino que engañaba a los hombres haciéndoles creer en sus extravagantes ideas. Cuando uno conocía mejor a Constantino, se daba cuenta que era un idiota feliz, un tonto útil para las ambiciones de los demás. Tomaba prestada la visión de otros. Era ambicioso pero no sabio. Y luego estaban los petimetres como Medias. Se valían de nacer en cuna de oro y su posición, para liderar, pero todos vestían togas, no túnicas como los guerreros.

Recogí algunas de las cenizas donde se había quemado el cuerpo de Altheia y las puse en un jarrón decorado. Llevé la pieza decorada con motivos geométricos a la orilla, para enterrarlo. Usé mis manos para sentir la buena tierra y la enterré cerca del Aguasnegras, para que su alma estuviera cerca de las aguas que mañana me llevarían a través del Mar de Alemania. Algunos soldados ya estaban bebiendo en la orilla, esperando el día siguiente. Yo bebí poco, lo suficiente para adormecer parte del dolor, pero no lo suficiente como para ahogar todas mis penas. Quería que ese fuego permaneciera encendido dentro de mí, ardiendo lentamente hasta poder liberarlo contra mis enemigos. Quería estar preparado para el viaje porque regresaba a la tierra de los míos.

La partida

Me desperté con la llegada de Eostre con su vestido de seda rosa y morada. El Aguasnegras estaba flojo entre mareas mientras los barcos permanecían junto a la playa esperando ser cargados en los muelles. El sol atravesaba las nubes para brillar sobre el mar de Alemania. Las olas eran lánguidas y el sol brillaba sobre las aguas como hierro martillado. Río arriba, grandes buques de carga esperaban su turno para cargar los caballos, familias y suministros. Íbamos a cruzar en *navis lusoria* (barcos rápidos) para desembarcar delante de los *navis onerarie* (barcos más pequeños). La tranquila mañana se vio bruscamente alterada por algunos soldados que vomitaban por el exceso de cerveza y el vino de la noche anterior. El humo todavía flotaba perezosamente en el aire de la mañana desde los humeantes cuarteles.

Algunos hombres estaban comiendo y otros bebiendo para ayudar a su recuperación o calmar sus ansiosos nervios por el cruce. Y otros dormían o se sentaban esperando órdenes. La ribera estaba serena, incluso con un aire de anticipación reprimida y vómitos ocasionales. La mayoría de estos hombres con ojos llorosos bebían agua, no vino ni cerveza, por miedo a que Wroth les gritara. Ninguno fue tan imprudente como para volver a emborracharse antes de abordar, para que Wroth no los castigara.

Antes de abordar, recé a Wada para que mantuviera a Wachilt, la bruja del mar, lejos de nuestros barcos. Wada era un gigante marino e hijo de Wachilt, a quien le encantaba arrastrar marineros desprevenidos a sus cuevas en las profundidades del mar. Wachilt es una bruja celosa que se considera hermosa, por lo que las oraciones dirigidas a ella son mentiras sobre su gran y duradera belleza. Me abrí el brazo para sangrar en Aguasnegras, alabando el rostro y los pechos de las brujas marinas. Imaginaba que algún falso halago sobre los senos marchitos de las brujas del mar podría hacernos más bien que mal.

Como ocurre con cualquier maniobra compleja, nuestros enemigos no eran los alemanes. Tampoco era el miedo, aunque algunos hombres ya lucían un poco verdes, temiendo el cruce. El enemigo fue el aburrimiento. Las tropas aburridas hacen cosas estúpidas, inician peleas estúpidas y enemistades duraderas. Muchos de nosotros éramos como leña seca, listos para arder ante el más mínimo desaire, intencional o no. Respetábamos a Thact como a un padre o hermano mayor y teníamos un sano respeto por el temperamento feroz de Wroth, así que la mayoría de los hombres se sentaban en la orilla descansando tranquilamente o con resaca. Nos habían entrenado bien para esta disciplina silenciosa. Nos sentábamos bajo el cálido sol de finales de verano con nuestra armadura y nuestro armamento a un lado o sobre nuestras espaldas. Algunos rezaban, otros intentaban dormir y otros iban en busca de comida.

A la tercera hora, Wroth y Thact se dirigieron a nosotros. Wroth no nos pidió ponernos firmes porque habría tomado demasiado tiempo con todo el equipo puesto. Thact dijo de manera simple: "Soldados, es hora de embarcarse." Luego fue hacia Throm y lo levantó de antebrazo a antebrazo con su pesado equipo. Throm luego fue hacia otro soldado e hizo lo mismo. En unos minutos, estábamos alineados y listos para abordar los *navis lusoria* (drakkars) desde los muelles. Fue un gesto muy simple, pero se esparció como una chispa en la hierba seca. Todos nos ayudamos unos a otros siguiendo el ejemplo de nuestro líder. No necesitábamos un largo discurso epidíctico para levantar el ánimo. La carga tomó poco tiempo ya que estábamos bien organizados y listos para partir. La marea, que estaba bajando, nos arrastró suavemente hacia el mar de Alemania junto con nuestro remo y un poco de viento de la orilla que llenaba nuestras velas. Detrás de nosotros, vimos los corceles siendo conducidos a través de la pasarela con sacos en la cabeza y dos pequeñas rendijas para los ojos, para ayudarlos a mantener la calma. Los marineros y mozos de cuadra los colocaron en pequeños potreros individuales temporales que les ayudarían a mantenerse erguidos durante la travesía. Estos caballos no eran cargados en Drakkars como nosotros, sino en *onerarias* (engranajes) para que pudieran estar bajo cubierta. Detrás de los corceles estaban los animales de carga y los suministros esperando a ser cargados, y detrás de ellos estaban las familias que se unían de últimos. La ubicación enfatizaba que viajaríamos rápido por delante de nuestros suministros para asegurarnos de que los fuertes a lo largo de la frontera fueran nuestros. Más tarde, nuestros suministros y nuestras familias llegarían en buen estado una vez hubiéramos asegurado nuestro avance.

Con el agradable viento del oeste y la marea baja, en un abrir y cerrar de ojos nos encontrábamos en el Mar de Alemania. Cuando la marea y la corriente chocaron, tuvimos nuestro primer sacudón y nuestro primer vómito por la borda. Los marineros, que habían surcado estas aguas durante años, conocían bien su oficio y nos dirigieron hacia el este, hacia la desembocadura del Rin. El suave viento del oeste y los mares tranquilos hicieron que los barcos navegaran sin problemas. Los remeros en sus bancos nos hicieron avanzar a buen ritmo por la mañana. Las olas no fueron un problema, así que arrojé algunas monedas al agua para agradecerle a Wada por mantener a raya a su madre. Al mediodía habíamos perdido de vista la tierra, por lo que la mayoría de los soldados aprovecharon el suave olaje y el sol para encontrar un lugar para dormir, enrollándose las capas debajo de la cabeza. Nos siguieron gaviotas y otras aves marinas, graznando al viento, y pequeños barcos de pesca que nos dejaron paso. Los pescadores estaban serios, sabiendo que estaban perdiendo su protección contra los piratas. Ya no había muchos hombres que alimentaran a los peces, ya que la mayoría de nosotros éramos alemanes y estábamos acostumbrados a surcar estas aguas como piratas. Para mover las tropas por la costa sajona, los barcos eran mucho más eficaces que viajar por las carreteras. También nos lanzamos al mar para perseguir a los asaltantes antes de que pudieran desembarcar y causar daños. La tradición romana de comprar a tus enemigos para convertirlos en aliados estaba hecha para tales soldados. Muchos querían comida y paga, y tomar los denarios del emperador era una ruta más segura que las incursiones. Asaltar una costa fortificada e intentar capturar un barco comercial con barcos imperiales patrullando las costas era mucho más arriesgado que servir al imperio mismo. Y si las incursiones tenían éxito, los invasores todavía regresaban a los delgados suelos del oeste de Alemania para ganarse la vida cuando las condiciones eran buenas y los invasores del este podían ser retenidos. Cuando las condiciones agrícolas eran malas y las incursiones del este eran persistentes, muchos sajones, frisones, anglos, jutos y otros buscaron seguridad y estabilidad imperiales.

Al anochecer, pudimos ver nubes de tormenta acumulándose hacia el oeste, tiñendo el atardecer de rojo sangre. En los rápidos barcos nos acercábamos ya a la desembocadura del imponente Rin. Las aguas se volvieron marrones por todo el sedimento que salía de las desembocaduras de muchos ríos caudalosos a lo largo de la costa europea que recogen aguas de las lluvias en la costa, a lo largo de las llanuras del interior y en las montañas del este y del sur. Después de un tiempo, empezamos a sentir las corrientes y los ríos agitando las aguas poco profundas. Los vientos del oeste también estaban arreciando, cortando las olas con espigas blancas. A medida que el oeste se volvía púrpura y el sol rojizo se veía entre las grises nubes, las aguas también se volvían más oscuras. Vimos a algunos de los marineros en los aparejos señalando las balizas marinas cerca de la desembocadura del Rin. Vitoreamos porque estaba claro que saldríamos del mar antes de que llegara la tormenta, que ahora oscurecía las estrellas hacia el oeste y destellaba relámpagos. Sin embargo, los relámpagos nos preocupaban por los caballos, familias y suministros rezagados detrás de nosotros en barcos más lentos. Me preocupaba Marta, mi yegua. Estaba bien entrenada para el combate y era fácil de montar, así que no quería que Sea-Hag me robara el caballo. Recé nuevamente a Wada para que retuviera a su madre, Walchit, un poco más para que nuestros caballos pudieran entrar en las aguas protegidas del río. Los caballos asustados también podrían hacerse mucho daño a sí mismos en sus establos temporales.

A medida que la tormenta crecía, nos deslizamos con la marea hacia el amplio delta y sus islas protectoras. Ahora nos sentíamos seguros, después de haber superado la tormenta. A medida que la tormenta se levantaba detrás de nosotros, el viento se levantó e hizo que las aguas se agitaran, con cascos blancos golpeando contra nuestros cascos mientras nos dirigíamos a un *vicius* (aldea) comercial. Atracamos en este pequeño puesto imperial *Ad Traiectum* (Utrecht) y desembarcamos en cualquier refugio que pudiéramos encontrar mientras nuestros oficiales nos decían que nos mantuviéramos sobrios, mantuviéramos nuestro equipo y estuviéramos listos para ayudar a descargar la caballería. El antiguo fuerte estaba hecho de piedra y necesitaba reparación. Las personas que vivían aquí eran en su mayor parte francos y frisones, pero algunos soldados imperiales también lo ocupaban. Gran parte de la frontera era una mezcla de foederati y limantes (soldados fronterizos), con algunos comerciantes, artesanos y otros alemanes.

En una taberna, hablamos con algunos de los lugareños que nos informaron que los refugiados del sur y del este estaban cruzando la frontera del Rin en masa. Los francos mantenían bien el norte e incluso luchaban contra los perturbadores vádalos del sur, pero tantos refugiados estaban causando confusión. La línea entre las familias desplazadas hambrientas y el bandolerismo era delgada en los mejores tiempos, pero ahora, las carreteras a lo largo del Rin estaban plagadas de bandidos y grupos de asalto. El imperio no había pagado ni ayudado a los francos, borgoñones y alemanes durante algún tiempo, centrándose en las invasiones en el sur. La amenaza visigoda a Italia cortó gran parte del comercio transalpino y el suministro imperial. Además, los vándalos atravesaban la frontera en *Germania* y *Maxima Sequanorum*, evitando fuertes y bases, como *Borbetomaguas* (Worms), *Nemetae* (Speyer), *Concordia* (Lauterbourg), *Argentoratum* (Estrasburgo) y *Augusta Rauracorum* (Augst). Las incursiones se estaban llevando a cabo hasta Bélgica I y Lugdunensis I. Hasta el momento, los francos y los fuertes del bajo Rin habían mantenido la frontera, pero el alto Rin estaba inundado de refugiados y asaltantes, aislando efectivamente a Italia. Stilcho había tomado muchos soldados y tropas de esas guarniciones para reforzar Italia contra Alarico y los visigodos que cruzaban desde Noricum, Panonia, Dalmacia e Iliria.

Los visigodos habían servido como *foedus interno* (tribu aliada) viviendo de forma autónoma dentro del imperio luchando junto a las fuerzas del emperador contra otros inmigrantes alemanes. Otros lucharon en batallas imperiales internas, como Teodosio que luchó contra los usurpadores Magnus Maximus y Eugenius. Lo que estos visigodos notaron fue cuán débil se estaba volviendo el imperio. Con cada rebellion, los soldados eran despojados de las fronteras del Rin y británicas y nunca eran relocalizados. Los francos, suevos y borgoñones tenían un control efectivo de las provincias fronterizas. Britania era apenas el caparazón de lo que era antes como bastión imperial del noroeste. Lo que también molestó a los visigodos fue el trato que les dio Teodosio como forraje de batalla. En Frigidus, Teodosio utilizó a los *foederati* como su fuerza principal, dejando a sus legiones como reserva. Las tropas francas e imperiales de Arbogast masacararon a más de 10.000 visigodos antes de que las fuerzas de Teodosio finalmente ganaran después de dos días de lucha. Cuando Teodosio murió cuatro meses después, dejó el este a Arcadio y el oeste a Honorio, sus hijos jóvenes, que estaban gobernados por el pretoriano perfecto del este, Rufinio, y el *Magister Militum* (principal general imperial), Stilcho, en el oeste. Stilcho, sin embargo, organizó el asesinato de Rufinio por parte del comandante ostrogodo Gainas, quien aprovechó la invasión de Grecia y Tracia por parte de Alarico para consolidar su poder como *Magister Militum* del este. En medio del caos, Alarico dirigió las incursiones visigodas en Tesalia, Ática y el Peloponeso. Stilcho tomó más tropas de la frontera del Rin para sofocar las incursiones visigodas y consolidar su poder el Iliria, Macedonia y Epiro. Gainas, reconociendo la amenaza que Stilcho suponía para sí mismo, nombró a Alarico *Magister Militum* de Ilirica para frustrar las ambiciones de Stilcho en el este. En este momento, tanto el imperio oriental como el occidental tenían un Magister Militum alemán. Lo que Alarico aprendió a través de todo esto fue que sus visigodos eran poderosos y que los imperiales intentarían utilizar a su pueblo como peones en sus intrigas por el poder si él lo permitía. En cambio, se declaró rey e invadió Italia. De nuevo Stilcho tomó soldados y tropas de la frontera del Rin y pudo expulsarlo de Italia, pero no pudo perseguirlo por temor a que los alemanes cruzaran el Danubio y el Rin, y por temor a que el imperio oriental ayudara a Alarico a derrotarlo. Mientras Alarico esperaba su momento entre Oriente y Occidente, tuvo lugar una invasión ostrogoda de Italia bajo el mando de Radagasio. Alarico ayudó a Stilcho y Occidente y Oriente le otorgaron el rango de Magister Militum, lo que esencialmente lo convirtió en un emperador entre los imperios de esos lados.

Entonces las fronteras, debilitadas por tantos soldados y tropas desplazados, cedieron. Vándalos, suevos y alanos inundaron el alto Rin y el Danubio, por lo que Alarico amenazó con otra invasión a Italia, pero Stilcho sobornó al rey visigodo para que se quedara en Iliria por 4.000 libras de oro. Esto fue demasiado para el senado romano, donde un senador se lamentó: *"Non est ista pax, envía pactio servitutis"* (Esto no es paz, sino un pacto de esclavitud). Olimpias, ministro de la corte de Honorio, orquestó la captura y ejecución de Stilcho. Este mismo hombre, un ferviente xénofobo, también ordenó la masacre de los soldados alemanes y sus familias, lo que llevó a la mayoría de los demás soldados y tropas alemanes a unirse a Alarico. Este último incluso intentó hacer las paces con Olimpias, ofreciéndole trasladarse a Panonia siempre que fuera reconocido como el *Comes* (Líder militar) de esa provincia, pero Olimpias rechazó la modesta propuesta porque no confiaba en los alemanes, llegando incluso a incitar a Honorio a declarar a Alarico como enemigo del imperio.

Como cualquiera puede imaginar, estas matanzas intencionadas de alemanes desataron una reacción de ira entre las tribus. ¿Por qué servir como soldado, tropa o *foederati* en un imperio que buscaba

exterminar a tu pueblo? Los alemanes abandonaron los regimientos

en masa y se unieron a Alarico en Dalmacia o a las tribus que

cruzaban las fronteras del Rin y el Danubio. Muchos de nosotros, los

alemanes, nos pusimos furiosos cuando escuchamos la noticia, pero

nos quedamos en la Brave Companion porque Constantino nos había

traído dignidad, pero no confiábamos en los británicos, como

Geroncio y Tiberio. Juramos ser leales unos a otros, no a los romanos

y mucho menos a los británicos. Ya éramos cautelosos por los

asesinatos de nuestras mujeres, así que esto aumentaba nuestro

recelo.

Fue en esta vorágine que llegamos a las afueras de un imperio

moribundo. Hablamos con los antiguos soldados imperiales que

quedaron atrás tras las espigas de la frontera de Stilcho. Se habían

quedado en el antiguo *castellum* (fuerte) para protegerse y

sobrevivieron gracias a la benevolencia de los francos, quienes

realmente controlaban esta ciudad fluvial y esta región a ambos lados

del río. Simplemente no quedaban suficientes tropas imperiales para

mantener los fuertes, pueblos, ciudades y carreteras. Muchos de los

soldados de la guarnición imperial también eran alemanes, por lo que

la línea entre los francos y los soldados imperiales era efímera.

También hablamos con los francos, cuyo líder, Dagoth, nos contó

mucho de lo que estaba sucediendo a ambos lados de la frontera.

Estaba seguro de que los francos podrían mantener su control sobre

la frontera norte y nos dio la bienvenida a los soldados de Bretaña.

Como él mismo expresó: "Aquí todos somos alemanes, por lo que damos la bienvenida a nuestros parientes de la inútil Britania para que nos ayuden a mantener abierto el comercio a lo largo del Rin y hacia Italia. El imperio ha abandonado en gran medida la Galia en manos de tribus invasoras, por lo que con sus legiones y su caballería podemos convertir la Galia en una provincia alemana, como lo hizo Alarico en Iliria. Lo que Honorio hizo a sus soldados alemanes nos tiene a todos muy enojados. El imperio está acabado; es nuestro momento de tomar estas tierras fértiles como nuestras."

"Soy sajón, y como muchos miembros de mi tribu, ustedes, los francos, nos están impidiendo entrar a la Galia. Supongo que pasaremos por alto ese territorio y nos dirigiremos a Britania. La tierra allí es fértil y bien regada, y el imperio efectivamente ha desaparecido. ¿Por qué deberíamos intentar cultivar el suelo pobre lleno de orina al norte y al este de aquí, cuando podemos cultivar tierras mucho mejores al oeste?"

"Tenemos los mismos problemas aquí. Gran parte de este territorio son pantanos inundados con aguas salobres. Las tierras al oeste y el sur de acá son muchos mejores, y el imperio está gobernado por alemanes y ancianos. Es nuestro para tomarlo. Los suevos, los alamanes y los borgoñones tienen la misma idea, y por eso cruzaron la frontera el invierno pasado con nosotros. Mientas Alarico mantenga a los imperiales bajo control en Italia y Honorio asesine a las familias de los soldados, simplemente podremos tomar el norte y el oeste para nosotros mismos. Matar a Stilcho fue una traición estúpida por parte de esos malditos italianos."

"No puedo creer que el emperador, con el respaldo del Senado, persiguiera a Stilcho, a los soldados alemanes y a sus familias. ¿Quién esperan que luche contra nosotros? Los visigodos gobiernan las tierras entre el este y el oeste, y los ostrogodos gobiernan las tierras del este en Asia. Cuando los imperiales intenten expulsarnos, ganaremos. Se engañan al pensar que el imperio puede existir sin nosotros."

En ese momento, Wroth salió de la tormenta para reunirnos: "Los barcos están llegando, así que salgamos y ayúdenlos a descargar. La tormenta está muy fuerte, así que pueden necesitar nuestra ayuda para lidiar con los caballos." Salimos de manera lateral a la lluvia y el río que hervía como guiso. La noche estaba tan oscura que los relámpagos nos quemaban los ojos. Podíamos ver las ruedas dentadas corcoveando como caballos salvajes en el río, el agua verde golpeando sus cascos. Y entonces la oscuridad caía rápidamente como el telón de un teatro. Al poco tiempo, nos organizamos en dos líneas para ayudar a la tripulación a transportar los caballos desde los barcos a los muelles y a sus establos secos. Los primeros dos barcos llegaron a ambos lados del mueble, y ni siquiera la tormenta podía ocultar los gritos de los caballos. Las tripulaciones lograron amarrar los barcos, dejando caer las jaulas de mimbre llenas de paja sobre sus costados para evitar romper los cascos contra el muelle. Tiraron cabos que los tripulantes del muelle ataron rápidamente a las cornamusas. Soltaron las pasarelas, pero los barcos aun seguían agitados por la tormenta. Luego, los tripulantes tiraron cuerdas de cáñamo para hacer asideros para el descenso. Las tripulaciones de barcos veteranos son una maravilla para la vista.

Después de unos minutos, vimos acercarse al primer caballo de los barcos. Tenía los ojos blancos de miedo y seguía alzándose en el caos. Las tripulaciones pudieron guiarlos por las pasarelas, tirando desde el frente, pero manteniéndose alejados de los cuartos traseros para evitar recibir patadas. Cuando las bestias llegaron al muelle, las instamos a avanzar, tirando de las riendas y parándonos a los lados del muelle para que no intentaran escapar aterrorizadas. Después de un rato, vi a mi yegua. Estaba molesta, pero hacía todo lo posible para mantener la calma. Me dirigí hacia ella y tomé su cuerda. Me di cuenta de que prefería el muelle del establo al barco y la pasarela, y empezó a calmarse. Cuando bajó del muelle a tierra firma, relinchó alegremente. La llevé al establo a salvo de la lluvia y le di una manzana.

Mientras regresaba a la taberna, observé los barcos que transportaban a los caballos izar sus velas y regresar al río para encontrar refugio al sotavento de las islas. Detrás de ellos estaban los barcos de suministros con nuestra comida, forraje y nuestras familias. Opté por ir a la taberna porque no tenía familia que recibir, o eso pensé. Salí de la lluvia con la cabeza gacha y luego una manzana me golpeó la cabeza. Riendo en un rincón estaban mi hermana, Arteis, y su marido, Yunthar. "¿Qué están haciendo ustedes dos aquí? ¿Vienen a unirse a nosotros?"

"Todo lo contrario, hermanito. Mi padre me ha encomendado la tarea de tomar terreno en Britania, cerca de Othona, para asentar a nuestra familia."

"Está apostando a que las legiones nunca regresaran y que las buenas tierras de cultivo están para ser tomadas."

"'Roma está acabada al norte de los Alpes', me dijo. Roma ya ni siquiera es la sede imperial. Los alemanes amenazaban constantemente a la Galia, Hispania y Britania al separar estas provincias de Italia a través de los pasos alpinos, por lo que ahora es el momento de tomar tierras que están en barbecho en el sur y el este. Hay rumores de que los británicos están contratando alemanes para protegerlos de los pictos y otros alemanes. No pueden pagar con monedas, pero sí con tierras. Por otra parte, ¿por qué comprar lo que es gratis? ¿Por qué luchar contra otros por tierras que podemos tomar para nosotros mismos? Padre y madre tienen granjas en el este de Britania, así que iremos a apoderarnos de ellas, pero también estableceremos una base en Othona para el comercio y la protección. Tus abuelos y primos se quedan en *Germania*, pero otros se unirán a nosotros. Hablando de tus abuelos, Yul El Mayor fue golpeado por los dioses. Un día era gordo y cascarrabias y al siguiente apenas podía hablar y caminar. En el último banquete, se puso a lloriquear."

"No le desearía esto a ningún hombre, pero los dioses han dado a conocer su voluntad. Quizás los dioses vieron como mi abuelo nos trataba a mi padre y a mí, y lo castigaron como consecuencia. La granja debería estar bien con la voluntad de hierro de mi abuela y la habilidades del tío Yarold, solo no dejes que el otro Yul tenga ninguna responsabilidad. ¿Pero qué me importa esto? Soy un soldado sajón que trabaja para un imperio que no sabe que está muerto. Las tribus alemanas luchan entre sí. El año pasado, los francos derrotaron a los vándalos y mataron a su rey, Godigisel, en *Moguntiacum* (Maguncia). Pero los alanos, liderados por el rey Respendial, salvaron a los vándalos de la masacre y se unieron al nuevo rey, Gudérico, para cruzar el Rin junto con algunos suevos. Se dirigen al sureste, hacia el corazón de la Galia, eligiendo luchar contra el imperio, no contra los alemanes. Por lo tanto, es probable que esté demasiado ocupado para viajar a Sajonia."

"Háblame de Othona y Camulodunum. ¿Todavía hay soldados estacionados allí? ¿Actúan los británicos como una amenaza para nuestros desembarcos y nuestra agricultura?

"Othona está Quemada y abandonada, pero los muros de piedra siguen en pie y los cuarteles son de ladrillo, por lo que pueden reconstruirse con techos de paja y algo de madera. Camulodunum tiene un buen número de colonos alemanes, pero muchos se fueron con nosotros por temor a represalias británicas. Me imagino que muchos regresaran si se sienten seguros. Debes reclutar espías entre los seguidores del campamento y los comerciantes. El verdadero dolor de cabeza es la iglesia. Los malditos cristianos creen en tonterías, y los monjes, pederastas con la cabeza rapada, son los peores. Dicen ser pacificadores, pero en realidad son cobardes que crean problemas. No pelean, sino que consiguen que las ovejas se armen y ataquen a los "paganos" que son todos los que no son ellos. Cuando las ovejas son esquiladas por espadas y hachas alemanas, son "mártires", es decir, tontos que murieron por el dios Cristo. Los eclesiásticos también gobiernan gran parte de la antigua burocracia imperial, por lo que reclamarán autoridad. Los británicos, paganos o cristianos, son serpientes, cobardes que se esconden y atacan a familias, no a guerreos. Mataron a mi mujer."

"Padre me lo dijo. Merecen perder sus tierras fértiles ante nosotros. Construiremos granjas protegidas como en Sajonia. Tendrán paredes de madera y zanjas para que las familias vivan con seguridad detrás, con campos afuera. Usaremos Othona como nuestra base principal cerca del mar con sus desembarcos protegidos en el Aguasnegras. Tomaremos Camulodunum si tenemos los números. Hemos explorado la ciudad. Se encuentra entre dos ríos a los que pueden viajar nuestros barcos, y los ríos crean buenos obstáculos para aquellos que intenten hacernos daño. Hay muros de piedra y diques de tierra para protegernos y mucha tierra dentro de esos muros para cultivar. También hay caminos y ríos que se pueden utilizar para moverse con facilidad. No dejaremos que los monjes y sacerdotes trabajen en nuestras ciudades y granjas. Honraremos a nuestros dioses que nos han ofrecido estas tierras fértiles y ricas."

"Deberían estar a salvo allí. La colonia está tan empobrecida de gente que ahora se cultiva dentro de los muros donde alguna vez hubo casas, fábricas, almacenes y tiendas. Difícilmente se podría pedir una major baase desde la que operar. Othona y otros fuertes costeros que puedan tomar ofrecerán lugares de santuario y puertos abiertos para más colonos. Yo tomaría *Gariannonum* (Burgh) hacia el norte porque está bien protegido y ofrece una posición fácil para apoderarse de *Venta Icenorum*, la capital de los Iceni. Othona y Camulodunum son tierras de Trinovantes, pero al norte y el este, los icenos gobiernas una tierra separada de la mayor parte de Britania, por pantanos y bosques. También hay un fuerte que vale la pena visitar en *Branodunum*, (Brancaster), al norte de Venta. Si toman esas dos zonas del este, los británicos no serán capaces de desplazarlos tan fácil. Los dos pueblos están conectados por una buena Carretera y la costa ofrece fácil navegación. También tomaría un fuerte, Walton, que controla el acceso al río Deben y también se encuentra en una península fácilmente defendible. Me quedaría al este de Old North Road que va hacia el norte desde Londinum hasta Lindum y Eburacum. Esas son tierras Catuvellaunni y son la tribu británica más fuerte. Haz las paces con ellos y utiliza su enemistad con los Iceni y los Trinovantes a tu favor. Los asaltantes pueden viajar por el Támesis hasta Londinum o por el *Abus* (Humber) al norte hasta Eburcum. El fuerte de Petuaria, donde atacamos el verano pasado, cerca de la desembocadura del Abus, te daría control de la desembocadura de ese río. Esas son tierras parisinas, pero son una tribu débil que ha sido muy molestada por los asaltantes a lo largo de los años. Muchos parisinos han muerto o se han mudado. Pero manténganse alejados de los fuertes al sur del Tamesis porque los imperiales se enfadarían si perdieran aquellos que están tan cerca de la costa Gala, y los Cantiaci y Regenes son tribus fuertes."

"Padre siempre dijo que eres una mezcla extraña de un erudito y un guerrero, pero nos vendría bien un hombre así cuando hayas terminado de proteger la frontera de un imperio moribundo. Las rectas entre *Dubris* (Dover) y *Bononia* (Boulogne) siguen siendo peligrosas con tanto tráfico imperial. Además, Constantino establecerá su cuartel general inicial en Gesoriacum, en caso de que tenga que retirarse a Britania."

"Padre siempre dijo que tienes una gran mente para las sumas y la administración. Eres más parecida a él que yo. Los inmigrantes que liderarás se beneficiarán enormemente de tus habilidades."

"¿Estás intentando convertirte en mi hermano favorito?"

"Soy tu único hermano."

"Entonces ganas por defecto. Yunthar, estás callado. ¿Qué pasa, hombre?"

"Lamento tu pérdida, de verdad. A tu padre la agradaba esa chica. Aparte de eso, este clima es una mierda y la cerveza aquí tiene levadura y es amarga."

"Tendré que probar alguna para saber si estás en lo correcto. Veo que estás bebiendo vino, hermana."

"Cuando estuve en la Galia. Y sí, hermanito, todos estamos tristes por tu pérdida. Eres joven y sano; encontrarás otra mujer muy pronto. Conociendo a mamá, ella te encontrará una que no te gustará."

"Recuerdo a padre estando muy enojado contigo porque hablabas hasta altas horas de la noche con Yunthar."

"Pensé que haría que me arrestaran. Tu padre es muy protector con su niña consentida."

"Padre es protector con todas sus hijas, sí. Incluso intentó impedir que Kath se casara con un yuto del norte. A Kath nunca le gustó mucho Britania, pero Jutland suena un poco hostil. Y Janis está en Hispania con todo ese calor. Sin embargo, a mi padre siempre pareció agradarle Philippos, un buen comerciante e imperialista."

En ese momento le grité a una camarera que me trajera una cerveza y un capón: "Muchacha, necesito cerveza y un pollo", hablé en latín y la chica solo me miró, así que dije lo mismo en sajón.

"Cuidado con esa lengua, muchacho", respondió la moza.

"¿Me darán cerveza y pollo o no? Tengo monedas para pagar." Eso le gustó.

En ese momento, vi a un soldado bajar las escaleras con una mirada satisfecha: "Hay chicas buenas ahí arriba, muchachos", gritó. "Pero no hablan latín. Será mejor que sepan alemán, o quizás te hagan una paja en lugar de una mamada." Era Throm. La mayoría de nosotros reímos porque tenía cierto encanto juvenil. Uno nunca sabría cuán letal era ese jovial alemán en el campo. Me vio: "Yul, deberías dar un paseo. Ya sabes, los soldados deberían volver a montar una yegua después de perder una." Estaba molesto por dentro, pero sabía que no lo decía de mala manera.

"Pasaré, no quiero que mi miembro se arrugue y muera, por estar con ellas después de ti."

"Es posible que ya se te haya caído. Será mejor que consultes con las chicas."

"Es a ti a quien tengo que agradecerle por el polvo en mi cerveza con todos los golpes que diste arriba. ¿La chica puede siquiera caminar?"

"No necesita caminar, simplemente acostarse boca arriba. Entonces, ¿quién es esta bella dama con las que estás hablando y su moreno amigo?"

"Mi hermana, Arteis, y su esposo, Yunthar. Mantén tu lengua bajo control cuando hables sobre ella. Hermana, este jovial patán es Throm, mi *decano* (cabo)." Throm se sentó a nuestro lado y se sirvió un poco de cerveza y pollo.

"La cerveza es amarga."

"Y tiene levadura."

"Pero tiene un gran impacto."

"Y el pollo está seco."

"Probablemente sea porque te estabas follando a la cocinera, no a una puta."

"Sigue así y estarás de guardia esta noche."

"No esperaba estar con ningún familiar; darles tiempo a los hombres de familia con sus hijos y esposas."

"Entonces, nada de cerveza amarga para ti."

"¿Puedo quedarme con mi pollo o también está confiscado?"

"Está seco, no como la cocinera. Puedes comértelo."

"Yunthar, tú no eres un granjero, ¿qué planeas hacer?"

"Comercio de caballos. Conozco buenos caballos y sé cómo comprarlos y venderlos para obtener ganancias."

"Por comprar, ¿te refieres a robar?"

"Ahí es donde se encuentran las mejores ofertas."

"Será mejor que salga a la lluvia y ver quién necesita ayuda."

"Buenas noches, hermanito."

"Buenas noches, hermana."

Nuestra familia estaba formada por personas altas, por lo que la estatura de Arteis destacaba. Salí y noté que los vientos se habían calmado, pero la lluvia seguía cayendo fuerte. Vi a Thact supervisando la descarga y el almacenamiento de todo.

"Thact, ¿puedo ayudar en algo? Throm me ofreció como voluntario para hacer guardia, así que estoy bajo tus órdenes."

"Definitivamente estás bajo mis ordenes, lo diga Throm o no. Me vendrían bien un poco de ayuda para trasladar los suministros a lugares secos y asegurarme de que los cofres de pago estén seguros. Wroth está a cargo de esos cofres."

"Teniendo en cuenta que Wroth probablemente quiera estar con su esposa, puedo ayudar a vigilar los cofres."

"¿Me estás diciendo que mover nuestros suministros es menos atractivo que vigilar algunos cofres?"

"Wroth merece pasar tiempo con su esposa, y supervisar a la gente que mueve heno y maíz puede no ser lo mejor para mí ahora. El silencio para reflexionar es más de mi agrado."

"Comprendido. Vete; encontrar a Wroth nunca es muy difícil." De hecho no lo fue. Podía escucharlo regañar a un soldado por verse demacrado. Me imaginé que el soldado, Frederick, probablemente había pasado la mayor parte del viaje alimentando peces, así que entendía sus ganas de descansar. "Wroth, vine a ayudarte. Puedo relevar a Frederick."

"¿Quién te dijo qué hacer? ¿No estoy yo al mando de la primera *turmae* (escuadrón)?

"El hombre que comanda esta cohorte, *Tribunus* Thact, me dijo que te ayudara, pero soy tuyo y me puedes comandar aquí, *Decurion* Wroth."

"Es *Centurio Excercitator* (director de entrenamiento) Wroth, para ti."

"Como usted diga."

"Puedes tomar el mando y comandar este destacamento. Asegúrate de que ninguno de los cofres esté abierto y que ninguna moneda termine en los bolsillos de las prostitutas."

"No tengo llave y un hacha sería demasiado ruido. Además, no pago por sexo."

"Supongo que tu mano es gratis. Mis disculpas por perder a tu mujer, pero pronto encontrarás otra."

"No esta noche."

"No, es probable que no, a menos que sea una ninfa del río."

"¿Quizás tú deberías ir a encontrar a tu ninfa?"

"Quizás debería. No fastidies esta tarea o tu trasero será la puta de la cohorte."

"¡Como usted ordene!" saludé firme a Wroth, que estaba exhausto. Luego me volví hacia los pocos hombres reunidos: "Manténganse como estaban, pero sin dormir. Tengo un gran amor por la virginidad de mi trasero."

Al amanecer, la lluvia había cesado y el sol salió, proyectando una aurora dorada a través de la niebla y el vaho que se inclinaba desde el este. El suelo todavía estaba empapado, pero parecía que hoy podríamos comenzar nuestro viaje hacia Noviomagus a lo largo de la carretera fronteriza diseñada para mover tropas rápidamente hacia arriba y hacia abajo. El sol que tocaba el río hacia que las aguas parecieran plomo batido, tranquilas al amanecer. Nadie podría comparar el río tumultuoso de anoche con el de agua serena que presenciábamos esa mañana. Fuera del vicus, se habían levantado tiendas de campaña apresuradamente, pero firmes durante la tormenta para protegerse del peor clima. Pude ver a las mujeres levantándose y buscando helechos para encender el fuego del desayuno. Había mucha madera flotante a lo largo de la orilla, pero gran parte estaba empapada. No envidio a estas mujeres por su tarea esa mañana. El turgente río nos había dejado mucha madera río arriba, pero esas esposas y asistentas debían identificar cuánta era útil. Poco después, los niños pequeños salieron a comer y jugar. A lo lejos, hacia el oeste, pude ver otra línea de nubes formándose, prometiendo más tormentas de finales de verano. Agradecí a Thor por permitirnos cruzar entre sus tormentas. Reflexioné sobre las que tendríamos que enfrentar en los próximos días y pensé en lo afortunado que era de tener este momento de tranquilidad para mí.

Un rato después, Wroth salió de su tienda, le dio a su esposa un largo beso y luego se dirigió a nuestro *contubernium ad hoc* (tienda cuadrada). Mientras caminaba hacia nosotros, eligió siete soldados, aparentemente al azar, para relevarnos a los ocho que estábamos ya de guardia. El decurión se acercó a mí y lo saludé firme: "Reporte."

"Todo está tranquilo; nadie se acercó a los cofres y todas las monedas que estaban allí cuando te fuiste, siguen en su lugar."

"Muy bien, soldado, está relevado, al igual que el resto de ustedes. Descansen un poco, saldremos a antes del mediodía. Necesitamos asegurarnos de que los fuertes, campamentos y cuidades a lo largo de la frontera estén seguros mientras Constantino y los demás soldados se dirigen desde Bononia a Colonia. Consigan algo de comida y duerman antes de que tengamos que cabalgar."

"Sí, señor." Lo saludé firme y me dirigí a las tiendas para buscar un lugar donde dormir, para soñar, antes de que llegara la próxima tormenta.

Lista de personajes

Yul El Joven: Personaje principal, narrador y joven sajón. Hijo de Yul y Helsa.

Yul El Viejo: Abuelo de Yul El Joven y padre de Yul.

Yul: Primo de Yul e hijo de Yarold, tío paterno de Yul El Joven.

Yul Thwaite: Padre de Yul El Joven y Arteis, cuestor de Britania. Esposo de Helsa.

Helsa: Madre de Yul El Joven y Arteis. Esposa de Yul.

Yarold: Tío paterno de Yul El Joven y cuñado de Yul Thwaite.

Yunthar: Cuñado de Yul El Joven, esposo de Arteis, hermana mayor de Yul.

Nata: Abuela paterna de Yul El Joven, esposa de Yul El Viejo y madre de Yul Thwaite.

Freyja: Abuela maternal de Yul El Joven.

Rex: Abuelo paterno de Yul El Joven.

Arteis: Hermana de Yul El Joven, ocho años mayor que él.

Luthar: Hermano mayor de Yunthar.

Wuthar: Hijo pequeño de Yunthar.

Yunta: Sobrina de Yul El Joven; hija de Yunthar y Arteis.

Theodosius: Ciudadano parisino arrogante. (Hegemón)

Marcus Caratacus: Otro ciudadano parisino arrogante. (Hegemón)

Quintus: Hijo de Marcus Caratacus.

Onth: Amigo gordo y desagradable de Yunthar y Arteis.

Hermano Lukas: Monje cruel de la escuela del monasterio de Verulamium. (San Albino)

Thact: Líder de la Brave Companion, un *Praefectus Alae* (líder) de un ala de *cataphractarii* (caballería pesada). Un ala constaba de 16 *turmae* (escuadrones de 32 hombres cada uno comandados por un *decurión*), aproximadamente 512 *cataphractarii.* \

Julia Ghee: Una joven esclava alemana rescatada por Yul con quien tiene su primera experiencia sexual.

Thwaite: Apellido de Yul, que significa limpiador de bosques u hombre de fronteras.

Keaffer: Mejor amigo de Yul. Un picto del norte del muro.

Padre Albus: Un sacerdote paciente y amable en Verulamium. (San Albino)

Oengul: Amigo del colegio de Yul, un escoces del noroeste de Britania.

Brutus: Colegial romano-británico bajo, gordo y despreciable en Verulamium.

Caius: Colegial británico delgado y pomposo en Verulamium.

Emperador Valentín: Emperador del Imperio Romano Occidental ante Graciano.

Magister Equitum Jovinus: Maestro de Caballería de Valentín en el Imperio Occidental.

Flavio Teodosio (*Flavius Theodosius*): Un general al servicio de Valentín.

Emperador Valente (*Valens*): Emperador del Imperio Oriental que perdió una batalla crucial en Adrianopla ante los ostrogodos. Murió en batalla.

Emperador Graciano: Emperador del Imperio Occidental después de Valentín y antes de Honorio.

Emperador Teodosio: Hijo de Flavio Teodosio y emperador del Imperio de Oriente después de Valente.

Magnus Maximus: General usurpador en Britania que invadió la Galia y gobernó la mayor parte del Imperio Occidental además de Italia, que estaba gobernada por el emperador Valentiniano. Valentiniano y Teodosio finalmente derrotaron a Magnus después de que éste invadió Italia.

Marcus y Graciano: Dos usurpadores alemanes que fueron asesinados por la mayoría de sus soldados alemanes.

Constantino: Otro usurpador que invadió la Galia con todos los soldados e infanterías restantes de Britania.

Peter: Un británico maleducado que seguía a Caius y Brutus.

Hermano Adam: Un monje del Verulamium (San Albino) que juzgaba los juegos marciales.

David: Otro de los lacayos de Caius y Brutus.

Altheia: Esposa de Yul El Joven, una antigua esclava en Britania robada al pueblo suevo.

Morganna: Esposa de Keaffer, una exesclava picta en Britania.

Caratacus: Aristócrata británico, dueño de un latifundio (plantación) cerca de Verulamium.

Callus: Capataz del latifundio de Caratacus.

Sigismund: Un esclavo y leñador alemán que escapó junto con Yul El Joven y Keaffer.

Caelyth: Esclavo y pastor picto que escapó junto con Yul El Joven y Keaffer.

Wroth: Soldado de caballería sajón y oficial al mando de Thact, encargado del entrenamiento (*Centurio Excercitator*) y *decurión* de las primeras *turmae*.

Stilicho: General alemán y jefe del consejo imperial, consejero del joven emperador Honorio en el Imperio Occidental.

Rufus: Mayordomo de la casa Thwaite.

Lena: Esclava personal de Helsa.

Olympias: Rival de Stilcho en la corte romana occidental.

Radagaisus: Líder ostrogodo que invadió Italia y fue rechazado y decapitado.

Uldin: Líder de los hunos que ayudó a Stilcho a derrotar a Radagaisus.

Sarus: Líder ostrogodo rival de Radagasius que ayudó a Stilcho a derrotar a Radagasius. Stilcho lo nombró gobernador militar de la Galia.

Alarico: Rey de los visigodos cuyo reino se encontraba entre los imperios occidental y oriental en Iliria.

Emperador Teodosio (*Theodosius*): Hijo pequeño de Arcadio, que murió joven como Emperador del Imperio Oriente.

Rufinius: *Magister Militum* alemán (jefe militar líder) del Imperio de Oriente, asesinado por sus rivales.

Emperador Yazegerd: Emperador del Imperio Sasánida en Persia.

Geroncio (*Gerontius*): General de Britania que ayudó a Constantino.

Tiberius: Teniente general de Geroncio, un británico.

Medias: Comandante de la *Legio VI Victrix*, un galo.

Veronia: Hija de Medias.

Nennia: Esposa de Constantino.

Turco: Decurion picto de la Brave Companion.

Throm: Decurion sajón de la Brave Companion.

Charla: Esposa de Throm.

Thufir: Soldado de caballería sajón parte del *turmae* de Yul.

Gerhart: Otro soldado de caballería sajón parte del *turmae* de Yul.

Methda: Esposa de Wroth, sajona y antigua esclava.

Godigisel: Rey de los vándalos, muerto luchando contra los francos.

Guderic: Rey de los alanos que ayudó a los vándalos contra los francos.

Kath: Hermana menor de Yul El Joven, que vive en Jutland.

Janis: Hermana de Yul, que vive en Hispania.

Philippos: Esposo de Janis.

Fendrick: Soldado alemán.